ROBERT RITTERMANN

DER DUNKLE SATELLIT

Viel Spaß in Nevada, Pal!

D. [signature]

Weitere Titel von Robert Rittermann:

Lost Project 1 - Unter fremden Sternen
Lost Project 2 - Appalachia
Lost Project 3 - Am Rande der Zukunft
Lost Project - Reise ins Unbekannte (Bildband)
White (Comic)
Vincent. Das ungruselige Ungeheuer

Flieg vorbei:
www.flying-cheese.com

Taschenbuchausgabe 2020
Flying Cheese Publishing
Robert Rittermann
Dickmannstr. 7, 42287 Wuppertal

Lektorat: Dr. Yvonne C. Schauch, www.schauch.com
Satz, Karte & Vignetten: Robert Rittermann
Coverelemente von: Sean Pierce, Ryan Hafey & Valentin Salja. Alle auf unsplash.com

Gedruckt in Deutschland auf zertifiziertem Recyclingpapier
ISBN 978-3-947900-09-1

Südliches Nevada

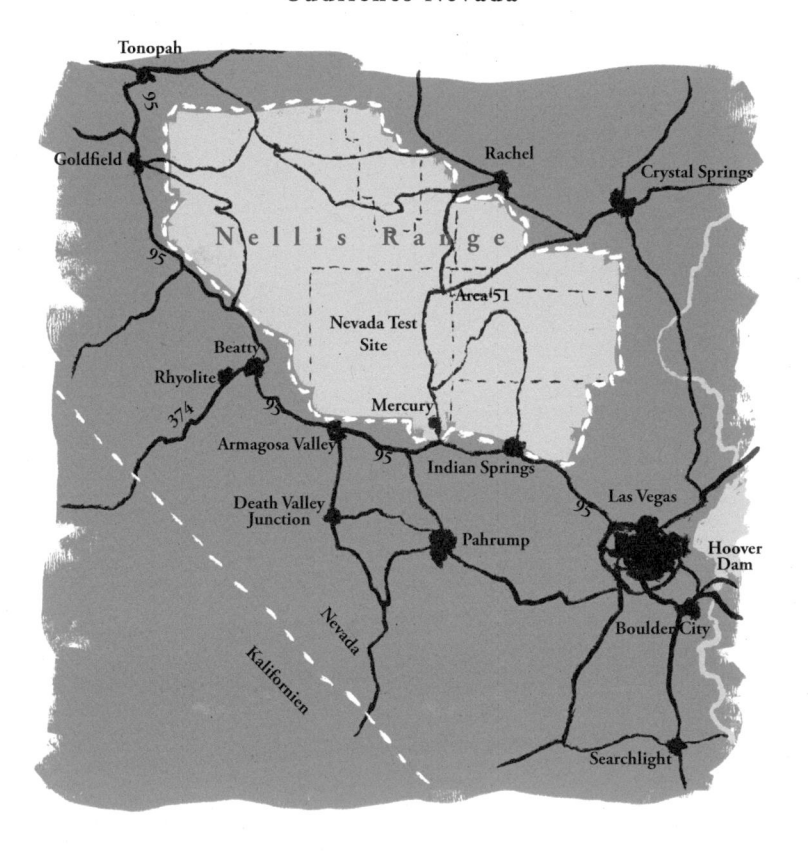

Über den Autor:
Robert Rittermann wurde 1983 in einem Land geboren, dass es mittlerweile nicht mehr gibt. Er studierte Kommunikationsdesign und begeistert sich für Ungeheuer und Technologie. Seine Leidenschaft für Abenteuergeschichten wurde schon früh geweckt. Robert Rittermann lebt zusammen mit seiner Frau und seinen Kindern im verregneten Wuppertal. »Der dunkle Satellit« ist sein vierter Roman.

ARMAGOSA VALLEY

Sex auf dem Dach meines AMC war für mich immer eine willkommene Ablenkung. Und das trotz einer unbestimmten Wehmut, die mich im Verborgenen beschwerte. Denn beim Vögeln gab es für Harris nur eine Maxime: Leidenschaft. Meine Gedanken tauchten im Sternenmeer über unseren Köpfen. Harris' Hände gruben sich in meine Taille und ich gab mich seinen empfindsamen Bewegungen hin.

Ich kam. Meine Hände ließen von meinen Brüsten ab. Rasend kratzten sie über Harris' schweißnassen Rücken. Ich bebte vor Sehnsucht und keuchte vor Glück. Meine Anspannung wich einer unvergleichlichen Welle körperlicher Erhabenheit.

Nach einer gefühlten Ewigkeit kehrten meine Gedanken in die Wüste zurück. Glücklich schlug ich die Augen auf und betrachtete die abertausenden Sterne. Harris' dunkelhäutiges Gesicht schob sich dazwischen. Gedankenverloren lächelte er mich an. Ich küsste seine Stirn.

»So macht mir die Arbeit mit dir Spaß«, hauchte ich. »Wenn du mit mir schläfst, bist du viel aufmerksamer als in den Gesprächen mit unseren Klienten.«

»Jeannie, als dein dich liebender Freund ist es meine Aufgabe, aufmerksam zu sein«, säuselte Harris.

»Als mein Geschäftspartner etwa nicht?«, fragte ich herausfordernd.

Sex in der Wüste war immer etwas Besonderes. Hier in Nevada, abseits der großen Städte, war der Sternenhimmel atemberaubend schön. Abgesehen davon sollte man es tunlichst vermeiden, auf dem Boden zu liegen. Außer man hatte nichts dagegen, von einem Skorpion gestochen oder von einer Schlange gebissen zu werden.

Sacht schob ich Harris mit meinen Knien von mir runter und setzte mich auf. Als ich meinen Slip anzog und danach meine Arme genüsslich in den Himmel streckte, sah ich, wie Harris auf meine Brüste starrte.

»Spanner!«, lachte ich und gab Harris einen Klaps.

Dann zog ich mir meine kurze Jeans und mein weißes T-Shirt über und holte meine Kette aus der Hosentasche. Ich hängte sie mir um, zog mir die Schuhe an und sprang vom Autodach in den Sand.

Die Hitze des Tages war der wohltuenden Kühle der Nacht gewichen. Selbst jetzt, Ende September, war es tagsüber immer noch unerträglich heiß. Das Zirpen der Grillen übertönte den Highway, der nur eine Meile entfernt war.

Ich nahm den an der Kette baumelnden Anhänger zwischen meine Finger und blickte noch einmal zu den Sternen. Dieses fremdartige Amulett war meine einzige Erinnerung an das dunkelste Kapitel meines Lebens. Längst war es zu meinem Lebensmittelpunkt geworden, die Existenz außerirdischen Lebens zu beweisen. Und nur deshalb waren wir in dieser Nacht, nach dem Ende meiner Schicht, durch das halbe Armagosa Valley gefahren, um auf dem Haystack Mountain auszuharren.

»Also«, begann ich, »laut Grabowsky hat es gestern Nacht einen weiteren geheimen Start gegeben. Wenn er recht hat, und das hat er ja oft genug, sollte gegen Mitternacht die Landung erfolgen. Also in den nächsten Minuten.«

»Ich finde es ja bemerkenswert, dass Grabowsky und du in diesen hypothetischen Flügen ein Muster erkennt.«

»Wir erfassen Zeiten«, erklärte ich. »Seit Dezember gab es sechs definitive Flüge. Sie passen perfekt mit dem Zeitpunkt zusammen, an dem die NASA auf den Black-Knight-Satelliten gestoßen ist.«

Für Harris würde der Black-Knight-Satellit wahrscheinlich immer ein Märchen bleiben. Für mich dagegen war längst klar, dass dieses bislang nur angenommene Objekt im Erdorbit, das angeblich nicht von Menschenhand erschaffen wurde, existieren musste.

»Warum sonst sollte die NASA unter Ausschluss der Öffentlichkeit regelmäßig ins All fliegen?«

»Du meinst, außer um *Moonraker* zu bauen?«, scherzte Harris.

»Du nimmst mich nicht ernst, verdammt! Mit konventioneller Raketentechnologie wären diese Flüge viel zu teuer, um sie geheim zu halten. Und dass die NASA ein streng geheimes Transportmittel entwickelt hat, ist mehr als wahrscheinlich.«

Ich sah in der Dunkelheit, dass Harris seine dünnen Beine mittlerweile in seiner Hose versteckt hatte. Er knöpfte sein Karohemd zu, setzte seine Brille auf und sprang von meinem Wagen.

»Was, wenn es nicht der Black-Knight-Satellit ist?«

»Was sollte es denn sonst sein?«, fragte ich und hob die Augenbrauen.

»SDI«, antwortete Harris.

»Das Star-Wars-Programm? Harris, wirklich: zu glauben, dass dieses *Strategic Defending* ...«

»*Strategic Defence Initiative*«, korrigierte mich Harris.

»Zu glauben, dass dieses weltraumgestützte Waffensystem überhaupt existiert, ist eine hanebüchene Geschichte. Der Kalte Krieg ist vorbei, Mann.«

»Hanebüchen? Was glaubst du, wie ein Unbeteiligter deine Theorie auffassen würde? Eine verrückte Alienstory von einer kellnernden Blondine in ihren Dreißigern?«

»Ich werde erst nächstes Jahr dreißig, Harris! Und außerdem: Es ist keine Theorie, verdammt! Ich kann nichts dafür, dass nur ich sie gesehen habe! Aber wenn Grabowsky richtig liegt, werden wir bald schon stichhaltige Beweise haben.«

»Noch drei Monate, dann rutschen wir ins Jahr 2000, und es ist mehr als wahrscheinlich, dass der ganze Planet in einer atomaren Katastrophe endet. Und das nur, weil veraltete Software in den Steuerungssystemen von Kernwaffen, Atomkraftwerken und möglicherweise auch vom SDI zu einer unerwarteten Fehlfunktion führen kann, weil bei ihrer Entwicklung niemand daran gedacht hat, dass es beim Wechsel von 1999 zu 2000 möglicherweise zu gravierenden Problemen kommen könnte.«

»Harris, du hörst dich fast an wie ...«

»Pst, siehst du das?«

Über der Wüste sah ich ein paar schwache Lichter, die auf uns zukamen. Grabowsky hatte also recht gehabt. Harris holte die Kameratasche aus meinem Wagen. Ich riss mich von dem Anblick los und trat zum Kofferraum. Mir blieb nicht mehr viel Zeit. In dem gewöhnlichen Durcheinander aus Werkzeugen, losem Papier und Müll fand ich den batteriebetriebenen

Scheinwerfer. Ich stellte das schwere Ding auf den Sand und richtete es zum Himmel aus.

Als ich zu den Lichtern blickte, sah ich, dass sie fast über uns waren. Seltsamerweise hörte ich keine Fluggeräusche. Und mit einem Mal erloschen die Lichter.

»Okay«, rief ich. »Es geht los!«

Harris stellte sich neben dem Scheinwerfer auf und nahm die Kamera vor sein Gesicht. Ich legte den Schalter um. Der stattliche Lichtkegel streckte sich den Sternen entgegen und in der nächsten Sekunde glitt ein dunkles Objekt hindurch. Ich hörte das Auslösen der Kamera. Nur für den Bruchteil einer Sekunde war das Ding im Schein der Lampe zu sehen, dann verschwand es wieder in der Nacht. Augenblicklich löschte ich das Licht.

»Ich weiß, dass ich zu laut Musik höre, Jeannie«, lachte Harris auf. »Aber gib es zu: Du hast auch kein Triebwerk gehört.«

Ich blickte dem Flugobjekt hinterher. Die Lichter blieben aus, doch ich erahnte es über dem weitläufigen Land nördlich von uns. Ein schier endloser Drahtzaun verlief etwas unterhalb unseres Standorts und trennte uns von diesem Gebiet.

»Groom Lake«, flüsterte ich.

Dann sah ich etwas, das mich zutiefst beunruhigte. »Harris, wir kriegen Ärger!«

Er kam an meine Seite und blickte den Hügel hinab. Er sah, was ich sah. »Eine Patrouille. So ein Mist!«

Ein Paar Scheinwerfer kam die Sandstraße hinauf. Ohne ein Wort zu sagen, warfen Harris und ich die Kamera und den Scheinwerfer in den Kofferraum meines AMC. Wir schwangen uns in die Sitze und ich startete den Motor. Die Reifen drehten durch. Der Sand prasselte gegen die Radkästen und wir rasten in Richtung Highway.

Viel zu schnell jagten wir den verschlungenen Weg zwischen Sträuchern und Kakteen entlang. Eine Unebenheit warf den Wagen in die Luft, doch ich fing ihn wieder. Kontrolliert rutschte ich in die nächste Kurve.

»Fahr langsamer!«, schrie Harris. »Du bringst uns noch um!«

»Willst du, dass sie uns kriegen?«, fragte ich.

Ich donnerte über die nächste Unebenheit. Die Scheinwerfer erhellten die Spitzen der Wüstenpflanzen, bevor wir wieder auf der Piste landeten.

»Da ist schon die Straße«, sagte ich.

Ich blickte zu Harris. Er hatte sich nach hinten umgedreht.

»Sie sind gerade erst oben auf dem Hügel.«

Ich drückte das Gaspedal durch. Wir erreichten den Highway, der um diese Zeit vollkommen leer war. Mit gut neunzig Meilen die Stunde raste ich in Richtung Beatty. Nach ein paar Meilen merkte ich, dass Harris sich entspannte.

»Ich glaube, die haben wir abgehängt«, sagte er.

Der Geruch von frischem Marihuana wehte mir entgegen. Harris hielt mir den Joint vor die Nase und ich nahm einen tiefen Zug. Im Tapedeck eierte eine Kassette und aus den Lautsprechern quäkte R. E. M.s *It's the End of the World as We Know It*.

Nachdem uns bereits zweimal der CD-Spieler aus dem Auto gestohlen worden war, hatten wir weder das Geld noch die Lust, uns noch so ein teures Gerät einbauen zu lassen. Deshalb hörten wir unsere Musik nun schon seit einiger Zeit mit einem gebrauchten Kassettendeck.

Vor uns schälte sich die Tankstelle am Stadtrand von Beatty aus der Dunkelheit. Ein weiteres Mal zog ich am Joint. Ich fuhr auf den Parkplatz und stellte meinen Wagen neben das

Kassenhäuschen, wo nur ein verbeulter Honda stand. Es war das Auto des schlecht bezahlten Tankstellenmitarbeiters.

»Das wird der Knaller, Harris!«, sagte ich, als ich ausstieg. »Wenn die Fotos etwas taugen, sollten wir zumindest stichhaltige Beweise für geheime Flüge ins All haben.«

»Ja, dann brauchen wir nur noch den Beweis, dass dein hypothetischer Black-Knight-Satellit existiert.«

»Oder dein blödes SDI«, lachte ich.

Wir waren schon ziemlich high, als wir uns in die Tankstelle schleppten. Das Neonlicht stach in meinen Augen. Im Verkaufsraum schlug uns die Eiseskälte einer zu stark eingestellten Klimaanlage entgegen. Wir nahmen uns zwei Sixpacks Dosenbier vom Stapel neben der brummenden Kühltruhe und stellten sie auf den Tresen, hinter dem der gelangweilte Kassierer hockte.

Er schien zu riechen, dass wir etliche Meilen im Marihuanadunst abgehangen hatten. Jedenfalls mussten wir vollkommen breit aussehen, denn er blickte uns amüsiert an. Ich konnte förmlich das Szenario erahnen, das sich in seinem Kopf abspielte:

Am nächsten Morgen würde Sheriff Tognazzi bei ihm auftauchen und ihm unsere Fotos vorhalten. Er würde dem Kassierer sagen, dass wir nur noch verkokelte Leichen in einem zerfetzten Autowrack am Rande des Highways wären. Dann würde der Sheriff fragen, ob wir am Abend zuvor bei ihm in der Tankstelle waren. Und dieses arme Würstchen würde einfach sagen, dass er uns nicht angemerkt hatte, dass wir unter Drogen standen.

Wir bezahlten das überteuerte Bier und traten hinaus. Ohne ein Wort zu wechseln, taumelten wir zurück zu meinem Wagen. Ich schloss auf und blickte zu Harris, der bereits am Türgriff rüttelte. Zuerst wusste ich nicht, ob ich mich täuschte. Hinter ihm im Dunkel bewegte sich etwas.

Ich sah genauer hin. Ein Schatten! Und es war nicht nur einer. Zwei, drei, …

Mehr konnte ich nicht ausmachen. Ich sah nur noch, wie sich ein kräftiger Arm um Harris' Hals schlang, dann wurde ich selbst von etwas erfasst und auf den Boden geworfen. Ohne zu wissen, was los war, knallte ich mit dem Gesicht auf den Asphalt. Etwas drückte auf meinen Rücken. Noch bevor der Schmerz kam, merkte ich, dass es mein eigener Arm war. Das Trampeln von schweren Schuhen donnerte um meinen Kopf.

»Harris!«, schrie ich.

Jetzt hatten sie uns also doch erwischt! Ich hörte, wie sie die Autotüren aufrissen. Die Bastarde schmissen unseren ganzen Kram heraus. Leere Bierdosen, Zigarettenschachteln, Plastiktüten, zerknitterte Prospekte, Werkzeug, Stifte, Klopapier, Klappspaten, der Scheinwerfer: alles landete direkt vor meiner Nase.

Wer auch immer mich festhielt, zerrte mich nun hoch. Ich hatte Schwierigkeiten, mit meinen Füßen einen sicheren Stand zu finden. Ich sah, dass sie zu viert waren. Harris wurde von zwei Soldaten festgehalten, die schusssichere Westen trugen. Einer von ihnen war ein echter Hänfling, fast noch schmächtiger als Harris. Mich dagegen hielt ein unrasierter G. I. in Schach. Ich entdeckte auch ein Geländefahrzeug der Armee, das neben unserem Wagen stand.

Ein Typ, der aussah, als hätte er sich nach seiner Quarterback-Karriere an der Highschool nur noch von Anabolika ernährt, kam auf Harris zu. Ohne ein Wort zu sagen, schlug er ihm in den Magen. Mein Freund sackte in sich zusammen und bekam nicht einmal Luft, um vor Schmerzen zu schreien.

»So, Nigger«, rief er. »War 'ne blöde Idee, am Zaun zu schnüffeln.« Dann drehte sich der Muskelprotz um und blickte mich grimmig an.

»Fass mich einmal an und ich mach' aus deiner Familienplanung Rührei«, fauchte ich.

»Ganz schön vorlaut, Blondchen!«, knurrte der Soldat.

Der Muskelprotz hielt unsere Fototasche hoch. Er packte die Kamera aus und betrachtete sie. Dann öffnete er das Filmfach.

»Nein!«, keuchte Harris.

Doch der Soldat würdigte ihn keines Blickes und nahm die Filmrolle heraus. Den Apparat knallte er auf das Dach meines AMC, dann zog er den gesamten Film aus der Rolle und warf ihn zu dem Haufen auf dem Boden. Er kam wieder zu mir. Der Soldat, der mich festhielt, tastete mich ab und zog mein Portemonnaie aus der Hosentasche. Er überreichte es dem Muskelprotz. Dieser fummelte meinen Führerschein heraus.

»Jeannie Gretzky«, las er vor. »Und der da?«

Er zeigte auf Harris. Der schmächtige Infanterist suchte Harris ab, fand aber kein Portemonnaie.

»Hab' ich zuhause vergessen«, stammelte Harris. »Sebastian Harris heiße ich.«

»Also, ihr beiden Vögel werdet eure Arbeit sofort einstellen. Und ich hoffe für euch, dass ich euch nicht noch einmal erwische.«

»Was haben wir denn getan?«, fragte ich vor Wut schnaubend.

Aus dem Armeefahrzeug krächzte das Funkgerät.

»Streife 327, bitte kommen. *Over.*«

Der Muskelprotz ging hinüber und hielt das Sprechgerät mit ausgestrecktem Arm vor seinen Mund. »Corporal Antilles hier. *Over.*«

»Die Stabsstelle hat gerade Code *Black Spark* ausgerufen. Alle Einheiten zur weiteren Lagebesprechung zurück ins Nest. *Over.*«

»Verstanden. *Over*«, rief Corporal Muskelprotz.

Die Soldaten ließen von Harris und mir ab, aber nicht, ohne uns als weitere Erniedrigung zu schubsen. Harris stürzte. Dann kletterten sie ins Fahrzeug. Der schmächtige Kamerad stolperte über unseren Scheinwerfer. Ich sah nur aus dem Augenwinkel, wie er das Durcheinander mit seinen hilfesuchenden Füßen verschlimmerte. Er richtete seinen Helm, warf uns einen schlecht gelaunten Blick zu und verschwand im Fahrzeug.

Corporal Muskelprotz stieg als Letzter ein. Grelle Scheinwerfer erhellten die Nacht und der Motor dröhnte auf. Dann setzte sich das Ungetüm in Bewegung und verschwand. Ich sprang zu Harris, der sich auf seine Knie stützte.

»Scheiße, die haben uns eiskalt erwischt!«, zitterte ich.

Ich sah den Highway hinunter. Die Rückleuchten des Militärjeeps wurden immer kleiner. Ich hielt Harris' Kopf und streichelte ihn.

»Geht schon«, presste er hervor.

Mein Blick fiel auf eine verbeulte Dose Bier am Rande unseres verstreuten Inventars. Sie musste aus dem Plastikring des Sixpacks gerutscht sein, als Corporal Muskelprotz meinen Wagen gefilzt hatte. Ich hob sie auf und öffnete sie. Laut zischend ergoss sich der Schaum auf meine Beine und Füße. Entnervt sah ich an mir herab und kniff dann die Augen zusammen. Ich hatte etwas entdeckt, das nicht zu der üblichen Ausstattung meines Wagens gehörte. Zwischen dem Scheinwerfer und dem Klappspaten ragte die Kunststoffhülle einer CD hervor. Ich hob sie auf.

»Ist die von dir?«, fragte ich und reichte Harris das Bier.

»Nein«, keuchte er. »Zeig mal her.«

Ich beugte mich zu ihm hinunter. Ich öffnete die Hülle und nahm die offenbar selbst gebrannte CD-ROM heraus. Dann betrachtete ich das minimalistische Cover. Es war ein Sampler. Um den Titel herum, der *Artificial Satellites* lautete, waren kleine schwarze Sterne platziert.

»Hat vielleicht der Soldat verloren, als er gestolpert ist«, mutmaßte Harris.

»Würdest du CDs in einer Uniform aufbewahren?«

Harris blieb still und sah mich mit großen Augen an. Er ahnte dasselbe wie ich. Musik war anscheinend nicht das Einzige, um das es bei dieser CD ging.

Ich sollte recht behalten.

AERIAL INVESTIGATION

Niemand, der in seinem Leben etwas erreichen wollte, zog nach Beatty. Dieses Wüstenkaff im Armagosa Valley war genauso deprimierend wie all die anderen Siedlungen, die um das riesige militärische Sperrgebiet der Nellis Range lagen. Einzig die an Beatty angrenzende Ruinenstadt Rhyolite war noch deprimierender.

Beatty war bevölkert von Leuten, die sich ihre Grundstücke mit Schrottautos vollstellten, und Rednecks, die in Trailern hausten. Neben den durchreisenden Touristen, die von Las Vegas nach Reno oder Fresno wollten, blieben selten welche länger als eine Nacht. Meistens waren es deutsche Autoingenieure, die hier wochenlang abhingen. In der unerträglichen Hitze des Death Valley testeten sie ihre Prototypen.

Abends schleppten sie sich in ihren schlecht sitzenden Klamotten zu *Morten's Diner*, in dem ich unter der Woche die Spätschicht machte. Mit ihrem miesen Akzent bestellten sie ihre Biere, dabei artikulierten sie die Konsonanten so stark, dass ich glaubte, vor mir stünden Klingonen.

Den Vormittag verbrachten Harris und ich für gewöhnlich in unserer Detektei. Mit *Aerial Investigation* verfolgten wir Ufo-Sichtungen und alles andere, das mit außerirdischen

Erfahrungen zu tun hatte. Die Detektei lief mäßig, aber hin und wieder kamen Klienten mit mehr oder weniger seriösen Berichten. Zum Beispiel heute Vormittag. Doch zuvor hatten Harris und ich noch etwas zu erledigen.

»Hat die Klientin ihren Namen gesagt, als du mit ihr telefoniert hast?«, fragte ich.

»Die neue Platte der Nine Inch Nails ist irgendwie seltsam«, murmelte Harris geistesabwesend.

Als ich meinen Wagen auf den Parkplatz von *Gorman's Stehcafé* lenkte, sah ich, dass er in das Booklet eines seiner neuen Rezensionsexemplare vertieft war.

»Zu verkopft und wenig fokussiert«, brummte er weiter. »Aber ein paar coole Lieder sind immerhin drauf. Jeannie, ich muss dir mal *Where Is Everybody* vorspielen. Der Song wird dich umhauen!«

»Harris, wir sind da!«

»Ja, ja«, grummelte er und legte die CD mit dem Booklet beiseite.

Ich deutete auf die kleine Frau, die in ihrem dicken Ledermantel mitten auf dem Parkplatz stand. »Da ist Liz«, sagte ich.

Der Parkplatz war so gut wie leer und ich stellte den Wagen mitten auf der asphaltierten Fläche ab. Harris schnappte sich den Umschlag, wegen dem wir hier waren, und wir stiegen aus.

»Oh-oh«, flüsterte er mir grinsend zu, »der *Blade Runner* ist hier, um uns aus dem Verkehr zu ziehen.«

Es stimmte. Ungeachtet der Hitze trug Liz Robinson an diesem Tag wieder einmal ihren abgewetzten Mantel, und zusammen mit ihrem zerzausten Kurzhaarschnitt konnte man eine gewisse Ähnlichkeit zu Harrison Ford in *Blade Runner* nicht von der Hand weisen. Auch wenn Liz mit über sechzig schon eine recht verlebte Replikantenkillerin wäre. Ihr war es egal, wie sie herumlief. Sie führte die andere Detektei für Ufo-Sichtungen hier in Beatty. Zum Glück wussten nur die wenigsten, dass Liz auch abgedrehte Berichte für den *Secret Observer* schrieb. Das war Grabowskys Magazin, das seit fast zwei Jahrzehnten eine Instanz in der Ufo-Szene war und für das auch ich gelegentlich Artikel verfasste.

»Da seid ihr ja endlich«, begrüßte uns Liz. »Wir hatten neun Uhr gesagt, wenn ich mich recht erinnere. Habt ihr verschlafen, oder was?«

»Hey Liz! Harris hat verschlafen«, gestand ich. »Und ich musste mir im Radio wieder den Quatsch mit Russland anhören. Wenn die weiter so einen Stress machen, gibt's bald einen neuen Kalten Krieg.«

»Oder diesmal tatsächlich den Dritten Weltkrieg«, erwiderte Liz mit ihrer typischen heiseren Stimme. »Was ist los, Harris? Was lief gestern im Fernsehen, dass du heute nicht aus den Federn kamst?«

»Nichts. Wir waren gestern drüben auf dem Haystack Mountain. Wir haben etwas gesehen.«

»Und wurden direkt danach hochgenommen«, ergänzte ich. »Wir hätten sogar Fotos gehabt, wenn die Filmrolle nicht der Zerstörungswut dieser Geistesamöben von der Armee zum Opfer gefallen wäre.«

»All diese verschwendete Zeit«, sagte Liz. »Werdet mal so alt wie ich, dann lernt ihr, mehr aus eurer Zeit zu machen.«

»Nämlich?«, fragte Harris.

»Einen Fimmel für Rätsel und Versteckspiele entwickeln«, lachte Liz, »und popkulturelle Memorabilia sammeln.«

»Ja, richtig«, nickte Harris.

Er gab Liz den Umschlag. Sie öffnete ihn sofort und holte ein paar Fotos heraus. Die Augen in ihrem lebensklugen Gesicht strahlten.

»*Barbarella*!«, seufzte sie.

»So ein alter Schinken.« Harris schüttelte den Kopf. »Ich war noch ein Baby, als der Film rauskam. Das hier sind jedenfalls alle zwölf Fotos vom Filmset, die der Typ in Reno auftreiben konnte.«

»Die sind genial! Sieh mal hier, da sitzt Jane Fonda fast nackt am Rand des Sets.«

»Was ist los, Harris? Hast du dich etwa nicht in Jane Fonda verliebt, als sie sich in der Eingangssequenz aus ihrem Raumanzug räkelte?«, fragte ich amüsiert.

»Man hatte sie mit Wodka abgefüllt. Und ich finde besoffenen Leuten zuzusehen ziemlich beschämend.«

»Jane Fonda wird jedenfalls auf ewig die Frau sein, die eigentlich hätte heiraten sollen«, säuselte Liz. »Sie ist ja so heiß!«

»Aber Jane Fonda ist schon über sechzig.«

Sie besah sich weiterhin die Fotos. »Das sollte kein Hindernis sein«, schmunzelte Liz und ich sah ihren goldenen Eckzahn aufblitzen.

Dann wurde sie ernst. »Hört mal, bei mir wurde heute Morgen eingebrochen.«

»Was?«, rief ich bestürzt.

»Ich war nur kurz mit Boots eine Runde Gassi gehen, und als ich zurückkam, war die ganze Bude durcheinander.«

»Junkies?«, fragte Harris.

»Keine Ahnung«, sagte Liz. »Soweit ich das überblicken konnte, fehlt nichts. Aber momentan passieren seltsame Dinge.«

Ihre Augen verengten sich zu kleinen Schlitzen und sie sah nach links und rechts. »Ich bekomme gleich Besuch«, flüsterte Liz. »Ein Klient hat vor ein paar Tagen eine Sichtung gemacht und behauptet, Fotos zu haben.«

»Was für ein Zufall«, bemerkte ich. »Vor einer halben Stunde haben wir einen Anruf bekommen, dass eine Klientin auf dem Weg zu uns ist und über eine Ufo-Sichtung sprechen möchte.«

Liz Robinson kam dicht an mich heran. Ich hatte das Gefühl, dass sie nervöser war als gewöhnlich. »Jeannie, ich sag dir, da ist was im Argen.«

»Ich denke, ich werde mal drüben in Rachel anrufen«, sagte ich. »Vielleicht weiß Grabowsky was davon. Aber eine Sichtung, von der Klienten eher wissen als wir, finde ich in der Tat eigenartig.«

»Startet bald eine neue Staffel von *Akte X*?«, fragte Harris.

»Könnte man fast meinen«, sagte ich. »In letzter Zeit sind wieder eine Menge Falschinformationen unterwegs.«

»Und ich sage dir immer wieder«, rief Liz, »dass das aus einem bestimmten Grund so ist! Immer, wenn die Regierung eine geheime Operation am Laufen hat, schwemmen Falschinformationen in die Welt. Die wollen etwas vertuschen und uns den Wind aus den Segeln nehmen, indem sie uns als paranoid darstellen.«

Liz blickte über den Parkplatz.

»Wenn ich nur an diese schwachsinnigen Gerüchte denke, die Mondlandung könnte vorgetäuscht gewesen sein. Dabei wollte die Regierung nur von den außerirdischen Bauwerken ablenken.«

»Da sagst du was«, fiel mir ein. »Der Typ aus Carson City hat gelogen, was diese Höhlen am Lake Tahoe angeht. Es bleibt also bei fünf bestätigten nichtmenschlichen Bauten. Das von mir entdeckte in Oregon bleibt weiterhin das einzige, das noch nicht aufgegeben war.«

»Das war 1986, Jeannie«, bemerkte Liz.

»Schon klar. Alle anderen sind aber schon längst aufgegeben. Ich finde, es ergibt keinen Sinn, dass Außerirdische über verschiedene Epochen hinweg Bauwerke an unterschiedlichen Stellen bewirtschaften.«

»Außer, sie brauchen etwas, das es zu einer bestimmten Zeit nur an diesem Ort gibt.«

»Wie bitte?«, fragte ich.

»Jeannie«, seufzte Liz, »wenn es so ist, dass jede intelligente Lebensform ins Weltall drängt, um fremde Planeten zu erkunden, ist es nur logisch, dass sie auf diesen Planeten auch Einrichtungen oder Stützpunkte errichten, um Rohstoffe oder was auch immer zu gewinnen.«

»Aber die Art, wie sie es tun, ist für mich nicht nachvollziehbar.«

»Das muss es auch nicht. Es sind keine Menschen.«

»Du, Jeannie«, meldete sich Harris, »ich bin nun wirklich nicht der Kerl, der rumstresst, aber wir sollten langsam los. Die Klientin kommt gleich.«

»Alles klar«, lächelte Liz. »Lasst euch von einer alten Schachtel wie mir nicht aufhalten. Danke für die Fotos, Harris. Das Geld kriegst du spätestens nächste Woche.«

Harris und ich wussten genau, dass wir das Geld erst in Monaten sehen würden.

»Liz«, sagte ich, »wenn wir dir helfen können, meld dich einfach. Wegen dem Einbruch.«

»Alles klar, Jeannie. Ich komme drauf zurück. Aber wenn ich in den nächsten Tagen nicht zu erreichen bin, macht euch keine Sorgen. Bin geschäftlich unterwegs.« Sie zwinkerte mir zu, drehte sich um und watschelte davon.

Ich wandte mich an Harris, der sich gerade einen Joint drehte. »Geschäftlich?«, wisperte ich. »Manchmal macht Liz ein ganz schönes Geheimnis um sich und ihre Arbeit.«

»Wir sind immerhin ihre Konkurrenz.«

»Glaubst du, Liz plant auf eigene Faust eine Ufo-Observation über der Nellis Range?«

»Nee«, antwortete Harris, ohne aufzublicken. »Aber wenn du ganz unauffällig zur anderen Straßenseite guckst, wirst du einen blauen Buick entdecken. Die Typen darin scheinen uns zu beobachten.«

Ein Blitz aus Eis zuckte augenblicklich durch meinen Körper. Ich hielt mich davon ab, sofort hinzusehen, und tat stattdessen so, als suchte ich etwas in meiner Hosentasche. Dabei hob ich den Blick und entdeckte den Wagen. Darin saßen zwei Personen, die sich zwar nicht merklich bewegten, aber ganz offenbar zu uns schauten.

»Die stehen da schon, seit wir hier ausgestiegen sind. Ist vielleicht doch keine so gute Idee, in der Öffentlichkeit einen Joint zu drehen.«

»Komm«, sagte ich beunruhigt. »Lass uns fahren.«

Das kleine Gebäude, in der sich unsere Detektei *Aerial Investigation* befand, lag an der 2nd Street, der großen Landstraße, auf der man nach Vegas gelangte. Die Halle der ehemaligen Autowerkstatt nahm ein Exporteur für Dekorationsartikel in Anspruch. Ein windiger Kerl namens Gerardo kam alle paar Wochen, um Kisten zu bringen und abzuholen. Er schwatzte meist ein paar Sätze in gebrochenem Englisch mit uns, bevor er mit seinem Transporter wieder in der Wüste verschwand.

Das angeschlossene Büro hatten wir angemietet. Als ich aber die Tür aufschloss, sah ich sofort, dass etwas nicht stimmte.

»Fuck!«, entfuhr es mir.

Harris drückte sich an mir vorbei und starrte auf das Durcheinander vor uns. »Bei uns also auch!«

»Ich ruf die Polizei!«

»Auf keinen Fall!« Harris hatte die Augen hinter seiner dicken Brille weit aufgerissen und seine Zähne blitzten zwischen seinen dunklen Lippen hervor.

»Ich hab' Weed dabei, schon vergessen? Selbst, wenn ich es wollte, wir könnten nicht alles auf einmal wegrauchen.«

Das war ein Argument. Sheriff Tognazzi war ein harter Knochen, der unseren Gewohnheiten feindlich gegenüberstand. Vorsichtig trat ich also ein. Es war mehr als unwahrscheinlich, dass zu dieser Zeit noch jemand im Haus war.

»Meinst du, das sind Junkies gewesen?«, nuschelte Harris, den Joint im Mund.

»In Beatty? Was kann man bei uns holen außer Schulden?«

Ich blickte in das Chaos und stellte fest, dass die Einbrecher entweder etwas Bestimmtes gesucht oder nicht viel Zeit gehabt hatten, denn manche Regale waren komplett ausgeräumt, andere nahezu unangetastet. Die Rollcontainer des Schreibtischs waren ebenfalls so, wie wir sie hinterlassen hatten.

»Wir sollten zumindest ein bisschen aufräumen«, beschloss ich. »Die Klientin kommt in einer Viertelstunde.«

Ich sichtete die geöffneten Schubladen und die teilweise aus dem Regal geworfenen Ordner.

»Es fehlt anscheinend nichts. Meinst du, das waren Klienten?«

»Sie hätten wenigstens mal unseren Müll rausbringen können«, beschwerte sich Harris.

»Um deine Sammlung antiker Pizzakartons würde ich auch einen großen Bogen machen.«

Ich ging zum CD-Spieler. Aus meinem kleinen Lederrucksack holte ich den Sampler, den ich gestern Abend gefunden hatte. Ich schaltete das Gerät ein. Bratende E-Gitarren und schnodderiger Gesang dröhnten heraus.

Jessica's suicide takes me for a ride
I'm just a crazy one-armed man
Strange world, dead girl
Die each day or so you say it
How much death can one man stand? [1]

»Armchair Martian!«, freute sich Harris.

Ich nahm die CD aus dem Player und schob den Sampler hinein. Sobald ich *Play* drückte, penetrierte die unübertroffene Schmalzigkeit von Simon & Garfunkel mein Gehör.

And here's to you, Mrs. Robinson
Jesus loves you more than you will know
Whoa, whoa, whoa
God bless you, please, Mrs. Robinson
Heaven holds a place for those who pray
Hey, hey, hey [2]

»Hilfe!«, lachte ich.

Harris nahm den Besen als Gitarre und imitierte voller Inbrunst den wippenden Paul Simon. Erst jetzt sah ich die Tracklist. Es lief mir eiskalt den Rücken runter.

»Die Songauswahl ist ja mehr als gruselig«, sagte ich. »Bis auf diese grauenhafte Hippieschnulze ist hier nur Proletenmucke drauf. Limp Bizkit, Korn, Kid Rock ...«

Harris zündete den Joint an und nahm einen tiefen Zug. Genüsslich hielt er die Luft an, ehe er den Dunst ausstieß.

»Das ist in der Tat eine sehr eigenwillige Mischung. Aber was erwartest du von einem Soldaten?«

»Vermutlich noch weniger«, sagte ich und nahm ihm den Joint ab. »Aber was muss ein Soldat geraucht haben, um Simon & Garfunkel zu hören? Meinst du, Liz Robinson mag den Song?«

Ich sah mir die Titelliste genauer an. Etwas daran irritierte mich. Unter der Titelliste standen kleingedruckte Informationen, es hatte das Niveau eines Schülerscherzes:

Songs ausgewählt von Mr. X, kein Mix, kein Master, kein Copyright. Achtung: Explizite Sprache enthalten.

Darunter stand noch ein Satz, der mich mehr als stutzig machte. »Fox möchte darauf hinweisen, dass Null auch eine Nummer ist«, las ich leise.

»Haha!«, lachte Harris und verschluckte sich dabei am Qualm. »Der hat einen guten Humor.«

»Weißt du etwa, was das bedeutet?«, fragte ich erstaunt.

Harris nahm noch einen Zug und sah mit seinen blutunterlaufenen Augen auf die Titelliste.

»Abgefahren, das steht ja wirklich da. Eins zu eins«, stutzte er.

Obwohl er total dicht war, schien er zu merken, dass ich nur Bahnhof verstand.

»Das ist ein Zitat«, erklärte er. »Kennst du den Akte-X-Sampler?«

Ich schüttelte den Kopf. Ehrlich gesagt hatte Harris mir in den Jahren unseres Zusammenseins hunderte von Platten vorgespielt. Unser kleines Haus in der Hoyt Street hatte mehr Plattenregale als alles andere. Und zu jedem Song, den Harris mir vorspielte, erzählte er mir mindestens eine Anekdote. Ich konnte mir unmöglich alles merken.

»Dieser Sampler erschien 1996, als *Akte X* gerade durch die Decke ging. Im Vergleich zu anderen Soundtrack-Samplern beinhaltete er eine recht stilsichere Songauswahl. Das Interessante allerdings war, dass im Booklet genau dieser Satz zu finden war: *Fox möchte darauf hinweisen, dass Null auch eine Nummer ist.* Es war ein Rätsel. Die Macher nutzten das Interesse der an Verschwörungen und Geheimnissen interessierten Serienanhänger und versteckten einen Song auf der CD.«

»Einen Hidden Track«, sagte ich.

»Genau, allerdings keinen typischen Hidden Track, der am Ende nach dem letzte Song kommt. Nein, der Hidden Track befand sich vor dem ersten Song im sogenannten Pregap. Ihn konnte man nur erreichen, indem man das erste Lied anwählte und dann zurückspulte.«

»Cool! Was für ein Song war das?«

»Nick Cave hat was zusammen mit Dirty Three gemacht.«

»Und warum zur Hölle macht ein Soldat, der Simon & Garfunkel hört, solche Insiderwitze?«

Wir schwiegen. Offenbar mahlten Harris' langsame Mühlen gerade. Limp Bizkits überproduziertes *Nookie* quoll aus den Boxen und Harris drückte den Joint im Aschenbecher aus.

»Für den unwahrscheinlichen Fall«, sagte er lehrerhaft, »dass dieser Soldat mehr Grips als eine Amöbe hat, könnte es sein, dass er uns oder wem auch immer einen Hinweis geben möchte.«

Harris warf den Besen auf den Boden, ging zur Anlage und wählte den ersten Song an. Erneut schallte uns *Mrs. Robinson* entgegen. Er legte den Zeigefinger auf die Rewind-Taste und hielt sie gedrückt.

Die Zeitanzeige des Songs ging rückwärts und erreichte null Minuten und null Sekunden. Was mich überraschte, war, dass die Anzeige nicht wie üblich stehenblieb, sondern im negativen Bereich zunahm.

»Da ist tatsächlich was«, flüsterte ich.

Harris' Finger verharrte auf der Taste, bis die Anzeige bei minus 01:12 stehenblieb. Ehrfürchtig zog er seine Hand zurück. Wir lauschten.

Nach ein paar Sekunden Stille zersägte ein nervöses Piepen mein sensibles Gehör. Sofort sprang ich zur Anlage und drehte die Lautstärke runter, doch Harris rief: »Nein, Jeannie! Lass! Das ist ein Morsecode!«

Ich horchte. Harris hatte recht. Die unterschiedlich langen monotonen Töne, die wie ein Keyboardsound aus dem Computer klangen, hatten den Charakter eines Morsecodes. Mit einem Mal hörte die Abfolge auf. Erneut trällerten Simon & Garfunkel los.

»Ich brauche Stift und Papier«, stotterte Harris.

»Du kannst morsen?«, staunte ich.

»Nein, aber ich habe eine Übersetzungstabelle in meiner Schreibtischschublade. Spul zurück!«

Er kramte von meinem Tisch ein Blatt Papier und einen Kugelschreiber hervor. Ich tat nichts lieber, als Simon & Garfunkel den Garaus zu machen und drückte wieder die Rewind-Taste. Als ich sie losließ, erklang von Neuem das monotone Gepiepe.

Gespannt verfolgte ich Harris, der sich auf den Boden zwischen seine Pizzakartons gesetzt hatte. Mit leerem Blick starrte er vor sich hin und schmierte Striche und Punkte auf das Papier. Dann war der Spuk plötzlich vorbei, und bevor ich mir ein weiteres Mal *Mrs. Robinson* antun musste, schaltete ich die Anlage aus.

Harris holte seine Übersetzungstabelle heraus und schrieb unter jede Zeichenfolge einen Buchstaben, bis er schließlich fertig war. Ich schielte auf das Blatt.

»LV&T. Depot. Sie. Lügen«, murmelte ich. »Was bedeutet das?«

»Hm, LV ... LV&T«, grübelte Harris. »Das sagt mir was.«

»Ich kenne zumindest LV-426«, warf ich ein.

»Ha, du hast Recht!«, lachte er auf.

»Womit? Dass es sich um den Mond aus *Alien* handelt?«

»Nein, aber dass es eine Ortsbezeichnung sein muss. Warte, ich hab's gleich.«

Er stand auf und ging am Aktenschrank auf und ab. Dann zog er einen dünnen Ordner heraus und blätterte darin.

»Kennst du noch Rocco Tully?«, fragte er mich.

»Du meinst diesen Verrückten, der sich mit Aliens geprügelt haben will? Was ist mit dem?«

Harris hörte mit dem Blättern auf und legte den Zeigefinger auf das aufgeschlagene Blatt.

»Ah! Hier ist es: ›Der Klient engagiert sich seit etwa vier Jahren im Eisenbahnerclub von Las Vegas. Als der Klient am Abend des 8. Mai 1996 den Abschnitt zwischen Bonnie Claire und San Carlos der ehemaligen Bahnstrecke von Las Vegas nach Tonopah (LV&T) abging, sah er drei verdächtig aussehende Personen oder Wesen ...‹«

»Du meinst, das hat was mit dieser Bahnstrecke zu tun?«, fragte ich.

»Exakt!«

»Aber soweit ich mich erinnere, wurde sie schon im Ersten Weltkrieg abgerissen.«

Harris sah auf seinen Zettel. »Nicht vollständig«, sagte er leise. »Es existiert noch genau ein Gebäude dieser Strecke.«

»Das Depot?«, mutmaßte ich.

»Genau«, lachte Harris. »Und wie es der Zufall so will, steht dieses Depot in der uns bekannten und weltberühmten Ruinenstadt.«

»Der alte Bahnhof von Rhyolite«, kombinierte ich.

In diesem Augenblick bimmelte das Glöckchen der Tür und jemand betrat unsere Detektei.

MELISSA MCLANE

Unsere Klientin trat ein und ich musste unweigerlich an die junge Jane Fonda denken. Die vollen rotblonden Haare rahmten ein schmales, überaus hübsches Gesicht ein. Das geblümte Kleid tat sein Übriges, um dieser Frau eine aparte Aura zu verleihen. Doch das war nicht die ganze Wahrheit. Sie ging direkt auf Harris zu und streckte ihre zarte Hand aus.

»Melissa McLane, sehr erfreut. Wir hatten telefoniert, schätze ich.«

»Sebastian Harris, ich bin auch sehr erfreut.«

»Jeannie Gretzky, hallo«, sagte ich von der Seite.

Ich gab mir große Mühe, nicht zu freundlich zu klingen, denn irgendetwas an dieser Frau stimmte nicht, das roch ich förmlich. Und es war nicht das zuckersüße Parfum, das mir entgegenwehte.

»Sie kommen aus Vegas?«

»Ja, ich habe Ihre Telefonnummer von einem Bekannten. Der sagte, Sie würden sich meines Problems mit der nötigen Ernsthaftigkeit annehmen.«

»Sicher«, sagte ich.

Ich stellte den Stuhl, den die Einbrecher umgeworfen hatten, auf und bat Melissa McLane, sich zu setzen. Ihr Blick wanderte kurz durch den Raum. Mir war es, ehrlich gesagt, unangenehm, sie in dieser Unordnung zu empfangen.

»Ich hoffe, ich komme nicht ungelegen. Sie räumen um?«

Harris und ich wechselten einen schnellen Blick. Wir dachten dasselbe. Ungelegener hätte diese Miss McLane gar nicht kommen können. Ich wollte wissen, was es mit dieser Ortsbeschreibung auf sich hatte, und ich wettete, dass Harris das auch wollte.

Wir nahmen auf der anderen Seite des Schreibtischs Platz und ich betrachtete das Gesicht unserer vermeintlichen Klientin. Es war nicht zu übersehen, dass sie uns etwas vorspielte.

»Also, was genau führt sie zu *Aerial Investigation*? Sie hatten am Telefon etwas von einem Ufo erzählt.«

»Genau«, antwortete Melissa McLane und rutschte auf dem Stuhl umher. »Es passierte am 18. September, also vor vier Tagen. Es war schon ziemlich spät. Ich kam von der Arbeit und fuhr auf der Landstraße von Searchlight nach Boulder City. Ich kann nicht genau sagen, was in den Sekunden davor passiert ist, aber plötzlich waren da diese Lichter über den Bergen.«

Melissa McLane klang, als leierte sie einen auswendig gelernten Text herunter.

»Ich fuhr von der Straße ab, es war eine kleine Sandstraße, und folgte den Lichtern zum Rand der Berge. Sie waren vielleicht eine Meile entfernt. Es war auch kein anderes Auto unterwegs, nur ich. Die Straße hörte auf. Ich stieg aus meinem Wagen und sah dieses riesige Ding am Himmel. Es sah aus wie eine Art Fluggerät, und es hatte diese Lichter. Riesige Lichter!«

Unsere »Klientin« machte eine dramatische Pause. So langsam gefiel mir die Vorstellung.

»Ich weiß, es klingt absurd, doch ich hatte keine Angst. Das Ding blieb bestimmt noch Minuten auf der Stelle, bis es auf einmal senkrecht in den Himmel schoss. Das werde ich nie vergessen. Es war so schnell.«

Melissa McLane rang ihre auf dem Schoß gefalteten Hände, als sie ihr »Erlebnis« vortrug.

»Das war's?«, fragte ich.

Melissa McLane nickte eifrig.

»Boulder City?«, fragte ich weiter. »Das ist 'ne ziemlich belebte Region, so direkt neben Vegas.«

»Es war etwas außerhalb, am Keyhole Canyon.«

Sie erzählte Bullshit, doch das konnte ich ihr nicht einfach so an den Kopf werfen. Melissa konnte nicht wissen, dass ich wusste, dass die Außerirdischen dicht bewohnte Gegenden mieden. Sämtliche seriösen Meldungen kamen aus den entlegenen Ecken der Welt.

»Klingt nach *Aerial Incest*«, sagte Harris schließlich.

Melissa sah ihn fragend an. Doch bevor sie etwas darauf erwidern konnte, fuhr er fort:

»Naja, wissen Sie, Miss: Ein Verrückter liest einen Artikel in einer Illustrierten, in der es um Außerirdische geht. Die Phantomzeichnung eines kleinen grauen Männchens, die ein schlecht bezahlter Grafiker erstellt hat, ist darin abgebildet. Irgendwann glaubt der Verrückte, er hätte in seiner Kindheit ein Ufo gesehen, aus dem ein kleines graues Männchen gestiegen ist. Er sagt, es hatte einen Eierkopf und große dunkle Augen. Ein Kumpel von diesem Verrückten lässt sich inspirieren, bis auch er irgendwann glaubt, ein Ufo gesehen zu haben. Und seine Außerirdischen haben zufälligerweise auch graue Haut und schwarze Glupschaugen.

Nichts für ungut, Miss McLane, aber solche Geschichten hören wir ziemlich oft.«

»Ja, das stimmt«, lachte ich. »Wir könnten tatsächlich ein ganzes Buch mit diesen fragwürdigen Storys füllen.«

»Ja, *Jeannie's Aerial Incest. Außerirdische Märchen*«, grinste Harris.

»Was erlauben Sie sich!«, empörte sich Melissa. »Ich …«

Ihre Augen irrten rastlos umher und sie rang nach Worten.

»Ich weiß, dass das für Sie unglaublich, ja, vielleicht sogar unglaubwürdig klingt. Ich schwöre Ihnen aber, dass es die Wahrheit ist!«

»*Die Wahrheit*«, schnaubte ich. »Wurden Sie entführt?«

»Entführt? Himmel, nein!«

Ihr Blick sagte mir, dass ihr dieser Einfall beim Wiedergeben ihres Hirngespinstes wohl noch nicht gekommen war. Es schien ihr aber ein durchaus verführerischer Gedanke zu sein.

»Ich kann Ihnen anbieten, dass ich Sie zu dem Ort führe, an dem ich das Ding gesehen habe«, stammelte sie. »Dort ist auch eine Art Gebäude oder Höhle.«

Melissa vergrub den Kopf in ihren Händen. »Ich werde diesen Anblick nie vergessen, diese Zacken.«

Meine Atem stockte und mein Herz blieb fast stehen.

Was hatte sie da gesagt?

Melissa hob den Kopf und zwei undurchdringliche Augen blickten mich an. Das Blut entwich aus meinem Kopf und mir wurde ganz komisch.

»Zacken?«, fragte ich eindringlich.

»Ja, dieses fliegende Ding sah aus wie ein Seeigel, dunkel und mit langen Spitzen zu allen Seiten hin. Nicht wie ein Flugzeug, aber auch kein Dreieck und keine Untertasse. Dazu diese bunten Lichter.«

Ihr Blick haftete unbeirrt auf mir. Das, was sie sagte, traf mich wie ein Speer mitten ins Herz. Dorthin, wo meine dunkelsten

Erinnerungen schlummerten. Melissas Worte durchdrangen den schützenden Panzer und ließen diese Erinnerungen frei, unvorbereitet überfluteten sie meinen Verstand. Denn die Beschreibung des Ufos stimmte nicht nur haargenau mit denen der seriösen Sichtungen überein, sondern auch mit meinen Erinnerungen. Ich gab mir größte Mühe zuzuhören.

Melissa blickte mich unverwandt eindringlich an, während sie weitersprach. »Wissen Sie, als ich erkannte, was das war, bekam ich doch Angst. Denn es sah mit einem Mal so … *unfreundlich* aus. Ich will mir gar nicht vorstellen, dass solche Dinger um die Erde kreisen. Ich hätte auch nichts dagegen, wenn das nur ein böser Traum war.«

Ich schaute kurz zu Harris, doch der blickte stirnrunzelnd auf seine Schuhe und signalisierte mir damit, dass es an mir war, Melissa McLane zu beruhigen. Noch immer war ich ziemlich aufgewühlt, doch etwas irritierte mich an dem, was sie gesagt hatte. Oder daran, *wie* sie es gesagt hatte.

»Sie wollen, dass ich Ihnen versichere, dass das, was Sie erlebt haben, nicht echt war?«

Die »Klientin« nickte zögerlich.

»Aber sie haben doch soeben beteuert, dass Sie die Wahrheit erzählt haben.«

»Ich weiß, aber das klingt sogar für mich zu verrückt! Ich will einfach nicht, dass es wahr ist! Aber ich weiß auch, dass es Dinge gibt, die wir nicht verstehen. Ich weiß, dass ich mir das nicht ausgedacht habe, obwohl ich wünschte, dass es so wäre.«

Harris und ich schwiegen einen Augenblick. Dann räkelte sich Harris in seinem Sitz und ich sah, wie unsere »Klientin« nervös auf ihrem Sitz herumrutschte.

»Verzeihen Sie mir die Frage, Miss McLane«, begann Harris. »Warum sind Sie zu uns gekommen? Ich meine, Sie erzählen uns etwas, von dem Sie glauben, dass es real war, aber hoffen insgeheim, dass es das nicht ist. Wir sind aber diejenigen, die beweisen wollen, dass Sie nicht verrückt sind, sondern genau das gesehen haben, was Sie gesehen haben.«

»Mich würde es beruhigen, wenn es Bilder oder Videos gäbe, die beweisen, dass sie friedlich sind.«

Ich sah sie an und sah im Augenwinkel, wie Harris sich zurücklehnte.

»Wen meinen Sie mit *sie*?«, fragte ich, während Harris im selben Augenblick fragte: »Bilder und Videos?«

Wir sahen uns an und ich musste schmunzeln. Dann wandten wir uns der vermeintlichen Klientin zu, die sich immer weiter gegen die Stuhllehne presste.

»Die Außerirdischen, verdammt«, antwortete Melissa mit unerwartet fester Stimme. »Irgendwelche Beweise, dass es sie gibt. Bilder oder Videos eben.«

Ich lachte auf.

»Miss McLane, wenn wir Fotos von Außerirdischen hätten, müssten wir unsere Detektei nicht mehr hier draußen in der Wüste führen. Wir würden von Talkshow zu Talkshow reisen.«

»Ich verstehe«, sagte Melissa tonlos.

Ich hatte mich mittlerweile etwas beruhigt und begann zu erkennen, was mich an dieser Frau irritierte: Es war eine gewisse emotionale Gleichgültigkeit. Bei meinen Worten zeigte sie keinerlei Regung. Überhaupt schien sie mich die ganze Zeit zu mustern, dabei hätte ich gewettet, dass sie mit Harris flirtete. Die meisten Frauen taten das.

»Na schön«, seufzte ich. »Wir kommen morgen nach Boulder City runter. Und Sie zeigen uns den Ort, an dem Sie das Objekt gesehen haben. Einverstanden?«

In dem Augenblick, in dem ich das sagte, verfluchte ich mich dafür, dass ich Mélissa McLane nicht sofort rausgeschmissen hatte. Tatsache war, dass so eine Ortsbegehung nun einmal etwas Geld in unsere chronisch leere Kasse spülen würde.

Doch etwas an der Geschichte, die diese seltsame Person uns vorgetragen hatte, stimmte nicht. Jemand war bei uns eingebrochen. Und jemand wusste über unsere Arbeit mit den seriösen Ufo-Sichtungen Bescheid und hatte uns eine falsche Klientin geschickt. Das ergab einfach keinen Sinn. Zumindest noch nicht. Vielleicht stimmte es, was Liz gesagt hatte, und die Regierung plante eine Vertuschung. Ich hoffte, dass uns ein Ortsbesuch in Boulder City Klarheit verschaffen würde.

Ein dünnes Lächeln huschte über Melissa McLanes Gesicht. Dann stand sie auf und streckte mir ihre Hand entgegen.

»Perfekt. Passt es um elf Uhr vormittags?«

SIE LÜGEN

Kaum war Melissa McLane aus der Detektei geeilt, hielt es Harris und mich nicht mehr auf den Stühlen. Wir stürmten hinaus, schwangen uns ins Auto und ich ließ den Motor meines AMC Matador aufheulen. Harris und ich wollten um jeden Preis wissen, was sich in dem ehemaligen Bahnhof von Rhyolite befand, oder ob die morsecodierte, auf der CD versteckte Ortsangabe nur ein Scherz war. Vollkommen berauscht von der Vorstellung, wir könnten einer großen Verschwörung auf der Spur sein, ignorierte ich den Fakt, dass diese Nachricht nicht für uns bestimmt war.

Von unserer Detektei in Beatty bis nach Rhyolite waren es nur ein paar Meilen. Im Ortszentrum bogen wir von der 2nd Street links auf die Main Street, die in ihrem weiteren Verlauf zu der Route 374 wurde. Und kaum hatten wir Beatty hinter uns gelassen, lockte ich den 6,6-Liter-Motor meines AMC aus der Reserve. Er dröhnte genüsslich, während wir mit gut 80 Meilen die Stunde zwischen den Wüstenbergen hindurchfegten. Die laue Vormittagsluft der Wüste wehte uns um die Ohren, genau wie der groovende Beat in Placebos *Pure Morning*, das im Kassettendeck leierte.

Wie üblich war die Nevada State Route 374 an diesem Donnerstagvormittag so wenig befahren wie nach einer Zombie-

Apokalypse, und bald schon erreichten wir die Abzweigung nach Rhyolite. Ich blickte kurz zu Harris und bemerkte, dass er sich ängstlich an seinem Sitz festhielt. Ich ging mit dem Fuß vom Gas, doch anstatt auf die Bremse zu treten, zog ich die Handbremse an und riss das Lenkrad herum. Im Scheitelpunkt der Kurve drückte ich das Gaspedal bis zum Bodenblech durch. Die Reifen quietschten und das Heck drohte auszubrechen, doch ich hielt den Wagen auf der Spur und stellte mir vor, gerade einer Horde wild gewordener Untoter entkommen zu sein. Gott, ich liebte meinen Matador!

»Alter!«, rief Harris und rückte seine Brille zurecht. »Du weißt, dass ich das hasse!«

»Und du weißt, dass du dich langsam mal an meinen Fahrstil gewöhnen solltest, wenn du mit mir zusammen bist.«

»Das ist kein Grund, ständig mein Leben zu riskieren.«

»Dein Leben riskieren?«, lachte ich. »Das tat ich, als ich diesen schrottreifen Ford Tempo hatte. Hör zu, du Angsthase. Die Polizei von L. A. hat den Matador jahrelang als Streifenwagen genutzt. Er ist schnell und sicher.«

»Das war Anfang der 70er, Jeannie.«

»Mann, lass mir meinen Spaß! Oder hast du dir etwa schon mal einen 5000-Dollar-Wagen gekauft, der in sieben Sekunden von null auf sechzig Meilen geht?«

»Warum sollte ich mein Jahreseinkommen für etwas ausgeben, das ich nicht nutze?«

Nach einer Meile tauchte Rhyolite vor uns auf, oder besser gesagt, die Reste davon. Die Gebäude der ehemaligen Goldgräbersiedlung waren, mit Ausnahme einiger stehengebliebener Trümmerteile, nur noch staubige Grundmauern im Wüstensand.

»Was meinst du, Harris?«, fragte ich. »Was ist in dem Bahnhof, das so eine Heimlichtuerei rechtfertigt?«

»Ein Geheimkonzert von Metallica?«, mutmaßte Harris.

»Wohl eher Simon & Garfunkel.«

»Hm, da gibt's eigentlich nicht viel. Der ganze Laden ist zugenagelt. Manchmal hängen da wohl Kids ab und qualmen sich die Köpfe neblig.«

Wir erreichten das Ende der Straße und vor uns lag das Bahnhofsgebäude. Für die, die unbedingt in die Wüste wollten, führten von hier aus etliche Sandstraßen weiter. Für mich war es unvorstellbar, dass an dieser Stelle einmal eine Eisenbahnlinie entlanggeführt haben sollte. Hier, mitten durch das Nichts. Andererseits konnte ich mir auch nicht vorstellen, was für Leistungen Leute im Goldrausch vollbringen konnten.

Ich parkte den Wagen direkt an dem Gitterzaun, mit dem die County-Verwaltung das Gebäude abgesichert hatte. Die Musik aus den Boxen und das Schnurren des V8-Motors erstarben und wir stiegen hinaus in die Hitze.

»Aber wenn es etwas total Geheimes ist, warum dann hier? Rhyolite ist doch eine beliebte Touristenattraktion?«, griff ich das Thema erneut auf.

»Ja, das schon«, bemerkte Harris. »Aber nur, wenn man auf der Durchreise ist. Absichtlich fährt niemand hier heraus, nur um die paar Steine am Arsch der Welt anzugucken.«

Ich sah mich um.

»Stimmt«, stellte ich fest, »niemand hier.«

»Ich kann es mir nur damit erklären, dass derjenige, für den diese Informationen bestimmt sind, diesen Ort kennt.«

Das ausladende Gebäude, das man zu Beginn des zwanzigsten Jahrhunderts erbaut hatte, besaß markant geschwungene und an ihren Spitzen runde Giebel. Es gab ein kleines Obergeschoss über dem zentralen Teil des Hauses. Vereinzelt hatten sich Teenager mit uncoolen bis dilettantischen Graffitis auf der Mauer verewigt. An der rechten Seite führte ein Vorbau zur Rückseite des Bahnhofs, dorthin, wo früher einmal die Gleise gewesen sein mussten.

»Der Zaun hat ein Loch«, bemerkte ich.

»Ich bin sicher, Rocco Tully wartet da drinnen mit einer Axt auf uns«, scherzte Harris. »So wie der Verrückte, der Sam Neill in *Mächte des Wahnsinns* mit der Axt den Schädel spalten wollte, weißt du noch?«

Ohne auf mich oder meine Antwort zu warten, schlüpfte er durch die Öffnung und verschwand im Schatten des Durchgangs. Angespannt folgte ich ihm. So ganz geheuer war mir die Sache nicht, auch wenn ich verdammt noch mal wissen wollte, was uns hier erwartete. Nur das Geräusch des Windes, der die Säulen des Vorbaus umspielte, und das Knirschen des Sandes unter unseren Schuhen waren zu hören. Ich schloss zu Harris auf und erreichte die rückwärtige Seite des Gebäudes.

Dass Harris von Rocco Tully gesprochen hatte, rief mir die seltsame Episode in Erinnerung, die wir mit ihm erlebt hatten. Er war eine ganz merkwürdige Erscheinung gewesen. Er kam aus Goldfield, sah aus wie eine Mischung aus Meat Loaf und Chewbacca, war verrückt nach historischen Eisenbahnen und war sich sicher, von leibhaftigen Aliens angegriffen worden zu sein. In unserem Gespräch damals war mir schnell klar geworden, dass er sich die Wesen nur eingebildet hatte. In ihrer Beschreibung wichen sie zu stark von den seriösen Sichtungen und auch von meinen eigenen verschwommenen Erinnerungen ab.

Als ich unter dem maroden Vordach stand, ließ ich den Blick über das Areal schweifen. Dort unten im Sand musste früher das Gleis gelegen haben, auf dem die Züge hoffnungsvolle Goldgräber in die Wüste gebracht hatten. Wenn Rocco Tully wirklich tagelang durch die Einöde marschiert war, nur um aus nostalgischen Gründen einer längst aufgegebenen Bahnstrecke Tribut zu zollen, war es kein Wunder, dass er sich irgendeinen Mumpitz zurechthalluzinierte.

»Hey, Jeannie!«, riss Harris mich aus meinen Gedanken, »glaubst du, unser geheimer Informant gibt uns noch ein paar Tipps?«

»Das hoffe ich inständig, ja. Idealerweise gibt er uns ein nächstes Puzzlestück. Wenn wir den Hinweis richtig gedeutet haben, sollten wir hier fündig werden. Halt einfach die Augen nach Hinweisen offen, die zu der codierten Nachricht passen.«

»Die Augen offen halten …«, murmelte Harris. »Na fein, zwei Stunden habe ich noch. Dann muss ich mit dem degenerierten Köter von Mrs. Garcia eine Runde um den Block. Und danach wollte ich noch rüber zu Big L. Du weißt schon.«

Eine staubige Böe zwang uns zum Anhalten. Der Sand prickelte auf meinem Gesicht, und erst, als der Wind abflaute, gingen wir weiter.

»Willst du nicht endlich mal damit aufhören, den Kids im Armagosa Valley und in Pahrump Gras zu verkaufen?«, fragte ich.

»Was kann ich dafür, dass es hier in der Wüste keine vernünftigen Jobs gibt?«

»Harris, ich meine nur, vielleicht gibt es etwas, das du lieber machen würdest und das etwas mehr Ansehen hat.«

»Du findest also, es ist armselig, Jugendlichen Gras zu verkaufen?«

Ich sparte mir die Antwort, denn Harris kannte sie bereits. Still gingen wir an den zugenagelten Fensteröffnungen vorüber.

»Schon klar, Jeannie. Aber ich kann mir beim besten Willen nicht vorstellen, bei Morten zu arbeiten. Wenn ich nur daran denke, diesen arroganten Air-Force-Affen ihre Biere an den Tisch zu bringen, muss ich schon kotzen.«

»Das musst du entscheiden, Harris. Alles, was ich weiß, ist, dass du allein mit Plattenrezensionen kein Geld verdienst.«

»Und Gassi gehen und Gras verticken.«

»Du könntest ja auch mal Interviews mit den ganzen Bands führen, deren Platten du besprichst«, schlug ich vor.

»Ohne Führerschein? Du bist ja witzig!«

Mit einem Mal blieb er stehen, so, als hätte Medusa ihn versteinert.

»Alles okay?«, fragte ich.

Seine dunklen Augen rollten zur Seite und sahen mich durch die verschmierten Brillengläser an. Dann drehte Harris erst seinen Kopf, dann den Rest seines Körpers und ging ein paar Schritte an der Mauer zurück. Irritiert folgte ich ihm. Vor einem der zugenagelten Fenster blieb er stehen und starrte nach oben.

Harris brauchte nichts zu erklären, denn jetzt sah ich es auch. Und es jagte mir einen Schauer über den Rücken, als ich las, was dort über dem Sturz mit schwarzer Farbe gesprüht war.

»*Sie lügen!*«, flüsterte ich.

»Abgefahren«, grinste Harris. »*LV&T Depot. Sie lügen!* Na schön, was zum Teufel haben wir hier?«

Ich ging zurück zum Wagen und holte die Brechstange aus dem Kofferraum. Nachdem wir uns vergewissert hatten, dass tatsächlich keine Touristen oder sonst wer in der Nähe war, brach ich die Holzplatte vom Fensterrahmen auf und wir steigen durch die Öffnung.

Der Raum, in dem wir nun standen, war so leer, wie Räume eines längst verlassenen Hauses eben waren. Von den ehemals blau gestrichenen Wänden war nur noch eine bröckelnde Ahnung vergangener Eleganz übrig geblieben, und der Holzboden war mindestens so abgenutzt und dreckig wie unsere Spüle zuhause. Lediglich die Reste von Holzlatten, Mörtel und zerbrochenen Mauersteinen zierten die Ecken.

Ich sah, dass Harris gerade etwas fragen wollte, als mir die Spuren von schweren Boots auf dem Fußboden auffielen. In einem Anfall irrationaler Panik legte ich einen Zeigefinger an seinen Mund und deutete mit dem anderen auf meine Entdeckung. Sein Blick wanderte nach unten.

»Ich wollte schon sagen«, nuschelte er, »die Nägel sehen ziemlich neu aus.«

»Meinst du, hier ist jemand drin?«

Ich merkte selbst, wie blöd meine Frage war. Dennoch wusste ich, dass in einem Universum, in dem es schwarze Löcher gab, *alles* möglich sein konnte.

Unbeeindruckt und mit der Brechstange vor der Brust schlich Harris los. Ich folgte ihm durch die türlose Öffnung auf den Korridor. Überraschenderweise waren alle anderen Türen zugemauert, und es sah so aus, als wäre dieser Teil des Gebäudes vom Rest abgeschnitten. Nur die Treppe ins Obergeschoss schien frei zu sein.

»Die Spuren führen nach oben«, stellte ich fest.

Wir schlichen die Treppe hinauf, und ich hatte das Gefühl, dass sie umso lauter knarrte, je leiser ich schlich. Schließlich standen Harris und ich auf dem oberen Absatz und blickten in den einzigen Raum, den es hier gab. Er war ebenfalls komplett leer.

»Keine Zombies hier«, flüsterte ich. »Und auch kein Rocco Tully.«

»Dafür noch mehr Fußspuren«, bemerkte Harris. »Die sind überall. Siehst du, scheinbar hat unser Unbekannter etwas gesucht. Vielleicht ein Versteck?«

Er ging links an der Wand entlang, während ich den Spuren zu den zugenagelten Fenstern im vorderen Teil des Gebäudes folgte. Mir fiel auf, dass sie in alle Ecken des Raumes und auch in die uneinsehbaren Winkel führten. Doch außer ein paar dürftigen Spinnweben war in diesen Ecken rein gar nichts.

Ich kontrollierte auch die Stürze der Fenster, und als ich erfolglos von dort weiterzog, um die letzte Ecke des Raumes zu inspizieren, traf ich auf Harris.

»Sind Sie öfter hier in dieser Gegend?«, säuselte er und betatschte meine Hüfte.

Anstatt darauf einzugehen, überprüfte ich flüchtig auch diese Stelle. Mir fiel auf, dass sich ungefähr auf Brusthöhe ein Riss im Mauerwerk von der Ecke des Raums zum Boden in der Nähe des ersten Fensters zog. Eine Stelle war etwas breiter, und darin entdeckte ich etwas.

Zuerst war ich mir nicht sicher, was ich sah. Ich wand mich aus Harris' Liebesfängen und trat an die Mauer heran. Die Finsternis, die von diesem Riss ausging, zog mich zu sich; es war, als befände sich in dieser Ecke ein ganzes Universum, das ich gerade entdeckte. Ich sah jetzt deutlich, dass irgendetwas in dem Spalt steckte, doch es war nicht leicht, die Form oder gar die Beschaffenheit des eigenartigen Dings zu erkennen. Ich ging noch näher heran.

»Ein Umschlag«, erkannte ich.

Ich streckte meine Hand aus. Sie zitterte so stark wie die eines trockenen Alkoholikers, der sein erstes Bier seit Jahren vor sich stehen hat. Die Luft in meiner Kehle wollte weder rein noch raus. Ich griff den Umschlag und zog ihn behutsam aus der Ritze. Je mehr ich an dem bräunlichen Papier zog, desto mehr brüchiger Mörtel rieselte aus dem Spalt. Schließlich hatte ich den Umschlag geborgen, nahm ihn in beide Hände und blickte auf die Oberseite. Darauf stand etwas geschrieben. Ich las die paar undeutlichen Worte und spürte, wie sich jedes Gefäß in meinem Körper zusammenzog. Wie mein Magen und mein Unterleib sich zu verkrampfen begannen. Es war wie die Einleitung zu einem Albtraum.

»Was ist, Jeannie?«, fragte Harris. Er klang, als wäre er meilenweit entfernt.

Ich las die Worte noch einmal und wünschte mir plötzlich, all das wäre nur ein blöder Scherz.

»Hast du die Bundeslade gefunden? Oder das Bernsteinzimmer?«, hakte Harris nach.

Ich merkte, dass ich meinen Kopf schüttelte und mich zu ihm umdrehte. Sein Gesichtsausdruck änderte sich schlagartig, als er mich ansah.

»Hier«, stammelte ich und reichte ihm den Umschlag.

Harris sah ihn sich an. »*Und sie werden dich töten!*«, las er vor.

Einen Augenblick blieb es still, dann sagte er: »Rocco Tully muss doch hier sein.«

»Harris, bitte!«

Ein diffuses Unbehagen breitete sich in mir aus. »Ich glaube, wir sind hier in etwas hineingeraten, das nicht für uns bestimmt ist.«

Ich sah, wie er sich umblickte.

»Kann sein«, sagte er. »Könnte aber auch einfach nur eine besondere Form von Humor sein.«

»Das klingt ein bisschen kurz gedacht«, sagte ich.

»Aber nur, weil du wieder die ganze Bosheit dieser Welt in ein paar Worte hineininterpretierst. Komm schon, Jeannie. Das muss ein Teenagerscherz sein.«

Bevor meine von Zeit zu Zeit auftretende Paranoia vollständig die Oberhand gewann, handelte ich und rupfte Harris den Umschlag aus der Hand. So gleichgültig, wie es mir möglich war, riss ich das Papier auf. Darin befand sich eine Mappe aus stabilem Karton. Ich zog sie heraus, öffnete sie und staunte nicht schlecht.

Mit fast allem hatte ich gerechnet, aber nicht damit, dass darin eine unbeschriftete CD-ROM lag.

Harris kicherte. »Das wird ja immer besser. Wieder ein Sampler?«

Ich nahm die CD-ROM in die Hand und hielt die bespielte Seite in das dürftige Licht. »Weiß nicht. Probieren wir es mit dem CD-Spieler im Büro aus. Seltsam, dass rein gar nichts draufsteht.«

Noch eine Weile standen wir still in der staubigen Finsternis. In meinem Kopf gab es unzählige Fragen, von denen sich eine schließlich ganz nach vorn drängte.

»Harris«, sagte ich leise, »ist es eigentlich schwirig, so einen Song im Pregap auf eine CD zu brennen?«

Er sah mich durch seine Brillengläser mit einem Blick an, als hätte er nie damit gerechnet, dass ich ihm eine solche Frage stellen würde.

»Du meinst …«

»Könnte so etwas ein einfacher Soldat herstellen?«

Mit seinem Zeigefinger rückte Harris die Brille zurecht, dann räusperte er sich.

»Naja, einen Song an eine solche Stelle zu packen, ist schon etwas schwieriger. Die Lieder auf den CDs können generell in den Indizes eins bis neunundneunzig gespeichert werden. CD-Spieler starten jeden Datenträger beim Index eins. Der entspricht immer dem ersten Song. Es gibt allerdings auch einen Index null. Der wird in der Regel dafür benutzt, um die Anlaufgeschwindigkeit des Lasers …«

»Komm auf den Punkt«, unterbrach ich ihn.

»Willst du es jetzt hören oder nicht?«

»Ja, aber die Kurzfassung bitte. Ich muss gleich arbeiten.«

»Na schön. Um einen Song in den Pregap zu bringen, brauchst du ein gewisses technisches Know-how. Du kannst Audiodateien im Index null abspeichern – das kann ein halbwegs ausgefuchster Audio-Ingenieur machen – und du brauchst einen Brenner, der das technisch umsetzen kann. Du musst also verdammt viel Ahnung von der Materie haben. Und da haben wir noch nicht über den Midi-Sequencer gesprochen, mit dem der Morsecode aufgenommen wurde.«

»Dann wird es nicht nur der Soldat mit dem schlecht sitzenden Helm gewesen sein können.«

»Du denkst …«

»Richtig«, antwortete ich. »Ich denke, wir sind hier etwas Großem auf der Spur. Wir sollten herausfinden, was auf dieser CD-ROM ist.«

CHEESEBURGER
MIT BACON UND ZWIEBELN

Sie lügen. Und sie werden dich töten!

Diese Worte geisterten mir pausenlos durch den Kopf. Nachdem ich Harris zuhause abgesetzt hatte, fuhr ich die 2nd Street runter, an unserem Büro vorbei, bis an der nächsten Biegung *Morten's Diner* auf der linken Seite erschien.

Es war kurz vor zwei und ich rollte auf den Sandplatz. Im Tapedeck lief *Down In The Park* von den Foo Fighters. Ich liebte das kickende Drumming und die fetten Gitarren am Ende des Songs. Wäre ich nicht mit Harris zusammen, hätte ich nicht gewusst, dass das Lied eigentlich ein Cover von dem britischen New-Wave-Pionier Gary Numan war.

Ich stieg aus und trottete auf das kleine, blau gestrichene Gebäude zu. An diesem Nachmittag standen außer mir nur drei Autos hier. Über den Himmel zogen ein paar weiße Wolken, deren Schatten über die Hänge der Bare Mountain Range jenseits des Diners glitten. Hinter den großen Fenstern im vorderen Teil erkannte ich einige Kunden, die gerade zu Mittag aßen.

Das Glöckchen am Eingang kündigte mich an. Keiner der Gäste hob den Kopf. Ich erkannte ein älteres Paar aus Beatty und ein paar Leute, bei den es sich um Durchreisende handeln musste. Ich ging hinter die unbesetzte Theke und trat in die Küche.

Dieser einmalige Geruch von Bratfett, den ich für den Rest meines Lebens mit *Morten's Diner* in Verbindung bringen würde, stieg mir in die Nase. Adolfo, der Koch, frittierte gerade Pommes und Morten stand mit irgendwelchen Papieren in der Ecke neben der offenen Hintertür. Durch diese wehte ein laues Lüftchen in die Küche und machte den Kantinengeruch einigermaßen erträglich.

»Das ist aber eine lange Rechnung«, sagte ich.

Der große Mann, dessen blondes Haar in den letzten Jahren vollends weiß geworden war, drehte sich um. Ein aufrichtiges Lächeln mit strahlenden Augen hinter einer dicken Hornbrille trat auf sein Gesicht.

»Rechnungen? Das ist mein Rentenbescheid.«

»Oh«, sagte ich. »Dann bist du doch schon über fünfzig.«

Morten lachte. Er kam zu mir, umarmte mich zur Begrüßung und ging dann rüber zu Adolfo.

»Was mache ich bloß mit euch beiden, wenn ich den Laden zumache?«

»Du könntest einen jüngeren Klon von dir anlernen und den Laden schmeißen lassen«, sagte ich.

Adolfo sah von der Fritteuse auf. Über seinen tiefen Augenringen guckten zwei kleine Auge hervor.

»Ich nehm' dir das noch immer krumm, dass du einfach alles hinwerfen willst«, sagte er zu Morten. »Wenn du das tust, gehe ich nach Vegas. Dann kann ich endlich meine Karriere als Sänger starten.«

»Dafür musst du nicht nach Vegas«, antwortete Morten. »Wirklich! Nur zu. Dann kann ich auf das Schild draußen schreiben ›Der weltbekannte singende Koch von Beatty‹. Dann wird mein Laden zu deinem Laden.«

»Nah«, wehrte Adolfo ab. »Ich hab' nicht das Zeug, einen ganzen Laden zu schmeißen. Das kann Jeannie besser.«

»Ich? Ich hab' schon ein Business. Das sollte reichen.«

Morten warf seine Unterlagen auf die Edelstahlarbeitsplatte und zupfte seine Kochschürze zurecht. Dann schnappte er sich eines der großen Messer und begann, Salat zu schneiden.

Ich hörte, wie draußen zwei Wagen vorfuhren. Ab zwei Uhr nachmittags füllte sich *Morten's Diner*, und bis zum Abend war meist so viel Kundschaft im Laden, dass Morten mich als zusätzliche Bedienung brauchte.

»Und du glaubst wirklich, dass die Air-Force-Typen auf einen singenden Koch stehen?«, fragte ich.

Morten hielt seinen Blick auf den Salat gerichtet, doch ich sah sein Schmunzeln. Adolfo holte die Pommes aus dem Fettbad, stellte sie daneben ab und hetzte zum Herd, auf dem gerade Fleisch brutzelte. Ich legte den Autoschlüssel und mein Portemonnaie ab und nahm meine Schürze.

»Die Air Force«, sagte Morten wie zu sich selbst. »Die meisten von denen sind einfach Idioten. Das Beste ist es, ihnen Geld abzuknöpfen. Das geht auch mit einem singenden Koch.«

Bis zum späten Nachmittag lief meine Schicht wie immer. Die zwei Teller, auf denen zwei von Adolfo liebevoll garnierte Cheeseburger lagen, standen bereits auf dem Tablett. Ich balancierte damit zwischen den Tischen hindurch zur Stirnseite des Gastraums.

An dem hintersten Tisch unterhielt sich eine Handvoll Soldaten geräuschvoll über Waffentechnik. Ich erkannte Rico.

Er kam regelmäßig mit verschiedenen Kameraden hierher und bestellte Mortens berühmten Cheeseburger mit Bacon und Zwiebeln.

»Hallo Jeannie«, lächelte er.

Ich sah, wie seine Kameraden mich von oben bis unten musterten. Ich wettete, sie hätten es am liebsten gehabt, wenn ich mein weißes T-Shirt und meine kurze Jeans nicht angehabt hätte.

»Hey Rico!«, rief ich. »Ich hoffe, das ist euer Feierabendbier.«

»Was denkst du denn? Sehen wir so aus, als würden wir im Dienst trinken?«

Die Gruppe grunzte. Ich stellte Rico und einem seiner Kameraden die Teller hin. »Das andere Essen ist gleich fertig«, erklärte ich.

»Hör zu, wir haben heute frei«, sagte Rico. »Setz dich doch später noch zu uns. Nur so zum Quatschen. Wie wär's?«

Er griff nach meiner Hand und streichelte mit seinem Daumen über meinen Handrücken.

»Nur so zum Quatschen? Abgesehen davon, dass ich kein Geld dafür bekomme, weiß ich nicht, wie mein Freund das finden würde.«

»Du musst deinem Freund ja nichts davon erzählen«, lachte der Kamerad, der gerade Zwiebeln von seinem Burger naschte. »Oder musst du ihn erst um Erlaubnis fragen, wenn du später nach Hause kommst?«

Ich lächelte, als fände ich seinen bescheuerten Spruch lustig. Als Servicekraft musste man so etwas bis zu einem gewissen Grad erdulden. Diese Affen brachten immerhin Geld in den Laden.

»So, und das reicht jetzt, Rico. Lass mich los«, sagte ich.

Rico tat, was ich verlangte, und setzte sein Latino-Babyface auf. Es war klar, dass er damit das eine oder andere wehrlose Ding rumgekriegte.

»Das war dumm von mir. Sorry, Jeannie.«

»›Dumm‹ trifft es ganz gut«, schnaubte ich.

»Hör zu, ich mag dich«, sagte Rico.

Ich blickte ihm in die Augen. Er fand es offenbar kein bisschen peinlich, das vor seinen Kameraden zu sagen.

»Ich warte immer noch darauf, dass wir mal ausgehen. Es gibt eine Menge Dinge, die ich an dir mag.«

Ich beschloss, ihn auflaufen zu lassen.

»Was denn zum Beispiel?«

Dass Rico seine Antwort so lange hinauszögerte, war ein sicheres Indiz dafür, dass es Worte und Gedanken in ihm gab, die er doch lieber nur unter vier Augen mit mir teilen wollte.

»Falls du meine kleinen Titten meinst«, stänkerte ich, »die mag ich auch. Und das Make-up, mit dem ich meine Augenringe überschminke, finde ich auch total sexy. Außerdem habe ich meine Tage. Etwas Weiblicheres wirst du an mir garantiert nicht finden.«

Ich drehte mich um und marschierte zur Theke. Das Lachen seiner Kameraden dröhnte mir hinterher. Möglich, dass Rico edle Motive und vielleicht einfach nur ein bescheidenes Ausdrucksvermögen hatte. Doch in diesem Fall hätte auch sein traumhafter Körper nichts rumgerissen. Ich war mir sicher, dass er meine Gemeinheit nach drei Bieren vergessen haben und die ganze Gruppe ihr spendables Trinkgeld in meine Schürzentasche wandern lassen würde.

Ich knallte das Tablett auf die Theke, stellte mich neben Morten, der gerade ein Bier zapfte, und stemmte meine Fäuste in die Hüften.

»Das solltest du nicht zu oft machen«, sagte er ruhig.

»Was meinst du? Diesen Aufreißern Grenzen aufzeigen? Doch, das werde ich solange tun, bis sie mit diesem Machogehabe aufhören.«

»Du kannst nicht jeden zu einem besseren Menschen machen, Jeannie.«

Einen Augenblick lang starrte ich selbstvergessen in die Ferne und bedauerte, dass ich das nicht konnte.

Ein neuer Song schallte aus den Boxen der Anlage, und nach einem kurzen Gitarrenintro schmiegte sich die unwiderstehliche Melodie eines Saxophons an meine Ohren.

»Das kenne ich!«

»Den Song hat Burt Bacharach geschrieben«, erzählte Morten. »Du weißt schon, Burt Bacharach. Easy Listening. Der hat für hunderte von Künstlern Songs geschrieben, darunter auch Dusty Springfields *The Look of Love*.«

»Ist das hier nicht der Titelsong von dem alten *Blob*-Film?«

Morten nickte stolz.

»Woher hast du den?«

»Der Film lief mal im Fernsehen, hab' ich auf Video aufgenommen und auf Kassette überspielt. Ich finde den klasse arrangiert.« Er summte den lockeren Bassgesang mit und zapfte das nächste Bier.

Aus meiner Hosentasche heulte plötzlich ein schneidender Ton. Es war mein Handy. Ich wurde so gut wie nie angerufen. Ab und zu von Harris, wenn er sich zuhause ausgesperrt hatte, oder mal von einem Klienten, der meine Nummer von irgendwelchen Bekannten hatte.

Nervös kramte ich das Telefon heraus und blickte auf den grünen Bildschirm. Als ich sah, wer anrief, blickte ich zu Morten, der mich bereits verständnisvoll ansah.

»Passt schon«, sagte er.

Ich ging in die Küche und nahm das Gespräch an. »Liz!«

»Jeannie, hör zu! Es ist dringend. Ich muss dich treffen. In einer Stunde.«

»Ist was passiert? Du wirkst so aufgeregt.«

»Erzähle ich dir später!«

Ich blickte auf die Uhr über der Theke. »Liz, in einer Stunde ist es sieben. Ich bin gerade auf der Arbeit …«

»Jeannie, es geht um Leben und Tod! In einer Stunde.«

»Wo?«

»Oasis Mountain!«

MRS ROBINSON

Dank Mortens unendlicher Güte konnte ich meine Schicht schon eher beenden. Ich hatte nicht mitgezählt, wie oft ich schon mit einem schlechten Gewissen in sein milde seufzendes Gesicht blicken musste. Irgendwann einmal musste ich mich bei ihm für all das bedanken. Irgendwann, nur nicht jetzt. Denn Liz hatte am Telefon besorgniserregend geklungen.

Wir fuhren die Route 95 in Richtung Norden. Harris hatte es wirklich getan: Aus den Lautsprechern dröhnte *Mrs. Robinson*. Allerdings nicht schon wieder das furchtbare Original, sondern die Coverversion von The Lemonheads.

Ich hatte Harris vor der Tür unseres Hauses angetroffen, als er gerade von Big L. zurückkam, und ihn sofort über Liz' verstörenden Anruf informiert. Er hatte meinen Rucksack dabei und ich wusste, dass sich ein dicker Plastikbeutel mit Gras darin befand.

»Die Version ist zwar schneller und rumpelnder, das macht den Song aber nicht besser«, sagte ich.

»Es gibt zwei Formen von Coversongs«, erklärte Harris. »Es gibt die, die das Original möglichst detailgenau kopieren wollen, und es gibt die, die den Song in einem neuen Kontext darstellen wollen.«

»Genau«, bestätigte ich. »Diese Version hier versucht zweites, ist dabei aber so selbstgefällig, dass die Band denkt, es würde reichen, den Song einfach nur in einer klassischen Rock-Instrumentierung mit einem Post-Grunge-Vibe zu spielen.«

»Jeannie, das ist ungerecht.«

»Was heißt ungerecht?«, fragte ich. »Warum covert eine Band einen berühmten Song? Doch nur, um Geld damit zu verdienen. Das hier ist leichtes Geld.«

»Das würdest du doch auch machen, oder?«, fragte Harris.

»Wenn ich ein Instrument spielen könnte, ja«, gestand ich. »Aber der Song klingt so uninspiriert.«

»Aber immerhin hat er der Band zu einer gewissen Popularität verholfen.«

»Klasse! Und dabei ist die eigentliche kreative Leistung jemand anderem zuzuschreiben. Das ist mir zu billig!«

»Wenn du damit aus deinem blöden Kellnerjob rauskämst …«

»Das stimmt, aber warum sollte ich einen regelmäßig bezahlten Job aufgeben, um etwas anderes zu machen, was ich ebenfalls nicht mag, nur um schneller an mehr Geld zu kommen?«

»Um schneller an mehr Geld zu kommen.«

Wir fuhren bereits durch das weite Oasis Valley, das jetzt im beginnenden Herbst wieder grüner wurde. Es war gegen sieben Uhr und die Sonne stand schon tief im Westen. Rechts vor uns sah ich bereits den höchsten Gipfel des Tals, den Oasis Mountain.

Ich war gespannt, was Robinson zu berichten hatte. Ihre spontanen Treffen waren längst nichts Ungewöhnliches mehr für mich, aber dass sie dieses Mal so weit draußen eines anberaumte, war doch mehr als seltsam. Zumal sie mich so gut wie nie auf meinem Handy anrief.

Es war friedlich hier draußen. In all den Jahren hatte ich die Wüste allmählich lieben gelernt. Ich liebte die Weite, die Stille, die Abgeschiedenheit und die Erhabenheit des Einfachen.

»Weißt du, Harris, als Kind war das immer mein Albtraum: in der Wüste zu stranden, in einem Trailerpark zu leben und billiges Dosenbier zu saufen. Ich habe immer von Redwood-Bäumen und einem kleinen Café geträumt, nebligen Wäldern und einer gewundenen Straße, die zu meinem kleinen Haus führt.

Auch wenn es hier in Beatty eigentlich okay ist - wir kommen zwar über die Runden, aber für mehr reicht es nicht. Und langsam möchte ich mehr. Verstehst du, was ich meine?«

Ich sah zu ihm. Er nahm seine Brille ab und fuhr sich mit der Hand durchs Gesicht.

»Ich denke schon.«

»Ich bin gern mit dir zusammen, Harris. Und ich will Kinder mit dir haben. Ich weiß, dir scheint es nicht so wichtig zu sein, aber ich brauche eine gewisse Sicherheit. Einen echten Job, ein echtes Haus, genug Geld, um meinem Kind Klamotten kaufen zu können.«

»Das klingt immer so nüchtern, wie du das sagst. Bei Kindern geht es doch um Liebe.«

»Natürlich. Aber eben auch um Planung. Harris, ich werde im Februar dreißig. Ich arbeite in einem Dead-End-Job, wir wohnen in einem umgebauten Mobilheim und verdienen gerade mal genug, um unser Büro zu bezahlen. Und das kommt meinem Albtraum vom Trailerpark ziemlich nah!«

Harris raschelte mit dem Umschlag in der Hand. »Vielleicht bringt uns das hier die Wende?«

»So sehr ich es mir wünsche, Harris, aber ich glaube langsam nicht mehr daran. All die Arbeit, all die Suche. Ich weiß, was ich damals in Oregon gesehen habe. Aber seit ich mit *Aerial Investigation* angefangen habe, habe ich eine Szene erlebt, die aus Verschwörungsfreaks und komplett Wahnsinnigen besteht. Das ist ein Universum für Outsider, in dem es nur am Rand um die Wahrheit geht. Die meisten sind hoffnungslose Fälle, die in der normalen Gesellschaft niemals Fuß fassen würden.«

»Hättest du etwa Lust, ein Spießer zu sein?«, fragte Harris.

In solchen Situationen war er meist schweigsam und das brachte mich regelmäßig zur Weißglut. Denn in solchen Momenten wünschte ich mir einen fähigen Gesprächspartner, doch es war, als würde Harris sich immer in seinem Schneckenhaus verkriechen. Seine Frage traf mich. Klar, ich wollte Kinder und einen Job, der mir ein gutes Auskommen ermöglichte. Deswegen war man aber lange noch kein Spießer, fand ich. Ich wusste, dass Harris das anders sah.

»Wir haben genügend Beweise«, sagte er.

»Einen Scheiß haben wir«, knurrte ich.

»Wir beide wissen, dass es eine außerirdische Lebensform gibt, die auf der Erde aktiv ist«, sagte Harris. »Wir wissen, dass es Raumschiffe gibt, die um die Erde kreisen, und dass es uralte nichtmenschliche Bauwerke gibt. Die Regierung verschweigt all das nicht ohne Grund. Und ja, wahrscheinlich gibt es auch deinen Black-Knight-Satelliten. Wir wissen, dass es all das gibt! Uns fehlen nur noch ein paar stichhaltige Beweise. Und mit etwas Glück halte ich sie gerade in der Hand. Oder was, meinst du, ist auf der CD-ROM drauf? Ein Bildschirmschoner? Ein Porno?«

»Adressen von allen kiffenden Kids in Pahrump …«, spottete ich.

Ich wusste, dass Harris recht hatte. In meinen dunkelsten Momenten war er mir stets nahe und unterstützte mich bedingungslos. Dabei hatte ich häufig den Eindruck, dass er in allen anderen Situationen unübertroffen unaufmerksam oder desinteressiert war. Aber vielleicht war es nicht mehr als das: ein Eindruck.

»Sollen wir Liz auf den Umschlag ansprechen?«, fragte ich leise. »Es könnte ja sein, dass er für sie ist.«

»Ich weiß nicht«, sagte Harris. »Ich weiß ja nicht einmal, was wir hier haben.«

»Dann können wir ihn ihr doch einfach geben!«

»Können wir ihr trauen?«

»Warum nicht?«, fragte ich. »Sie hat sich nicht umsonst ihre Sporen als Autorin beim *Secret Observer* verdient.«

»Vielleicht ist sie eine der Verrückten, von denen du gerade sprachst«, sagte Harris.

Ich fuhr von der Straße ab und folgte dem verschlungenen Sandweg die Berge hinauf. Auf der kahlen Kuppe des Oasis Mountain gab es einen Wanderparkplatz, auf dem Liz Robinson vor ihrem rostigen Chrysler bereits auf uns wartete.

Trotz der abendlichen Hitze trug sie wieder ihren abgewetzten Ledermantel, der dramatisch im warmen Wüstenwind flatterte. Eine Sonnenbrille, die aus den Sechzigern sein musste, verdeckte ihr halbes Gesicht, und die wilde Frisur tat ihr Übriges, um den Eindruck einer komplett Wahnsinnigen zu vermitteln.

Vorsichtshalber stellte ich den AMC in einiger Entfernung ab. Harris bat mich, erst einmal nichts von dem Umschlag zu erzählen. Wir kletterten hinaus und traten zu Liz. In mir stieg ein ungutes Gefühl auf. Es war, als stünde plötzlich eine ganz andere Person vor mir.

»Seid ihr allein?«, fragte Liz harsch.

»Siehst du hier etwa noch jemanden außer uns?«, fragte Harris.

»Mach keine blöden Witze, verstanden?«, fauchte sie. »Ich stecke in großen Schwierigkeiten. Ich werde Nevada heute noch verlassen. Die Regierung ist mir auf den Fersen. Es geht um Leben und Tod.«

»Du hast uns hier rausgelockt, um uns das zu sagen?«, fragte ich.

»Gelockt, ha!«, spottete Liz. »Ich will nur sichergehen, dass ihr keine Dinge an euch genommen habt, die nicht für euch bestimmt sind.«

Mein Atem stockte. Meinte sie etwa den Umschlag?

Liz' rechte Hand fuhr in ihre Manteltasche, es war klar, dass sie eine Waffe darin trug. Mein Herz schlug wild.

»Was meinst du?«, fragte ich.

Ein fernes Dröhnen drängte sich in die angespannte Situation. Liz riss den Kopf herum. Ich folgte ihrem Blick und entdeckte die Landstraße, von hier oben konnte man sie gut überblicken. Dort unten erkannte ich große Fahrzeuge, es sah aus wie ein Konvoi.

»Verdammte Scheiße!«, fluchte Liz.

Bevor ich wusste, was sie meinte, zog sie einen Revolver aus dem Mantel und hielt ihn mir vor das Gesicht. Ich zitterte am ganzen Leib. Und Liz auch.

»Habt ihr mich verpfiffen, verdammt?«, schrie Liz.

»Nein!«, beteuerte ich.

»Habt ihr einen Umschlag mit einer CD-ROM?«

Wie kam Liz auf die Idee, wir könnten den Umschlag besitzen? Gab es jemanden, der uns in Rhyolite beobachtet hatte? Ich blieb stumm. Das Dröhnen näherte sich. Liz richtete die Waffe jetzt auf Harris.

»Hat das was mit diesem Klienten zu tun?«, fragte er unerwartet.

»Klienten?«, wütete Liz. »Ha! Ich schwöre, dass dieser Bastard, der zu mir kam und mir erzählte, dass er vor vier Tagen ein Ufo in Boulder City gesehen haben will, ein Spitzel war.«

»Ein Spitzel?«, fragte Harris weiter. Ich erkannte, dass er versuchte, Zeit zu schinden. Sein Plan schien aufzugehen.

»Ich hab' mit Grabowsky telefoniert, er hatte auch Besuch. Ich wollte ihn dann noch mal anrufen, doch da war er nicht mehr da. Ich glaube, sie haben ihn erwischt. Da ist irgendwas im Gange. Die versuchen, uns mundtot zu machen.«

»Wer?«, fragte ich.

Liz schwenkte den Revolver wieder auf mich. Ich versuchte, hinter ihre Sonnenbrille zu spähen, doch vergeblich. Liz war wie ausgewechselt.

»Habt ihr einen Umschlag mit einer CD-ROM?«, fragte sie noch einmal.

Ich blickte auf die Straße. Der Konvoi war noch ein paar Meilen entfernt. Dahinter erkannte ich etwas in der Luft, es war ein Helikopter.

»Scheiße!«, fluchte Liz wieder.

Sie ließ die Waffe sinken. Ohne ein weiteres Wort zu sagen, drehte Liz sich um und spurtete zu ihrem Wagen. Der Motor heulte auf und die Reifen drehten im trockenen Sand durch. So wild, wie sie war, verließ sie den Parkplatz und verschwand hinter einer Biegung.

»Was zum Teufel war das denn?«, wunderte sich Harris.

»Keine Ahnung.« Noch immer zitterte ich am ganzen Leib. »Sie muss an etwas geraten sein, was ziemlich heikel ist.«

Ich sah zum Auto.

»Vielleicht hätten wir ihr den Umschlag doch geben sollen.«

Der Konvoi fuhr unten am Berg vorbei und ich sah, dass es Fahrzeuge der Armee waren. Mich beunruhigte das, denn

Liz schien es gewusst zu haben. Der Helikopter flog in einiger Entfernung vorüber und verschwand in Richtung Süden.

Wir stiegen in den Wagen, verließen den Parkplatz und fuhren vom Oasis Mountain herunter auf die Route 95 in Richtung Beatty. »Sie haben Grabowsky hochgenommen«, sagte ich. »Weißt du, was das heißt?«

Ich blickte zu Harris, der mich teilnahmslos ansah. Es war nicht zu übersehen, dass er gerade ganz andere Dinge im Kopf hatte.

»Die Regierung weiß, dass Grabowsky im *Secret Observer* regelmäßig über Militäraktionen im Zusammenhang mit außerirdischen Aktivitäten berichtet. Es ist möglich, dass er irgendetwas auf der Spur war oder etwas veröffentlicht hat, was der Regierung Probleme bereiten könnte. Und dass Liz nach diesem Umschlag gefragt hat, klingt nicht gut für uns.«

Ein Hubschrauber flog dicht über uns in Richtung Osten. Normalerweise war das nichts Ungewöhnliches, da dort die weitläufige Nellis Range lag, das größte militärische Sperrgebiet in den USA, in dessen Herzen die sagenumwobene Area 51 lag. Doch nach den Ereignissen dieses Tages keimte in mir eine gewisse Unruhe und Besorgnis. Vor uns tauchten Fahrzeuge am Straßenrand auf.

»Das ist der Konvoi!«

Ich beschloss, so unauffällig weiterzufahren, wie ich nur konnte. Je näher ich kam, desto mehr konnte ich erkennen. Es handelte sich um drei All-Terrain-Fahrzeuge und einen Transportlaster. Soldaten standen am Straßenrand.

Hoffentlich keine Straßensperre!, dachte ich.

Doch dann entdeckte ich etwas, das mich zutiefst verängstigte: Liz' Chrysler stand inmitten der Fahrzeuge.

»Da ist Liz!«, rief Harris.

Ich fuhr mit knapp 40 Meilen an dem Konvoi vorbei und blickte unauffällig hinüber. Sie hatten Liz Handschellen angelegt und schubsten sie in eines der Geländefahrzeuge, während ein paar Soldaten gerade ihr Fahrzeug ausräumten.

»Was zur Hölle …«, rief Harris.

Selbst wenn ich hätte helfen wollen, hätte es uns in große Schwierigkeiten gebracht. Es wurde immer klarer, dass das Militär hinter dem Umschlag in Harris' Händen her war. Und zumindest mir war von diesem Augenblick an klar, dass unser Leben eine dramatische Wendung genommen hatte.

HOYT STREET

Die Sonne war bereits untergegangen, als wir Beatty erreichten. Wir überquerten die kleine Brücke, unter der der Armagosa River in Richtung Südosten plätscherte. Im Zentrum bogen wir rechts in das Wohngebiet ein.

Eine Vorahnung sagte mir, dass wir besser nicht auf direktem Weg nach Hause fahren sollten, weshalb ich einen Block weiter fuhr. Das merkte selbst Harris.

»Du bist zu weit gefahren.«

»Das werden wir noch sehen«, murmelte ich. »Ich habe da so ein Gefühl. Wenn sie hinter Robinson und Grabowsky her sind, ist es nicht weit bis zu uns.«

»Die werden uns eher wegen all dem Weed in deinem Rucksack verhaften als wegen diesem Umschlag«, sagte Harris.

»Nett von dir, dass du *meinen* Rucksack für *deine* Drogen nimmst.«

»Du rauchst doch auch.«

Wir fuhren auf die Hoyt Street, passierten die Feuerwehr von Beatty und kamen an die Kreuzung, hinter der unser Block lag. Augenblicklich nahm ich den Fuß vom Gaspedal. Ich bremste und rollte langsam auf die Kreuzung zu. Der Motor meines AMC röhrte, und ich wünschte mir, ich würde weniger Aufmerksamkeit erregen.

»Oh, Shit!«, rief Harris.

Direkt vor unserem Haus parkten mindestens zwei Geländewagen der Armee. In Beatty gab es nur im Stadtzentrum eine Straßenbeleuchtung, die restlichen Straßen des Kaffs waren nachts unbeleuchtet. Doch trotz der Dunkelheit konnte ich einige Soldaten erkennen. Sie trugen Kisten aus unserem Haus und luden sie in die Geländewagen. Ich bog rechts ab und parkte den Matador an der Seite des Feuerwehrgebäudes.

»Na toll!«, rief Harris. »Was machen wir jetzt?«

»Ich will wissen, was sie da rausholen.«

»Du willst doch nicht wirklich zu denen hingehen, oder?«

»Du kannst ja hierbleiben«, erwiderte ich, während ich leise die Tür öffnete und hinauskroch.

Wie üblich war zu dieser Zeit niemand auf der Straße unterwegs. Geduckt schlich ich über den Asphalt bis zur Kreuzung. Dabei hielt ich mich im Schutz der Büsche, die am Rand der Straße wuchsen. Ich schielte gerade zu unserem Haus hinüber, als ich hinter mir ein Rascheln hörte.

»Hast du Angst allein?«, fragte ich.

Harris machte ein abfälliges Geräusch und hockte sich neben mich. Ich merkte, dass ich mich anstrengen musste, um in der Dunkelheit etwas zu erkennen. Sie waren vielleicht einhundertfünfzig Yard entfernt. Die Fenster der anderen Häuser waren nur spärlich beleuchtet. Niemand aus unserer beschränkten Nachbarschaft schien diese abendliche Militäraktion zu bemerken.

»Da ist Corporal Muskelprotz«, flüsterte ich.

»Der von der Zaunkontrolle?«, fragte Harris ebenso leise.

»Wieso klauen die unser Zeug? Sieh mal, da ist auch der Hänfling.«

Harris hatte recht. Von hier, wo wir hockten, konnten wir den Bereich zwischen den auf der Straße geparkten Fahrzeugen und unserem Haus sehen. Dort stand der schmächtige Soldat mit zwei weiteren Kameraden und sprach mit Corporal Muskelprotz. Aus dem Haus kamen weitere Militärs und trugen noch mehr Kisten hinaus.

»Zumindest weiß ich jetzt, wer heute Nacht in unser Büro eingestiegen ist«, flüsterte Harris.

»Ich frage mich, was die wollen?«, rätselte ich.

»Deine Unterwäsche?«

Hinter den Soldaten kam eine weitere Person aus unserem Haus. Das musste der Boss sein. Er war dunkel gekleidet, mit einer schusssicheren Weste und einer Funkvorrichtung am Ohr. Es sah aus, als trage er eine Brille. Jetzt fummelte er am Kopfhörer herum und nickte, möglicherweise funkte er gerade.

Dann ging er zu den Soldaten und gestikulierte, als gebe er ihnen Anweisungen. Daraufhin gingen die Soldaten ins Haus, nur der Hänfling und Corporal Muskelprotz blieben bei ihm. Der Kommandant sprach mit dem Hänfling, während der Muskelprotz unbeteiligt hinter ihm stand.

Ich kroch noch etwas näher heran und hockte nun beinahe in den Sträuchern. Dabei musste ich aufpassen, kein Geräusch zu verursachen. Ich sah, dass der Hänfling wild mit seinen Händen fuchtelte, er schien zu argumentieren.

»Meinst du, die suchen diese CD-ROM?«, flüsterte Harris.

»Harris, du bist süß.«

»Was? Warum das denn?«

In diesem Augenblick hob der dunkel gekleidete Typ, den ich für den Anführer hielt, seinen Arm. Bevor ich verstand, was das sollte, gab es einen Blitz und der Hänfling sackte zusammen. Es brauchte nur eine Millisekunde, bis ich verstand. Corporal Muskelprotz fing den leblosen Körper auf, spielerisch hievte er ihn auf die Ladefläche des uns nächsten Geländewagens.

Ich wich zurück. Schlug die Hand vor den Mund und hielt einen Schrei zurück. Vor unserem Haus spielte sich ein Horrorfilm ab. Geschockt starrte ich auf das Geschehen. Ich streckte meinen Arm aus und ertastete Harris, auch er schien starr vor Angst. Wir mussten hier verschwinden!

Entsetzt kroch ich rückwärts. Da schepperte es unter meinen Füßen. Ich sah hinab und entdeckte eine leere Bierdose, auf die ich in meiner Panik getreten war. Ich blickte zu unserem Haus.

Sie hatten es gehört! Der Anführer war bereits auf dem Weg zu uns, er hatte seine Hand am Ohr. Hinter ihm kam seine Einheit aus dem Haus. Noch hatten sie uns nicht entdeckt. Ich schnappte Harris' Hand und zog ihn von der Kreuzung fort.

Im Schatten der Sträucher flohen wir zu meinem Wagen. So schnell es uns in dieser Haltung möglich war, krochen wir durch die offenen Türen des AMC. Leise schlossen wir sie und harrten im Fußraum aus.

»Fuck, wir sind am Arsch!«, zitterte Harris. »Hast du gesehen, was der Typ gemacht hat?«

Ich nickte wild und nahm seine Hände in meine. Die Stimmen der Soldaten waren ganz in der Nähe. Vermutlich kontrollierten sie gerade die Kreuzung. Gleichmäßige Schritte auf dem Asphalt ließen uns wissen, dass sie sich umsahen. Ich hoffte inständig, dass sie unser Auto nicht erkannten.

»Niemand hier, Colonel«, hörte ich eine Stimme. »War vermutlich nur ein Hund.«

Einen Augenblick später entfernten sich die Schritte. In der Dunkelheit erahnte ich Harris' Gesicht, ich streichelte es. Harris schwitzte selten, doch jetzt war sein Kopf klitschnass.

»Die meinen es ernst«, keuchte ich. »Wir müssen rausfinden, was auf dieser verdammten CD-ROM ist.«

»Wie? Wir sind offenbar nirgendwo mehr sicher!«

»Ist schon möglich«, gab ich Harris recht. »Aber ich habe eine Idee, wer uns helfen könnte.«

DAS CD-ROM-LAUFWERK

»Einen Computer mit was?«

»Mit einem CD-ROM-Laufwerk«, wiederholte ich.

Harris und ich kauerten in der Ecke zwischen dem Durchgang zum Gastraum und der Hintertür. Morten sah mich planlos an. Ich blickte zu Adolfo, der mit einer Zigarette in der Hintertür stand. Auch er schien allenfalls nur zu erahnen, wovon ich sprach. Mortens sechzigster Geburtstag war schon ein paar Jahre her, ihm verzieh ich seine Unkenntnis.

»Adolfo, erzählst du uns nicht ständig, dass du dir die Nächte am Computer um die Ohren schlägst?«, fragte ich schließlich.

»Mit *Minesweeper*«, erklärte er.

»Und?«, hakte ich nach.

Seine Stirn wurde zu einem Faltenmeer, gleichzeitig fuhren seine Mundwinkel nach oben und er zeigte sein gelbes Gebiss. Ich wurde ungeduldig.

»Hat dein Computer vielleicht auch rein zufällig ein CD-ROM-Laufwerk?«, fragte ich betont langsam.

»Ich glaube nicht. Ich habe diese Floppy-Dinger.«

»Disketten«, warf Harris ein. »Sehr modern. Die werden auch heute noch in den ganzen Atomsilos benutzt.«

»Ich sehe schon, so kommen wir nicht weiter«, seufzte ich.

Morten stemmte die Hände in seine Hüften. Er war nicht sonderlich amüsiert darüber, dass Harris und ich hier vollkommen aufgelöst ankamen, uns in der Küche versteckten und seine Hilfe brauchten.

»Also nochmal von vorn«, fasste Morten zusammen. »Habe ich das richtig verstanden, dass ihr glaubt, vom Militär verfolgt zu werden? Diese verrückte Liz Robinson, die übrigens noch einen Haufen Schulden bei mir im Laden hat, hat euch mit einer Knarre bedroht, wollte Nevada verlassen und wurde von der Armee hochgenommen. Und ihr wollt gesehen haben, wie Soldaten euer Haus geplündert und dabei einen ihrer eigenen Männer erschossen haben. Aber ihr wollt keine Ahnung haben, warum. Das klingt wie ein waschechter Spionagethriller.«

Harris und ich nickten eifrig.

»Warum kommt ihr dann in den Laden?«, fragte Morten irritiert. »Hier wimmelt es doch von Soldaten.«

»Ich weiß, aber ich dachte, vielleicht hast du einen Tipp, wo wir untertauchen könnten.«

»Und warum zur Hölle braucht ihr jetzt ein CD-ROM-Dingsbums?«, fragte Adolfo noch einmal.

»Klientenkontakte«, log ich. »Die haben wir mittlerweile auf CD. Weißt du, Fortschritt und so.«

Adolfo nickte unsicher. Ich verschwieg meine Vermutung, dass der ganze Ärger wegen dieser CD-ROM zustande gekommen war. Ich verschwieg es nicht wegen Morten, sondern weil ich wusste, dass Adolfo ein unverbesserlicher Situationist war. Ich schätzte, dass er sogar seine Mutter für einen Zehner verkaufen würde, wenn sich ihm nur die Gelegenheit bot.

»Morten, bitte! Wir können unmöglich nach Hause«, flehte ich.

Morten nahm seine dicke Brille ab und fuhr sich mit dem Unterarm durch das Gesicht. Dann blickte er kurz durch die Durchreiche und beugte sich zu mir hinunter.

»Ich muss gleich wieder an die Theke. Hör zu, ich arbeite seit über vierzig Jahren in der Gastronomie. Da hört man allerhand komisches Zeug. Ich glaube euch, auch wenn es mir, ehrlich gesagt, schwerfällt. Schwerer sogar als bei deinen Alien-Storys.«

»Morten, es ist ernst«, drängte ich. »Unser Leben ist in Gefahr.«

»Wenn es tatsächlich so ist, wie ihr glaubt, müsst ihr aus Beatty verschwinden. Ich fürchte, dass sie auch hier bald aufkreuzen und mich mit Fragen löchern werden. Lasst mich mal kurz nachdenken.«

Der alte Mann setzte seine Brille auf und verschwand im Gastraum. Ich wusste, dass ihm seine besten Einfälle kamen, während er sich um die Gäste kümmerte.

Adolfo zündete sich die nächste Zigarette an und ließ den Blick über den Parkplatz schweifen. Seine Hände streichelten seinen runden Bauch, über dem das verschmierte Unterhemd spannte.

Mir wurde schlecht, als ich abermals an diesen Blitz und den zusammensackenden Körper des Soldaten dachte. Ich bildete mir sogar ein, spritzendes Blut gesehen zu haben. Was natürlich Quatsch sein musste, da es bereits dunkel war. Ich lehnte mich gegen Harris.

»Ich habe Angst«, flüsterte ich.

Er streichelte meinen Kopf. Ich lauschte dem Brutzeln der Fritteuse und dem Reden der Gäste. Es war spät am Abend und ich konnte langsam nicht mehr. Nach ein paar Minuten kehrte Morten zurück.

»Also, es ist vielleicht nicht meine beste Idee«, sprach er, »aber ihr könntet zu meinem Cousin hoch nach Tonopah fahren, der betreibt dort ein Motel. Ich rufe ihn gleich mal an, aber ich denke, dass ihr dort für ein paar Tage untertauchen könnt.«

»Ich wusste gar nicht, dass du einen Cousin hast«, sagte ich.

Adolfo schmiss die Zigarette auf den Parkplatz, pustete den Qualm aus und zwängte sich an uns vorbei.

»Hat auch gute Gründe«, raunte er.

Der Koch ging zur Kühltruhe, nahm ein Bier heraus und öffnete es mit seinen Zähnen. Dann nahm er einen Schluck und kühlte mit der halbleeren Flasche seine Stirn.

»Raymond ist ein perverser Fanatiker.«

»Adolfo!«, mahnte Morten. »Würde es dir was ausmachen, etwas respektvoller über meine Familie zu sprechen? Raymond ist, wie er ist. Das macht ihn aber nicht gleich zu einem schlechten Menschen.«

Adolfo nahm einen zweiten Schluck und stellte die leere Flasche neben die Fritteuse.

»Ich habe nicht gesagt, dass er schlecht ist. Aber ich erinnere mich noch genau an Weihnachten vierundneunzig. Du doch auch, oder? Als er diese junge Tänzerin abgefüllt hat und sie dann mit der Videokamera hier drüben auf der Arbeitsfläche …«

»Ja, ja«, knurrte Morten. »Daran kann ich mich noch sehr gut erinnern, verdammt. Halt bloß den Mund!«

Er sah durch die Tür nach draußen und seufzte. »Vielleicht schicke ich euch auch nach Vegas. Meine Nichte Betsy und ihr Mann können noch ein bisschen Hilfe bei der Reparatur von Spielautomaten gebrauchen.«

»Ich muss mal eben für singende Köche«, murrte Adolfo.

Er verschwand hinter dem Kühlschrank und ich hörte das Zuschlagen der Klotür. Morten kam dicht an uns heran.

»Ich frage lieber nicht, warum ihr ein CD-ROM-Laufwerk dringender braucht als einen sicheren Schlafplatz.«

Ich war ganz verlegen und wusste nicht, was ich sagen sollte.

»Schon gut. Ist richtig, dass ihr Adolfo nicht zu viel anvertraut. Aber Raymond könnt ihr vertrauen. Er wird euch garantiert nicht verpfeifen. Es ist in seinem eigenen Interesse, nicht aufzufallen, glaubt mir.«

HIGH IN TONOPAH

Die anderthalbstündige Autofahrt durch die Wüste war furchtbar. Wir jagten durch stockfinsteres Nichts, und ich fürchtete, uns könnte jeden Moment eine Straßensperre oder eine Streife am Straßenrand einen Strich durch die Rechnung machen.

Harris hatte noch ein älteres Tape unter dem Beifahrersitz hervorgekramt. Es war schon etwas bizarr, mit neunzig Meilen durch die Wüste zu brettern und dabei *Little Demon* von Screaming Jay Hawkins zu hören, diesen lässigen Rock'n'Roll-Song von diesem schrägen Typen, der sich in brennenden Särgen auf die Bühne tragen ließ und mindestens fünfzig Kinder in die Welt gesetzt hatte.

Ungefähr auf halber Strecke lag Goldfield, die nächste richtige Stadt hinter Beatty. Dort hielten wir kurz und kauften uns Tacos und Pepsi. Schließlich erreichten wir Tonopah. Das Örtchen war vor allem wegen dem gleichnamigen Militärgelände im Osten bekannt. In den Achtzigern war hier der F-117 Nighthawk entwickelt worden, der berühmte Tarnkappenbomber, der im Golfkrieg 1990 seinen großen Auftritt hatte.

Das Gebäude in der St. Patrick Street fanden wir dank Mortens Wegbeschreibung schnell. Es war ein zweistöckiges

Haus aus den Dreißigern. Wir stiegen aus, bepackt nur mit dem Rucksack voller Gras und der mysteriösen CD-ROM. Harris trug die Plastiktüte mit den Resten unseres Abendessens.

Ich roch den Muff, als wir eintraten. Am Empfang verbarg sich zwischen ein paar offenen Bierdosen eine Klingel. Ich schellte, erwartete jedoch nicht, dass sofort jemand kommen würde. Nach zwei Minuten war noch immer niemand da, und ich sah mich gezwungen, weitere Male auf die Klingel zu schlagen. Nach einer gefühlten Ewigkeit schlurfte ein Kerl aus dem Hinterzimmer, der aussah, als hätte man ihn nach einer langjährigen Haftstrafe zu einem langweiligen Job als Rezeptionist verdonnert. Unter seinem misslungen tätowierten Arm trug er einen Laptop, an dem ein ganzer Kabelbaum hing.

»Sind Sie Raymond Henriksen?«, fragte ich höflich.

»Wer soll ich denn sonst sein? Ellen Ripley?«

Ich schwieg einen Moment, denn ich war mir nicht sicher, ob diese Kreatur mit dem Pornobalken und dem geschmacklosen Hawaiihemd wirklich Mortens Cousin sein sollte. Schließlich sagte ich: »Wir kommen aus Beatty auf Empfehlung von Mister Morten Henriksen.«

»Ihr seid das also!«, nuschelte der Mann. »Morten hat euch schon angedroht. Ihr habt wohl was ausgefressen, was?«

»Sind Sie jetzt Raymond?«, fragte Harris.

»Hör zu, Nigger! Ja, ich bin Raymond, aber nur meine Mama nennt mich so. Sagt doch einfach Ray zu mir. Ist das etwa dein Freund, Schnecke?«

Er starrte mich an. Seine Art machte mich fassungslos. Kein Wunder, dass Morten nie etwas von ihm erzählt hatte.

»Ja, das ist mein Freund. ›Nigger‹ sagen nur Arschlöcher zu ihm. Nenn ihn doch einfach Harris!«

»Schon gut«, wehrte er ab. »Leute wie ihr kommen selten hier raus. Wenn ihr wisst, was ich meine.«

Ich wusste nicht, was Raymond meinte. Aber ich wusste, dass Harris und ich nicht die typischen Rednecks waren, die hier in der Wüste hausten. Ray holte einen Schlüssel unter der Theke hervor und knallte ihn vor uns auf das Holz.

»Zimmer 7. Ist die Treppe rauf. Braucht ihr noch was?«

Meine vor Müdigkeit schweren Augen sahen zu Harris. Der zuckte nur mit den Achseln. Raymond kaute schlecht gelaunt auf seinem Kaugummi herum. »Wechselbettwäsche? Kondome?«

»Nein«, antwortete ich, »alles prima!«

»Na gut, ich bin jetzt noch ein Weilchen hier unten, falls euch doch noch was einfällt. Ob ich hier fernsehe oder hinten im Büro …«

»Das ist nett, danke«, sagte ich.

Raymond starrte mich weiterhin stumpf an und knetete die Kautschukmasse in seinem Mund. Ich nahm den Schlüssel, dann gingen Harris und ich nach oben. Das Licht war gedämpft, und ich fragte mich, ob wir gerade die einzigen Gäste hier waren. Mir fielen die historischen Fotos an den Wänden auf. Wie es aussah, waren sie allesamt um die Jahrhundertwende hier in der Region geschossen worden. Ich sah stolze Goldgräber, hoffnungsvolle Farmer und elegant gekleidete Frauen und Männer, die sich allesamt ein erfüllendes Leben in der Wüste vorgestellt haben mussten. Am Ende des Korridors prangte eine große 7 auf der Tür. Ich schloss auf und wir traten ein.

»Mmh«, summte Harris, »dieser feine Geruch von muffigem Kunstleder.«

Er hatte recht. Das Apartment war wohl in den Siebzigern eingerichtet und seitdem nicht modernisiert worden. Unzählige

Brauntöne konkurrierten um die Vorherrschaft, dazwischen waren Kissen, Decken und Geschirr in Rot, Orange und Gelb, dazu ein kotzgrüner Teppichboden. Die spinnwebartigen Vorhänge waren zugezogen, dahinter musste die Straße liegen.

»Die Brady-Familie ist wohl gerade ausgezogen«, bemerkte ich.

Nachdem wir die Reste der fettigen Tacos gegessen und dazu zwei dicke Joints mit Big L.s frischem Gras geraucht hatten, duschte zuerst Harris und anschließend ich. Ich hatte mich furchtbar unwohl gefühlt. Jetzt war ich frisch, sauber und todmüde. Doch die Sache mit der CD-ROM ließ mir keine Ruhe.

Als ich mich abtrocknete, fand ich Harris nackt auf dem Sofa mit der Fernbedienung in der Hand. Im Fernseher lief eine Folge von *Star Trek Voyager*. Captain Janeway stand mit ernster Miene vor dem großen Bildschirm und starrte auf ein feindliches Schiff der Kazon.

Ich beugte mich vor und trocknete mir die Haare. Dabei sah ich im Augenwinkel, dass Harris mich anstarrte.

»Es ist ein Wunder, dass dieser Kerl ein Motel betreiben darf«, sagte ich.

»Ich frage mich auch, womit der eigentlich sein Geld verdient. Besonders oft scheinen Gäste jedenfalls nicht hier zu sein. Oder er putzt nicht so häufig.«

»Wenn er überhaupt putzt«, lachte ich und hängte das Handtuch über den Stuhl in der Essecke.

Ich hörte, wie Harris den Fernseher ausschaltete. In diesem Augenblick kam mir die entscheidende Idee.

Doch Harris stellte sich vor mich, schlang seine Arme um mich und begann, meinen Hintern zu streicheln. Ich spürte seinen hart werdenden Schwanz zwischen meinen Beinen.

»Wir könnten es uns gemütlich machen«, säuselte er.

»Ich hatte gerade *die* Idee wegen der CD-ROM«, erwiderte ich und wand mich aus seinen Armen. »Sorry, ich kann jetzt nicht mit dir schlafen.«

»Ist diese Idee wichtiger als Sex?«

»Wichtiger als Sex«, bestätigte ich.

»Komm schon, nur ganz kurz.«

»Mach es mir nicht so schwer, Harris.«

»Okay, dann such dir aus, ob du mich ganz kurz fickst oder mir einen runterholst.«

Ich verdrehte die Augen, denn es war immer dasselbe. Kaum hatte Harris mehr als zwei Joints geraucht, mutierte er zu einem sexgeilen Macker.

»Wir machen das anders«, entschied ich. »Du holst dir einen runter und ich organisiere uns einen Computer mit CD-ROM-Laufwerk.«

»Was?«, stammelte Harris.

Ich zog mir Slip, Shirt und Hose an und verließ das Apartment. Als ich die Treppe hinunterging, drangen mir Geräusche von Maschinenpistolen und Schreien entgegen. Ray war tatsächlich noch am Empfang. Weit zurückgelehnt, sodass sein Doppelkinn auf dem scheußlich bunten Hemd auflag, das seinen Speckbauch einhüllte, saß er in einem unbequem wirkenden Stuhl und wurde vom Licht seines Laptops angeschienen.

»Hey, Ray!«

Als ich keine Antwort bekam, ging ich näher ran. Die Schreie und Schüsse hielten derweil an.

»Was siehst du dir an?«

»Willst du nicht wissen«, knurrte Ray, ohne mich anzusehen.

»Klingt nach Schund.«

»Das ist so'n alter Exploitation-Streifen mit 'ner Menge Blut, Sex und Gewalt. Wenn du weißt, was ich meine?«

»Wir brauchen deine Hilfe. Glaubst du, wir können uns mal deinen Computer ausleihen?«

Endlich sah er vom Laptop auf. Schnaufend beugte er sich vor, pausierte den Film und erhob sich. Dann musterte er mich länger als nötig von oben bis unten.

»Warum?«, fragte Ray.

»Wir haben eine CD-ROM, die wir uns anschauen wollen. Aber blöderweise haben wir unseren Computer in Beatty vergessen.«

»Ist 'ne schlappe Ausrede.«

Er lehnte sich auf die Theke. Ich suchte nach einem Grund, wie ich ihm vielleicht doch noch das Gerät abluchsen konnte. Meine Augen rasten durch den Raum. Und erst jetzt entdeckte ich das Gewehr, das an seinem Stuhl lehnte.

Ich sah wieder zu Mortens Cousin. So, wie er mich immer noch anstarrte, fühlte ich mich gleich wieder dreckig. Es war mehr als klar, dass Adolfo recht hatte. Ray war ein perverser Typ.

»Schon gut, Kleine. Ich hab' noch einen Rechner im Büro, da kann ich weitergucken. Wollt ihr euch was ansehen? Filme hab' ich auch hier. Eigentlich alles, was so Typen wie ihr braucht. Horror. Fickfilmchen. *Schund*, wie du sagen würdest. Das meiste steht auf dem Index. Könnt ihr euch leihen. Oder auch kaufen. Jeder Film gebrannt auf CD für 'nen Zehner.«

Erneut fuhren seine Augen an mir herunter.

»Ich bezweifle, dass du meinen Lieblingsfilm dahast«, sagte ich.

»Ach ja?«

»*Titanic*.«

Ray verzog das Gesicht. Dann blickte er kurz auf seinen Laptop. »Na schön! Aber wehe, ihr macht das Ding kaputt! Das ist ein Compaq Armada 4150, der war scheiße teuer. Der Prozessor schnurrt mit ganzen 150 Megahertz, wenn du weißt, was ich meine!«

Mit dem Laptop unter dem Arm und dem Kabelwirrwarr in der anderen Hand stapfte ich die Treppe hinauf. Ich fand Harris nackt im Bad. Er war nicht besonders glücklich darüber, dass ich wiederkam, bevor er mit sich fertig war.

»Lass dich nicht stören«, sagte ich amüsiert. »Ich sehe mir schon mal die CD-ROM an.«

Ich setzte mich an den Couchtisch und klappte den Laptop auf. Harris ließ nörgelnd von sich ab und kam zu mir.

»Und dieser bekloppte Typ hat ihn dir einfach so gegeben?«, fragte er ungläubig. »Meinst du, Ray hat auch Filme auf dem Rechner?«

»Harris, der Typ geht mit seiner Schrotflinte ins Bett. Wir sollten besser nur die CD-ROM durchforsten. Mehr auf keinen Fall. Ich würde es also nicht darauf ankommen lassen.«

»Das ist aber gar nicht so leicht. Sieh mal, der Ordner da auf dem Desktop heißt *Wet Dream On Elm Street*. Und da ist noch einer: *Use The Backdoor*. Bist du sicher, dass wir da nicht mal reinschauen sollten?«

Er lächelte anzüglich und begann seinen Schwanz zu kneten, während er mich mit seinen Blicken auszog.

»Hol dir einen runter, Harris.«

Ich öffnete das CD-ROM-Laufwerk und legte die grünlich schimmernde Scheibe ein. Gespannt schloss ich das Laufwerk und hörte, wie die CD zu rotieren begann. Ich öffnete den Desktop und das Piktogramm einer CD erschien.

»Die ist ja unbenannt«, sagte Harris.

Im Gegensatz zu mir wirkte er gelassen. Wahrscheinlich war er ganz schön high. Meine schwitzigen Finger glitten über das Touchpad und öffneten die CD. Es erschienen zwei Verzeichnisse, die zu meiner Überraschung recht deutlich benannt waren.

»*Medien* und *Dokumente*«, las ich flüsternd vor.

Ich blickte kurz zu Harris und sah, dass er gerade einen neuen Joint drehte. Dann öffnete ich den Ordner, der mit »Medien« benannt war. Der Laptop brauchte eine Zeit, bis er die Liste mit den Mediendateien anzeigte, es waren hunderte, alle im JPEG-Format.

Mein Herz schlug wild. Ich wusste, dass ich hier etwas vor mir hatte, was mein Leben verändern würde. Ich beschloss, vorn zu beginnen, und öffnete das erste Bild. Der Media Player öffnete sich – und ich sah den Weltraum.

»Wow«, staunte Harris. »Sieh mal, das müssen digitale Fotos sein. Da unten ist ein Datum und eine Signatur.«

»Harris, die NASA nutzt seit den Siebzigern die Digitalfotografie. Das solltest du eigentlich wissen.«

»9. Januar 1999, Dr. Karen Foss«, las er vor. »Das sieht nach einer Spaceshuttle-Mission aus.«

Ich klickte weiter und weitere Fotos der Erde und des Weltalls erschienen.

»Entweder ist das Datum falsch«, sagte ich, »oder es ist eine Mission, die sie inoffiziell durchgezogen haben. Weißt du noch? Im Dezember 1998 gab es die Mission STS-88 und erst Ende Januar wurde STS-89 durchgeführt.«

Beim nächsten Foto wurde ich stutzig. Es zeigte erneut die Erde, die den oberen Bildbereich einnahm. Doch vor dem leuchtenden Blau schwebte ein Objekt.

»Hui«, staunte Harris und zündete den Joint an. »Das sieht aus wie das Ding, das STS-88 damals fotografiert hat.«

»Ja, verdammt«, flüsterte ich. »Die NASA hat uns also doch Bullshit erzählt. Es war nie eine Wärmedecke der Internationalen Raumstation, die sich bei Bauarbeiten gelöst hatte.«

Ein paar Fotos weiter gab es eine Großaufnahme des Objekts. Es sah so beeindruckend wie unheimlich aus. Wie das Schiff, das ich in meiner Jugend gesehen hatte, war dieses Ding vollkommen schwarz. Doch statt der charakteristischen Zacken war es relativ flach, an einer Seite abgerundet und lief an der anderen spitz zu. Dieses Ding muss einen anderen Zweck haben.

»Und ich Depp dachte wirklich, die Freaks aus Groom Lake fliegen zum SDI«, sagte Harris. »Jeannie, du hattest recht. Das da ist der Black-Knight-Satellit, verdammt!«

Auf den folgenden Fotos waren immer mehr Details zu erkennen. Offenbar näherte sich das Shuttle, oder von wo aus auch immer diese Fotos aufgenommen worden waren, diesem außerirdischen Ding. Und es war anscheinend recht groß. In der Mitte der abflachenden Seite erschien etwas, das nach einer Schleuse aussah. Ich klickte. Und was ich sah, jagte mir einen eiskalten Schauer über den Rücken.

Ich wettete, dass es eine bemannte Raummission war, mit dem Ziel, dieses Ding zu untersuchen. Auf dem Bild waren zwei Astronauten zu sehen, die am Rand der Shuttle-Schleuse standen. Hinter ihnen breitete sich die Dunkelheit des Satelliteninneren aus.

»Niemand zuhause«, wisperte Harris.

Es stimmte offensichtlich. Das Innere war dunkel. Die Beschaffenheit der Wände zeugte von einer ganz eigenen Bauweise, von einer ganz eigenen Technik. Es waren verschlungene, organische Formen. Für mich bestand kein Zweifel mehr: Das Ding war außerirdisch.

Die nächsten Fotos zeigten die Crew auf ihrem Weg durch das Raumfahrzeug. Immer wieder hielten die Astronauten - ich zählte fünf plus dem Fotografen - seltsame Fundstücke in die Kamera. Schließlich gelangte die Mannschaft in einen größeren Raum. Erst bei den folgenden Fotos erkannte ich, dass bei ihrer Untersuchung ein besonderes Interesse einer Gruppe von länglichen Zylindern am Rand des Raumes galt.

»Denkst du auch, dass in diesen Dingern die Aliens drin sind?«, fragte Harris.

Mir stockte der Atem. Es war so offensichtlich, doch dieser Gedanke war mir bisher nicht gekommen. Selbstverständlich musste es in einem außerirdischen Raumfahrzeug auch Lebewesen geben, die es steuerten!

Mit immer größerer Anspannung klickte ich auf die Weiter-Taste. Es war nicht unwahrscheinlich, dass wir die Crew dieses Dings zu Gesicht bekommen würden. Dann würde sich zeigen, ob sich die Fotos mit meinen verblassten Erinnerungen deckten. Ich war mir nicht sicher, ob ich es wissen wollte. Denn je weiter dieses grauenvolle Ereignis meiner Jugend zurücklag, desto mehr redete ich mir ein, es sei ein schrecklicher Albtraum gewesen. Nur der mit messerscharfer Logik arbeitende Teil meines Verstands grätschte den mitreißenden Wellen meines trügerischen Erinnerungsvermögens dazwischen. Wenn nämlich eines unwiderlegbar war, dann der Tod von Russ. Meine Kehle war mit einem Mal wie zugeschnürt. Die schmerzhafte Erinnerung an seinen Verlust nutzte sich einfach nicht ab. Ich widmete mich schnell wieder den Fotos, bevor mich meine Gefühle überrannten.

Die nachfolgenden Bilder überraschten mich. Statt, wie ich gehofft und erwartet hatte, den Inhalt der Zylinder preiszugeben, zeigten sie weitere Fundstücke sowie ernste Gesichter in Astronautenhelmen.

Das nächste Foto zeigte eine verschwommene Aufnahme, in deren Mitte deutlich menschliche Silhouetten auszumachen waren.

»Da sind noch andere Astronauten«, sagte Harris. »Das muss wohl 'ne größere Mission gewesen sein. Aber das Foto ist Müll.«

Ich klicke weiter und erschrak. Harris verschluckte sich am Qualm. Das Bild zeigte das blutverschmierte Gesicht eines Astronauten.

»Oh, Gott!«, flüsterte ich. »Was ist mit ihm passiert?«

Gebannt drückte ich erneut auf die Weiter-Taste. Jedes neue Foto zog Harris und mich tiefer in diese Sache hinein, deren wahres Ausmaß wir allenfalls erahnen konnten.

»Was zum Henker ist das hier?«, fragte Harris fassungslos.

»Sie haben Angst«, bemerkte ich. »Sieh dir ihre Gesichter an.«

Die Person mit der Kamera hatte die entsetzliche Situation gnadenlos festgehalten: Die Bilder zeigten deutlich, wie die Astronauten mit anderen kämpften.

»Das sind andere Raumanzüge«, stellte Harris fest. »Das muss eine andere Crew sein. Was hat das zu bedeuten?«

Ich klicke weiter. Die Crew war nun offenbar wieder im Shuttle. Die fotografierende Person hatte erneut den Black-Knight-Satelliten von außen abgelichtet. Doch dieses Mal entdeckte ich an der Unterseite etwas Seltsames. Etwas, das überhaupt nicht dorthin passte. Und das sah nicht nur ich.

»Ach, du Scheiße!«, nuschelte Harris und stieß Qualm aus. »Das ist ... das ist ...«

»Das ist 'ne Sojus-Kapsel!«, sprach ich es aus.

»Die Russen?«

Noch immer hämmerte mir das Herz bis zum Schädel. Harris gab mir den Joint und ich nahm einen tiefen Zug. Der Qualm brannte in meiner Lunge, doch im gleichen Augenblick wurde ich etwas ruhiger.

»Ganz offensichtlich«, hauchte ich.

»Aber ... aber ...«, stotterte Harris. »Die haben einen der Astronauten verletzt! Warum?«

»Das werden uns diese Bilder vermutlich nicht sagen. Aber weißt du, was das heißt, Harris?«

Er nickte und sah dabei schläfrig und aufgekratzt zugleich aus.

»Diese Fotos hier sind der definitive Beweis für die Existenz des Black-Knight-Satelliten! Der definitive Beweis für die Existenz außerirdischen Lebens!«

»Und es gibt regelmäßige Flüge von Groom Lake nach dort oben, ganz so, wie du es vermutet hattest«, ergänzte Harris.

»Diese CD-ROM war für Liz bestimmt, ganz sicher! Weißt du noch? Sie hatte im *Observer* über STS-88 berichtet und immer wieder behauptet, die Regierung verheimliche die Entdeckung dieser Mission. Das ist genau der Kram, auf den Liz steht.

Außerdem würde das ihr seltsames Verhalten erklären. Sie wusste, dass diese CD-ROM existiert, aber aus irgendeinem Grund hatte sie ihren Weg zu Liz nicht gefunden.«

Ich fuhr mir mit meinen Händen durch das Gesicht. »Das heißt aber auch, dass ein ganzes Netzwerk mit Verbindungen bis in die höchsten Regierungskreise darin verwickelt sein muss. Niemand klaut mal eben geheime Dokumente aus der Area 51.«

»Wenn ich mir vorstelle, dass die CD fast wieder in der Hand der Armee war«, raunte Harris. »Mich würde mal interessieren, warum die Bilder überhaupt aufgetaucht sind? Mal im Ernst, selbst ohne die Russen werfen die mehr Fragen auf, als sie Antworten geben.«

»Das ist keine Dokumentation von *National Geographic*, Harris! Das sind ungefilterte, streng geheime Unterlagen, die nicht für uns gedacht sind.« Ich ließ mich ins Sofa sinken.

»Das ist der Beweis!«, seufzte ich.

Ohne Unterlass starrte ich auf das Bild. Ich war glücklich, fassungslos, erschöpft, euphorisch, zufrieden. Alles im gleichen Moment. Ich war endlich an dem Punkt, den ich so lange herbeigesehnt hatte. In all den Jahren hatte ich insgeheim immer weniger daran geglaubt, dass er eintrat. Doch nun war er da!

Der Beweis, dass es außerirdisches Leben gab, leuchtete vor mir auf dem Bildschirm. Ich wusste, was ich nun tun musste. Ich musste diese Beweise an die Öffentlichkeit bringen. Doch etwas in mir war noch nicht bereit. Ich fühlte mich überrumpelt von diesen Bildern und dieser plötzlichen Erkenntnis.

»Ich muss schlafen, verdammt. Ich kann nicht mehr!«

»Weißt du, was mich irritiert, Jeannie«, murmelte Harris.

Er hing auf dem Sofa, den Kopf weit zurückgelehnt, und seine Augen waren zu schmalen Schlitzen verengt.

»Die Geschichte von dieser Melissa McLane passt nicht so richtig in das Ganze. Es ist schon ein merkwürdiger Zufall, dass es angeblich eine seriöse Sichtung gegeben haben soll, gleichzeitig diese Unterlagen auftauchen und die ganze Ufo-Szene durch die Regierung in Angst und Schrecken versetzt wird.«

»Worauf willst du hinaus?«

»Sollen wir morgen wirklich wegen dieser Schrulle runter nach Vegas?«

Ich wusste, was Harris meinte. Aber ich war mittlerweile zu müde und zu dicht, um noch irgendetwas machen zu können.

»Harris, ich bin mir auch nicht sicher, ob wir Melissa trauen können. Aber wir werden es herausfinden.«

KEYHOLE CANYON

»Noch zehn Meilen«, sagte ich. »Und du weißt, wo wir hinmüssen?«

»Klaro«, lachte Harris. »Keyhole Canyon ist leicht zu finden. Wir müssen gleich von der Landstraße abfahren und dann ist es nur noch eine Meile. Es müsste eigentlich schon dort vorne sein.«

Er zeigte auf eine Bergkette links der Straße. Wir hatten Las Vegas und Boulder City hinter uns gelassen und fuhren nun wieder durch die Wüste. Für die 240 Meilen von Tonopah bis hier runter hatten wir vier Stunden gebraucht. Ich war noch total gerädert von gestern. Harris war nicht mehr zum Schuss gekommen, stattdessen hatten wir beide nur ein paar Stunden auf der Couch geschlafen.

Wir hatten auf der Fahrt mehrere Pausen gemacht und diverse Kassetten durchgehört. Gerade quälte sich ein zäher Song mit lauten Gitarren und nasalem Gesang aus den Boxen. Harris rauchte einen Joint und nickte gedankenverloren mit dem Kopf.

»Sind das die Smashing Pumpkins?«, fragte ich.

Harris blickte, weiterhin nickend, zu mir rüber. Sänger Billy Corgan näselte derweil depressiv weiter.

And all I gave to you is lost
And all you took from me is lost
Black wings carry me so high
Up to meet you in the sky
I'm disconnected by your smile ³

»Der Groove ist super«, fiel mir auf. »Warum kenne ich den Song nicht?«

»Weil die Pumpkins wahrscheinlich mehr B-Seiten als reguläre Songs haben«, grinste Harris.

Er gab mir den Joint und ich sog den Rauch analog zum schrägen Gitarrensolo tief ein. Es war kurz vor elf Uhr am Vormittag. Harris hatte mich auf der Fahrt alle fünf Meilen damit genervt, aber nun war auch ich mir unsicher, ob es richtig war, dass wir uns mit Melissa trafen.

»Es ist geradezu lächerlich, dass wir gerade jetzt, wo wir diese Fotos haben, nicht zu Grabowsky können. Der hätte im *Observer* 'ne Titelstory geschrieben, seine Medienkontakte genutzt und 'ne Riesenwelle gemacht.«

»Das stimmt«, nickte Harris. »Aber weißt du was? Ich glaube, wenn sogar ein Typ wie Grabowsky mundtot gemacht wird, werden auch alle anderen Medien überwacht. Wo auch immer ein mysteriöser Umschlag auftaucht, wird er garantiert in die Hände der Regierung fallen.«

»Da könntest du recht haben. Aber was sollen wir dann machen?«

Einen Augenblick lang blieb er stumm.

»Ich weiß, ich hab' dich bestimmt schon hundert Mal gefragt, woher dieser Mythos mit dem Black-Knight-Satelliten eigentlich stammt«, sagte Harris unerwartet. »Alles, was ich behalten habe, ist, dass es ein Satellit ist, der von den Nazis mit einer V2-Rakete ins All geschossen wurde.«

»Da hast du mal wieder die falschen Dinge behalten«, seufzte ich. Ich konnte es mir nicht verkneifen, mit den Augen zu rollen.

»Allerdings bist du nicht der Einzige, Harris«, begann ich einen erneuten, aber womöglich wieder einmal hoffnungslosen Erklärungsversuch. »Die Hälfte der Leute, die an diesen bescheuerten Ufo-Kongressen teilnehmen, glaubt den Nazi-Mist. Der *Black Knight* war sehr lange ein hypothetisches Objekt, an das Anhänger der Prä-Astronautik glaubten. Es wird sogar behauptet, der *Black Knight* sende Radiowellen aus. Man hat jedoch nie welche empfangen. Und die fälschlicherweise veröffentlichten Fotos von STS-88 werden aktuell als Beweis dafür gedeutet, dass es den Black-Knight-Satelliten gibt. Und wir wissen ja, dass das die Wahrheit ist.«

»Hier ist es!«, rief Harris plötzlich.

Ich trat so fest auf die Bremse, dass die Reifen meines AMC quietschten. Glücklicherweise war wenig Verkehr, sodass uns niemand auffuhr. Nachdem ein Truck vorübergefahren war, bog ich in die Sandstraße ein, die zu der Bergkette führte.

»Hier muss Melissa das Schiff gesehen haben«, mutmaßte ich. »Ist der Keyhole Canyon nicht im Zion Nationalpark?«

»Ist er. Aber der Canyon hier heißt zufällig genauso, ist aber weniger berühmt. Die Schlucht ist beliebt bei Kletterern. Aber was sie so besonders macht, sind die Petroglyphen.«

»Felszeichnungen? Von wem?«

Der Matador schaukelte über die Sandpiste, Staubwolken peitschten an den Seiten empor.

»Von den Ureinwohnern. Die sind superalt, mindestens dreizehntausend Jahre.«

»Verrückt«, sagte ich.

»Eben. Und genau hier will unsere verrückte Lady ein Ufo gesehen haben. Ich sag' dir, da ist was faul an der Sache!«

Wir erreichten die Mündung des Canyons. Dort parkte genau ein Fahrzeug. Es war ein roter Ford und vor ihm stand Melissa. Das blaue Kleid, das sie trug, flatterte im Wind. Den AMC stellte ich in einigem Abstand ab. Seit unserer Begegnung mit Liz gestern Abend war ich vorsichtig geworden. Dann stiegen wir aus.

»Schön, dass Sie es einrichten konnten«, rief Melissa.

Harris und ich schritten zu ihr hinüber. Es war eine entrückte Szenerie: Diese Frau wie aus einem Sommertraum stand dort am Rand des Canyons in erwartungsvoller Haltung. Ich war ziemlich dicht. Andererseits war es bei ihr vermutlich auch egal.

»War leicht zu finden«, sagte ich. »Und hier haben Sie das Ufo gesehen?«

Melissa nickte. In ihrem aparten Gesicht funkelten helle Augen. Die Sommersprossen und die rotblonden Haare verliehen ihr eine sonderbare Aura. Überhaupt funkelte alles. Die Chromblenden ihres Wagens, die silbernen Knöpfe an ihrem Kleid, ihre Ohrringe. Alles war in diesem Augenblick einfach zu hell für mich.

»Genau hier hab' ich den Wagen abgestellt. Zuerst dachte ich, ich bilde mir das alles nur ein. Ich kenne diese Stelle hier und weiß, dass abends manchmal Kids hier rumhängen. Ich dachte, vielleicht spielen sie mit Feuerwerkskörpern, doch ich konnte mir damit nicht diese riesige dunkle Form am Himmel erklären.«

»Das heißt«, sagte ich, »Sie haben das Ufo drüben auf der Landstraße gesehen und sind dann hierhergefahren.«

»So ist es.«

»Und das Raumschiff war noch hier, als Sie ankamen.«

»Exakt. Es hat sich die ganze Zeit nicht bewegt. Also, nicht dass ich etwas bemerkt hätte. Ich war vollkommen durch mit meinen Nerven. Ich hab' den ganzen Tag gearbeitet und wollte nur nach Hause. Und dann dieses Ding. Es war vollkommen verrückt.«

Sie gestikulierte wild mit ihren Armen und zeichnete das Ufo in den Himmel.

»Es war furchtbar! Diese Zacken! – Sagte ich Ihnen das bereits?«

Sie starrte uns an.

Harris und ich blieben still und regten uns nicht. Ich verarbeitete ihre exzentrische Darbietung.

»Diese Zacken waren so und so.« Sie fuchtelte weiter herum. »Und es war schwarz! Und dann verschwand das Schiff vom einen auf den anderen Augenblick! Es war unglaublich schnell. Es stieg direkt nach oben.«

Merkte sie, dass wir high waren? Ich beschloss, ihr vorsichtshalber eine Detailfrage zu stellen.

»Welche Farbe hatten die Lichter?«

Melissas Blick wurde mit einem Mal starr.

»Sie … sie waren unterschiedlich«, sagte sie zögernd. »Also verschiedene Farben, schätze ich.«

»Haben Sie so etwas wie Fenster oder Türen gesehen?«

»Ähm, nein. Dazu war ich viel zu aufgeregt.«

»Was ist dann passiert?«

Sie überkreuzte ihre Beine, blickte in den Sand, die Haare wehten ihr ins Gesicht. Ein paar Augenblicke lang blieb sie still, doch dann sah sie auf. Da war etwas in ihrem Blick. Etwas, das mich an das gestrige Gespräch erinnerte. So hatte sie mich angesehen, als sie vom Aussehen des Ufos sprach. Heute irritierte es mich nicht nur, es blies mich förmlich um. Irgendetwas hatte Melissa an sich, und mir blieb nichts anderes übrig, als mich von ihrem Schauspiel betören zu lassen.

»Ich ging näher an das Schiff ran. Hier in den Canyon rein.« Mit einer ausschweifenden Geste deutete Melissa auf die Mündung der Schlucht. »Hinter der ersten Engstelle sah ich mehrere Kreaturen, die … ich traue mich das gar nicht zu sagen. Bitte halten Sie mich nicht für merkwürdig!«

»Merkwürdig?«, lachte Harris. »Miss, wir hören tagein, tagaus merkwürdige Dinge. Reden Sie ruhig weiter.«

»Diese Kreaturen – sie *schwebten*!«, hauchte Melissa. »Sie schwebten vom Boden zu diesem Ding am Himmel. Das war der Augenblick, an dem ich Angst bekam. Existenzielle Angst!«

»Sie haben Todesangst gehabt, weil ein paar Aliens zu ihrem Schiff glitten?«, fragte Harris.

Melissas Augen verengten sich.

»Ich weiß nicht, wie viele Begegnungen der dritten Art Sie in Ihrem Leben bereits hatten! Aber, gottverdammt, ja, ich hatte Todesangst!«

»Möglicherweise hatten wir gleich viele Begegnungen«, sagte Harris in seriösem Tonfall.

Auch er schien Melissa durchschaut zu haben. Sie veranstaltete eine Show. Die »Fakten«, die sie uns darlegte, musste sie von irgendjemandem aufgeschnappt haben. Mir war längst klar, dass hier keine Begegnung stattgefunden hatte. Insofern hatte Harris recht – auch er hatte noch nie ein Ufo gesehen. Trotzdem fragte ich mich, was Melissa von uns wollte.

»Darf ich Ihnen auch eine Frage stellen?«, fragte Melissa. »Glauben Sie, ich habe mir all das eingebildet?«

Eine heiße Böe fegte über den Sand. Ich kniff die Augen noch enger zusammen.

»Oh, Miss«, sagte Harris, »es kommt immer wieder vor, dass Leute ohne Geld, ohne Freunde und ohne Selbstwertgefühl uns aufsuchen. Wir sind diskret, und wenn Sie ein Ufo gesehen haben wollen, haben Sie wohl eins gesehen.«

Harris war manchmal unangenehm direkt. Doch ich konnte ihn nicht stoppen. Zu sehr war ich von dieser Frau vereinnahmt, deren seltsame Frage scheinbar auch zu ihrem Plan gehörte.

»Sie glauben mir nicht.«

»Das habe ich nie behauptet.«

»Wie gesagt«, sagte Melissa mit schneidender Stimme. »Irgendwann war das Schiff fort. Ich nahm all meinen Mut zusammen und ging zu der Stelle, an der ich diese Wesen gesehen hatte.«

»Was haben Sie entdeckt?«, wollte ich wissen.

Ihre Augen funkelten wild.

»Kommen Sie mit.«

Ohne auf uns zu warten, stakste Melissa in den Canyon. Ich blickte zu Harris, der nur die Augen verdrehte und mit dem Zeigefinger an seine Stirn tippte. Wir folgten ihr in einigem Abstand. Außer uns war niemand hier.

Ich ging wie ferngesteuert hinter dieser eigenartigen Frau her, während sich in mir ein seelisches Naturschauspiel ereignete. Melissa hatte mich in einen Abgrund gestürzt, ohne dass ich es mitbekommen hatte. Sie hatte ein paar Knöpfe gedrückt, und das hatte gereicht, um mich emotional außer Gefecht zu setzen.

Warum macht sie das mit mir?

Keyhole Canyon machte seinem Namen alle Ehre. Er war stellenweise sehr eng und zerklüftet, allerdings waren die Hänge zu beiden Seiten höchstens sechzig Fuß hoch. Die Petroglyphen, die zu beiden Seiten an den Fels gemalt worden waren, waren wunderschön. Ich sah sie sogar weit oben an Stellen, die man als normaler Mensch ohne Kletterausrüstung unmöglich erreichen konnte.

Bald weitete sich der Canyon etwas. Melissa führte uns zu der nächsten Engstelle, zwängte sich links des Hauptwegs in eine Felsspalte und verschwand.

»Hier ist es«, hallte ihre Stimme heraus. »Wenn Sie die Freundlichkeit hätten und mir folgen würden.«

Ich blickte mich zu Harris um, der nur resigniert mit den Schultern zuckte. Ich quetschte mich ebenfalls in den Spalt. Wir befanden uns parallel zum Hauptweg. Über treppenartige Brocken führte der schmale Pfad in den Fels hinab.

»Hey, Miss! Erzählen Sie mir nicht, dass Sie sich nachts allein hier reingetraut haben«, hörte ich Harris von hinten rufen. »Es sei denn, ihre Todesangst hatte sich plötzlich in Luft aufgelöst.«

Melissa antwortete nicht, sondern stieg unbeirrt weiter hinab. Mit einem unguten Gefühl trat ich in die kühle Dunkelheit. Die groben Brocken auf dem Boden wurden mit einem Mal zu ebenmäßigen Stufen. Jeder Schritt, den ich hinabstieg, führte mich näher an die Schatten meiner Jugend heran. Melissa hatte eine Taschenlampe dabei, die sie jetzt einschaltete.

»Hätten Sie uns nicht vorher sagen können, dass wir eine Höhlenexpedition machen?«, beschwerte sich Harris.

Sicher hatte er es als Scherz gemeint, doch mir fiel erneut auf, dass Melissa uns etwas vorenthielt.

Was hat sie vor?

Der Lichtkegel von Melissas Lampe offenbarte uns, dass der Tunnel mehr als mannshoch war. Zu keiner Zeit mussten wir kriechen oder befürchten, dass wir steckenblieben. Schließlich wurde es wieder heller. Zuerst glaubte ich, meine Augen spielten mir einen Streich, doch dann erreichten wir einen großen Raum.

»Was zur Hölle ist das?«, entfuhr es Harris.

Überwältigt blieb ich stehen. Das, was sich Harris und mir zeigte, haute mich um. Ich musste mich an der Steinwand festhalten. Hatte ich Melissa bis eben für eine durchgeknallte Schwindlerin gehalten, würde ich ihr ab sofort jedes Wort glauben. Denn das, worin wir standen, war ohne jeden Zweifel ein Bauwerk außerirdischen Ursprungs.

Die Sonne strahlte durch ein riesiges Loch in der Decke und erleuchtete das türkisgrüne Wasser am Grund der Kaverne. In die gelborangen Höhlenwände waren Stufen in den Stein gehauen worden. Streng geometrische Torbögen, die mich an die Form von Särgen erinnerten, führten weiter in die Tiefe des Felsens. Unbekannte Zeichen prangten an ihren Seiten. Es war eine Architektur, die zweifelsohne einzigartig war. Doch fremd war sie mir nicht.

»Ich wusste, dass Sie mir nicht glauben würden«, sagte Melissa leise. »Nie tut das jemand. Doch das hier existiert. Niemand kann das hier abstreiten. Niemand kann sagen, ich sei verrückt!«

»Das ist einfach unglaublich«, stammelte Harris. »Jeannie, siehst du diese Bedienelemente?«

Er zeigte auf die gegenüberliegende Seite, wo sich an der Wand undefinierbare Benutzerschnittstellen oder so etwas befanden. Meine Kehle war wie zugeschnürt, denn meine schrecklichen Erinnerungen drohten mich zu überrollen.

»Melissa«, hörte ich Harris sagen, »Sie ... Sie haben das hier *einfach so* gefunden?«

Unsere Klientin stand am Rand des Wassers. Hinter ihr schien die Sonne herein und umgab sie mit einem goldenen Schein. Ich sah, wie sie sich bedächtig umdrehte und mich fixierte. Dann hob sie ihre schmalen Augenbrauen und nickte.

Nie hätte ich gedacht, dass Melissa die Wahrheit gesagt hatte. Doch es schien alles zu stimmen.

»Die Anlage ist nicht mehr aktiv«, sagte ich. »Doch möglicherweise wird sie von den Außerirdischen immer noch aufgesucht.«

»Und es gibt Wasser«, ergänzte Harris. »Mitten in der Wüste.«

Melissa kam zu mir und musterte mich aufmerksam, sie machte einen nervösen Eindruck.

»Warum brauchen sie Wasser?«, fragte sie.

»Das wissen wir nicht«, antwortete ich. »Wir nehmen an, dass es für ihren Organismus besonders wichtig ist.«

»Wahrscheinlich gibt es so viel, was wir nicht verstehen.«

Sie blickte zum Wasser, das volle Haar fiel ihr ins Gesicht.

»So ist es«, bestätigte ich. »Wir haben keine Vorstellung von dieser fremden Lebensform. Weder von ihrem Aussehen noch von ihrem Verhalten oder ihren Absichten.«

»Geschweige denn, wie sie es fertigbekommen, durchs All zu fliegen«, ergänzte Harris.

»Ich kann mir das nur schwer vorstellen«, wisperte Melissa.

Sie rang ihre zitternden Hände.

»Und Sie haben in all der Zeit, in der Sie Ihre Detektei betreiben, keinerlei Fotos von solchen Dingen als Beweise gemacht oder erhalten?«

»Nein«, log ich.

»Nicht einmal Fotos von einem ihrer Klienten?«

Ich schüttelte den Kopf. Da umschlang Harris' Hand meinen Arm.

»Spürst du das?«, fragte er. »Die Erde wackelt.«

»Du hast zu viel geraucht, Harris. Da wackelt höchstens deine vernebelte Birne.«

»Doch, sei mal still!«

Ich horchte. Und tatsächlich: Da waren Vibrationen. Sie waren kaum zu spüren, doch ich hatte das Gefühl, dass sie stärker wurden.

»Hat wirklich nie jemand irgendwelche Fotobeweise bei Ihnen abgegeben?«, hakte Melissa nach.

Diese Frage irritierte mich. Ich löste meinen Blick von Harris und starrte sie an. Diese seltsame Frau stand im Torbogen, ihre rechte Hand ruhte auf ihrem rechten Oberschenkel.

»Was ist das für ein Dröhnen?«, fragte ich.

»Nichts«, antwortete sie knapp. »Was ist mit den Beweisen?«

»Warum fragen Sie uns das?«, wollte ich wissen.

Melissa schwieg. Die Vibrationen wuchsen zu einem dumpfen Grollen an.

»Was ist das, Melissa?«, rief ich.

»Das ist wirklich nichts«, beteuerte sie. »Ich möchte Ihnen noch etwas zeigen.«

Das war der Augenblick, in dem ich Melissas Absichten erkannte.

»Komm, Harris!«, rief ich. »Das ist eine gottverdammte Falle!«

»Bleiben Sie hier!«

Ich stürmte auf Melissa zu, Harris zog ich mit. Unsere Klientin versperrte uns den Weg. Rüde schubste ich sie zur Seite und wir entkamen durch den sargförmigen Torbogen. Ein letztes Mal blickte ich zu Melissa, sie richtete sich gerade wieder auf. Mit einer Mischung aus Angst und Wut sah sie uns nach, doch sie blieb ruhig. Ihre Hand lag noch immer auf ihrem Oberschenkel.

»Ich wusste es!«, rief ich Harris zu. »Die hat Dreck am Stecken! Niemand entdeckt mal eben eine Basis, ohne dass das Militär lange auf sich warten lässt.«

Wir stolperten die Stufen hinauf. Das Dröhnen nahm zu, je höher wir stiegen. Wir gelangten hinaus und zwängten uns zurück auf den Hauptweg durch den Canyon. Jetzt konnte ich auch die Geräusche besser deuten.

»Sag, was du willst, Harris, aber das sind Fahrzeuge!«

Ich suchte den strahlend blauen Himmel vorsorglich nach Helikoptern ab, doch da war nichts. Erst als wir an der Mündung des Canyons ankamen, sah ich sie.

»Scheiße!«, fluchte Harris. »Was machen wir?«

Vier schwere Armeejeeps erreichten in diesem Augenblick den Parkplatz. Der vorderste Wagen bremste ab und blieb in einigem Abstand stehen.

»Wir hauen ab!«, beschloss ich.

Mit drei Schritten waren wir bei meinem Wagen. Aus dem vorderen Fahrzeug stieg eine dunkle Gestalt, in der ich den Soldaten erkannte, der den Hänfling getötet hatte. Sein eiskalter Blick traf mich.

Harris und ich stürzten in den AMC. Panisch steckte ich den Schlüssel ins Schloss und drehte ihn. Ohne mich anzuschnallen, trat ich aufs Gaspedal. Die Reifen drehten durch und ich lenkte den Matador in Richtung der Geländewagen.

Aus dem Kommandofahrzeug stiegen weitere Soldaten. Sie hoben ihre Waffen, doch ich hielt direkt auf sie zu.

»Bist du verrückt?«, schrie Harris.

Bevor sie einen Schuss abgeben konnten, raste ich zwischen ihnen hindurch. Sie wichen aus, fielen in den Sand. Ich drückte das Gaspedal durch. Schlagartig änderten die anderen Fahrzeuge ihre Richtung und hielten auf uns zu. Vor uns lag die Landstraße, hinter uns fielen Schüsse.

Ich ging in Deckung, als die Heckscheibe barst, splitterndes Glas tanzte um meinen Kopf. Harris schrie auf. Ich blickte mich um. Sie hatten die Verfolgung aufgenommen.

DER HOOVER-DAM-ZWISCHENFALL

Wir waren high und wurden von der Armee verfolgt. Mit dem AMC jagte ich auf die Landstraße. Als die Reifen den Asphalt berührten, schlug das Heck aus, und um ein Haar hätte ich die Kontrolle verloren. Doch selbst in diesem Zustand beherrschte ich meinen Matador.

»Die werden uns killen, verdammt!«, jammerte Harris.

»Werden sie nicht«, rief ich. »Die werden uns wohl nicht auf einer öffentlichen Straße mit Waffengewalt zum Stehen bringen wollen.«

In diesem Moment fielen erneut Schüsse. Im Rückspiegel sah ich sie: Sie kamen auf die Straße, gefolgt von einer gewaltigen Staubwolke.

»Die haben sogar einen ihrer eigenen Männer auf offener Straße umgenietet, schon vergessen?«

»Ich bräuchte ein paar Kurven, um die Pisser abzuhängen«, presste ich hervor.

Wir fuhren in Richtung Boulder City. Diese Gegend war mir zum Glück nicht vollkommen unbekannt. Mit knapp neunzig Meilen pro Stunde bretterten wir durch die Wüste. Zu meinem Ärger waren unsere Verfolger unerwartet schnell. Sie schienen immer näher zu kommen. Wir rasten an einer Verkehrstafel vorbei. Ich überflog die Fahrtrichtungen und mir kam die rettende Idee. »Das machen wir!«, rief ich.

»Was?«, schrie Harris.

Die Auffahrt auf den Highway kam schneller, als ich vermutet hatte. Ich lenkte den Wagen ohne Zögern auf die Abbiegespur. In einer großen Kurve raste ich zum Highway Nummer 11 in Richtung Arizona hinauf.

»Kannst du dich noch an unseren Besuch am Hoover Dam vor einigen Jahren erinnern?«, fragte ich.

Ein Truck fuhr vor uns auf der Auffahrt. Ich bremste und blickte nach hinten. Die Geländewagen donnerten heran. Ich scherte nach rechts aus und überholte den Truck auf dem Standstreifen. Aufgebrachtes Hupen drang durch die zerschossene Scheibe.

»Du meinst, als wir dieses illegale Rennen mit diesem Praktikanten vom *Observer* gemacht haben?«

»Genau. Das wiederholen wir jetzt!«

Ein Schuss fiel und schlug in die Karosserie ein.

»Aber der Typ ist doch gestorben!«, rief Harris.

»Ja«, bestätigte ich, »aber nicht bei einem Autorennen.«

Der Highway war voll. So gut ich es in meiner Aufregung konnte, jagte ich zwischen den Autos, Trucks und Bussen hindurch. Aus der Tiefe meiner Erinnerung schoss mir das fiese Riff von Alice In Chains' *Dam That River* durch den Kopf. Es war der perfekte Soundtrack, um Autos zu Schrott zu fahren.

Die Armeefahrzeuge blieben uns dicht auf den Fersen. Ich sah im Rückspiegel, wie sie die anderen Autos zur Seite drängten, begleitet von wildem Gehupe und quietschenden Reifen. Einer der Jeeps hatte einen Van gerammt, dieser schlitterte zur Mittelleitplanke und blieb dort stehen.

Die Abfahrt zum Hoover Dam erschien. Wie eine Wahnsinnige jagte ich von der linken Spur zwischen den Autos hindurch. Die Sonne blendete mich und mit kreischenden Reifen fuhr ich die Abfahrt hinunter. Mit angezogener Handbremse bog ich links ab und fuhr unter dem Highway hindurch.

Wir waren auf der Zufahrtsstraße zum Hoover Dam. Unvorhersehbar wand sie sich zwischen schroffen Felswänden entlang. Das waren genau die Kurven, die ich brauchte, um diese Mistkerle abzuhängen. Sie würden uns und die CD-ROM nicht bekommen!

Allerdings hatte ich mit weniger Verkehr gerechnet. Und verdammt nochmal, es war nur eine normale Straße. Mit einem abenteuerlichen Manöver überholte ich einen Kleinwagen, und kurz bevor ich mit dem entgegenkommenden Auto zusammenstieß, scherte ich vor dem Kleinwagen ein. Jemand hupte aufgebracht.

»Was machen wir, wenn wir die nicht abhängen?«, fragte Harris ängstlich.

»Wir schmeißen das Gras aus dem Fenster«, sagte ich knapp.

Etwas rammte uns. Ich riss den Kopf herum: Einer der Geländewagen klebte an unserer Stoßstange. Mir war klar, dass er uns zum Anhalten bringen wollte. Ich gab Gas, doch er blieb hartnäckig. Ich lenkte den Wagen auf die Gegenfahrbahn und beschleunigte weiter. Ich blickte mich kurz um: Unser Verfolger hing immer noch an uns.

»Achtung, Jeannie!«

Ich sah nach vorn. Ein Bus kam uns entgegen. In letzter Sekunde riss ich das Lenkrad nach links. Im Rückspiegel sah ich, dass der Geländewagen es uns gleichtat. Ich jagte auf dem schmalen Randstreifen zwischen Bus und Felswand hindurch, als es hinter uns krachte.

Im Rückspiegel erblickte ich durch die Luft fliegende Gesteinsbrocken. In einer sandigen Staubwolke überschlug sich das Armeefahrzeug. Das Letzte, was ich von ihm sah, war, dass es auf dem Dach die abschüssige Straße herabrutschte. Entsetzt drängelte ich mich zwischen dem Gegenverkehr wieder auf die richtige Spur zurück.

Wir fuhren noch zweimal unter dem Highway hindurch, als vor uns eine Haarnadelkurve auftauchte. Ich wusste, dass es hinter ihr geradewegs zur Staumauer hinunter ging. Etwas pfiff, und keine Sekunde später explodierte vor uns der Fels.

»Die schießen mit einer Panzerfaust auf uns!«, plärrte Harris.

»Was?«, fragte ich abwesend.

Bei einer so kurvigen Straße war mir eine Panzerfaust herzlich egal. Ich ging in die Eisen, weil ich in der Haarnadelkurve nicht die Kontrolle verlieren wollte. Jede Korrektur des Wagens würde den Abstand zu unseren Verfolgern weiter schrumpfen lassen. Im Scheitelpunkt trat ich auf das Gaspedal. Im Augenwinkel sah ich, wie die Geländefahrzeuge in die Kurve preschten. Sie rutschten über den Asphalt und versuchten, uns von der Straße zu stoßen, doch ich war schneller und raste bereits die Abfahrt zum Hoover Dam hinunter.

Wir donnerten an einer Aussichtsplattform und dem Museum vorbei. Erneut fielen Schüsse. Die Ausflügler auf dem Fußweg schrien und gingen in Deckung. Ich überholte noch einen Wagen. Vor uns lag die Staumauer.

Die Straße führte in einem großzügigen Bogen darüber, das Wasser glitzerte pittoresk in der Sonne. Doch ich hatte absolut nicht die Nerven, mir diese Attraktion anzusehen. Hinter der Betonabsperrung zu meiner Rechten fiel die Mauer über siebenhundert Fuß jäh ab. Die Straße verengte sich. Ein Reisebus kam uns entgegen.

»Dieser Drecksack hält wieder die Bazooka aus dem Fenster!«, schrie Harris.

Ich hörte ein Pfeifen. Instinktiv lenkte ich auf die Gegenfahrbahn. Der Bus hupte und wich aus. Ein Geschoss zischte an uns vorbei, es donnerte in den jetzt quer stehenden Bus.

Ein unvorstellbarer Feuerball umfing den Bus. Ich bremste und das Heck meines AMC scherte aus. Der Bus brach aus dem Feuer heraus, zertrümmerte die Betonabsperrung. Auch das dahinter liegende Geländer hatte er durchdrungen. Die vorderen Räder schwebten über dem Abgrund.

Ich fing meinen Wagen wieder ein. Mit geschlossenen Augen schoss ich durch den schmalen Spalt zwischen dem Heck des Busses und der linken Betonabsperrung. Zu beiden Seiten des Wagens schepperte es.

Mitten auf der Straße hielt ich an und sah mich um. Die breiten Geländewagen würden unmöglich hier durchkommen. Eines der Busfenster am Heck ging zu Bruch. Der Fahrer kletterte hinaus, Blut lief über sein Gesicht.

»Oh, Gott!«, schrie Harris. »Wir müssen ihm helfen!«

Aufgelöst wankte der Busfahrer an uns vorbei. Die entgegenkommenden Autos waren stehengeblieben, Leute stiegen aus und nahmen den Fahrer in Empfang.

Ein erneuter Knall zerfetzte die Luft. Ich ging instinktiv in Deckung, als eine Druckwelle den AMC erfasste. Ohne zu wissen, was ich tat, fuhr ich los. Die Touristen warfen sich auf den Boden. Ich blickte in den Spiegel.

Der hintere Teil des Busses hob von der Straße ab, Flammen schlugen aus dem Heck. Mit einem brutalen Bersten rutschte er über die Kante des Damms. Dann folgte eine weitere Explosion und ein gewaltiger Feuerball schoss in den Himmel.

»Ach, du Scheiße!«, kreischte Harris. »Der fällt den Damm runter!«

Ich jagte zwischen den stehenden Autos hindurch und sah mich noch einmal um. Der Bus war verschwunden. Nur eine schwarze Rauchwolke stieg jenseits der Staumauer auf.

»Die haben ja überhaupt keine Skrupel!«, rief ich.

»Denen scheint diese CD-ROM echt was wert zu sein!«, ächzte Harris.

Erneut fielen Schüsse, doch sie verfehlten den Wagen. Wir gewannen Abstand. Ich sah im Spiegel, dass die Geländewagen ihre Probleme hatten, sich zwischen den anderen Autos hindurchzuzwängen. Wir fuhren die kurvige Straße hinauf und erblickten bald das Schild, das den Highway ankündigte.

Wir fuhren den Highway 11 zurück in Richtung Las Vegas. Die Sonne stand hoch am Himmel und die Hitze erreichte ihren Höhepunkt.

»Meinst du, Melissa könnte uns die CD-ROM zugespielt haben?«, fragte Harris.

»Nein, verdammt«, schnaubte ich. »Es war Melissa, die uns in diese Falle gelockt hat. Wenn du ernsthaft glaubst, dass sie uns diese CD-ROM zugespielt hat, hätte sie uns doch direkt darauf angesprochen, anstatt uns so eine kryptische Scheiße um die Ohren zu hauen.«

»Aber was, wenn das Militär nur zufällig zum selben Zeitpunkt dort war, Jeannie?«

»War es Zufall, dass die Attentäter der Columbine High School Waffen bei sich hatten?«

Harris blieb still. Ich hasste es, wenn er Konflikte auf diese Weise aussaß.

»Wir brauchen jedenfalls Hilfe«, stellte ich fest. »Wahrscheinlich hetzen die uns jetzt auch noch die Cops auf den Hals. Lass mich mal überlegen, wer uns helfen könnte.«

»Wir könnten Melissa …«

»Ach, Gott, Harris! Vergiss diese Wahnsinnige! Ihr beschissener Fall bringt uns jetzt nicht weiter. Ihre Geschichte war erstunken und erlogen! Und das, obwohl wir in einem echten Bauwerk waren. Das war alles inszeniert.«

»Von wem?«

»Keine Ahnung! Jedenfalls hat sie uns die Armee auf den Hals gehetzt. Wir müssen diese Bilder schnellstmöglich bei irgendeinem Fernsehsender oder einer Zeitung abgeben. Und zwar, *bevor* wir ein Loch im Kopf haben!«

»Mir wird das ehrlich gesagt langsam zu viel«, stieß Harris hervor.

»Möglich, dass wir die Existenz außerirdischen Lebens mit diesen Fotos beweisen können. Aber das ist *dein* Ziel, Jeannie! Was ist mit mir?«

»Es geht nicht immer nur um dich, Harris!«

»Es geht aber auch nicht immer nur um deine bescheuerten Aliens!«

»Doch, genau darum geht es!« Ich hielt meinen Blick starr auf die Straße gerichtet. »Ich will irgendwann bei Morten kündigen. Und mit dieser CD-ROM werde ich das bald können.«

»Wir beide laufen nicht mehr auf derselben Spur«, sagte Harris leise.

»Was willst du damit sagen?«, fragte ich alarmiert.

Harris antwortete nicht. Gott, wie ich das hasste. Ich sah zu ihm. Er blickte auf den Boden und hatte die Hände im Schoß gefaltet.

»Was ist los?«, drängte ich.

»Du scheinst mich zu übersehen«, begann er. »Bei dir gibt es nur noch *Aerial Investigation*. Auftrag hier, Klient da. Unser ganzes Leben ist nach deinen Maßstäben ausgerichtet.«

»Das ist doch Quatsch! Ich will eine Familie mit dir gründen, aber du wehrst alle Pläne direkt ab!«

»Weil ich langsam nicht mehr daran glaube, dass das jemals eintrifft!«

Ich trat auf die Bremse. Mir war es egal, dass ich mitten auf dem Highway stand. Die anderen Autos hupten.

»Was hast du vor?«, fragte Harris mit japsender Stimme.

Ich spielte meine emotionslose Seite aus. Gleichgültig schnallte ich mich ab, schnappte meinen Rucksack von seinem Schoß, öffnete die Tür und trat auf den Highway.

»Du ... du kannst doch nicht einfach aussteigen!«, rief Harris aus dem Wagen.

»Siehst du doch!«

Ich wartete ab, bis die Straße frei war, dann lief ich an den Randstreifen. Ich blickte zu meinem weißen Matador rüber. Die Schrammen an der Seite waren unübersehbar.

»Wie lange willst du da stehenbleiben?«, rief Harris durch das offene Fenster.

»Bis du weg bist!«, schrie ich. »Ich halte es gerade nicht bei dir aus! Ich komme schon zurecht. Kriech du nur zurück in deinen Elfenbeinturm!«

Einen Augenblick lang hörte ich nur das Rauschen des Verkehrs. Offenbar suchte mein Freund nach den richtigen Worten.

»Und was willst du machen?«, fragte er matt.

»Ich werde die CD-ROM abgeben. Allein!«

»Du brauchst mich nicht?« Er stieg aus. Stampfte um den Wagen herum und setzte sich auf den Fahrersitz. Ich war mir langsam nicht mehr sicher, ob ich diese Konsequenz wollte.

»Fein!«, rief er mir zu. »Wenn du mich suchst, Jeannie Gretzky, ich bin in Tonopah!«

Der Motor heulte auf und Harris fuhr los. Doch im gleichen Moment ruckte der Wagen und blieb stehen. Aus dem Inneren hörte ich Harris fluchen.

»Die will mich wirklich ohne Führerschein fahren lassen! Verdammte Scheiße!«

Er warf mir einen wütenden Blick zu.

»Wenn ich draufgehe, ist das deine Schuld!«

Dann drehten die Reifen durch und Harris fuhr mit meinem Wagen davon.

DIE MITFAHRGELEGENHEIT

Ich ging schon eine ganze Weile an der 95 entlang. Meine Füße taten mir langsam weh und die Sonne hatte ihren Zenit überschritten. Unentwegt rauschten Autos an mir vorbei. Es war schließlich Freitagnachmittag.

Je länger ich über den Streit mit Harris nachdachte, desto wehmütiger wurde ich. Damit, dass wir uns voneinander entfernt hatten, hatte er nicht ganz unrecht. Sicher, in einer langjährigen Beziehung verändert man sich als Paar, aber auch als Individuum.

Möglich, dass wir beide uns in unterschiedliche Richtungen entwickelt hatten. Dass wir die letzten Jahre in einer guten Konstellation gelebt hatten, aber nun die Differenzen so groß waren, dass es vielleicht besser war, einen Schlussstrich zu ziehen. Ich wusste, dass Harris es nicht tun würde.

Würde ich es tun?, fragte ich mich. War ich dumm oder naiv, mir eine Zukunft mit Harris vorzustellen?

Bei diesem Gedanken fiel mir die deprimierende Gesangslinie einer schwedischen Hardcoreband ein. Im letzten Jahr hatte Harris *The Shape Of Punk To Come* von Refused im *Rolling Stone* besprochen. Mit diesem dritten Album hatte die Band auch endlich hier in den Staaten eine gewisse Bekanntheit erlangt.

Der Song *The Apollo Program Was A Hoax* war der abschließende Song dieses Albums, das ich eigentlich nicht mochte, weil es mir zu sperrig war.

The Apollo Program Was A Hoax wurde von einem gefühlvollen Gitarrenpicking und einer Harmonika dominiert, darüber sang der Sänger desillusionierendes Zeug:

Consequence of no choice at all
Empires rise and empires fall
It's time to flip some coins and
It's time to turn some tables
Cause if we have the vision
I know that we are able [4]

Auch wenn der Kontext ein ganz anderer war, sagten diese Zeilen genau das, was ich in diesem Augenblick fühlte. Ich war an einem Wendepunkt angelangt. Und verdammt, ich sollte mir dringend Gedanken über meine Beziehung zu Harris machen.

Unversehens hielt neben mir ein Wagen. Als ich mich umdrehte, erschrak ich. In dem roten Ford saß Melissa. Sie richtete eine Pistole auf mich.

»Los, einsteigen!«, sagte sie ernst.

Instinktiv riss ich die Arme hoch. Das Einzige, wozu ich fähig war, war, meinen Kopf zu schütteln. Plötzlich knallte es und hinter mir scheppterte das Blech eines Verkehrsschilds. Melissa hatte tatsächlich auf mich geschossen!

»Die nächste Kugel wird dein Gesicht wegpusten, Schätzchen! Einsteigen, hab' ich gesagt!«

Mein Herz schlug wild. Die Fahrer der anderen Autos schienen nichts mitzubekommen, sie fuhren weiter auf dem

Highway ihren blöden Wochenendbeschäftigungen entgegen. Mein Körper bebte. Ich stieg auf der Beifahrerseite ein. Melissa fuchtelte mit dem Colt vor meiner Nase rum.

»Du fährst!«

Sie stieg aus, öffnete die hintere Tür und nahm auf der Rückbank Platz. Ich ahnte, was sie vorhatte. Ungelenk zwängte ich mich auf den Fahrersitz.

»Pass auf, Süße, hier sind die Spielregeln: Du behältst beide Hände am Lenkrad und tust nur das, was ich sage. Sonst knallt's. Verstanden?«

Das zweite Mal an diesem Tag hatte ich Angst um mein Leben. Es ist ein Scheißgefühl, wenn jemand eine Waffe auf dich richtet. Ich versuchte, so beherrscht wie möglich zu nicken.

»Fein«, rief sie. »Fahr los!«

Ich trat auf das Gaspedal. Als ich schnell genug war, verließ ich den Randstreifen und fuhr auf die rechte Spur.

Ich blickte in den Rückspiegel. Melissa wirkte ebenso durchgedreht wie entschlossen. Die Waffe konnte ich nicht sehen, doch ich wusste, dass sie auf mich gerichtet war.

Ihre liebliche Weiblichkeit war etwas Unheimlichem gewichen. Meine Ahnung, dass mit ihr etwas ganz und gar nicht stimmte, hatte sich vollends bewahrheitet. Es war mir immerhin ein kleiner Trost, dass ich Menschen einigermaßen richtig einschätzen konnte.

»Hast du die gestohlene CD-ROM bei dir?«, fragte sie.

»Ich weiß absolut nicht, wovon du sprichst«, log ich.

Ein dumpfer Schlag traf meinen Hinterkopf. Ich schrie auf. Kurz verriss ich das Lenkrad.

»Verdammt! Hör auf, mir Märchen zu erzählen! Ihr habt diese gottverdammten Unterlagen gestohlen!«

Ich blieb stumm. Ich spürte ein Pochen an der verletzten Stelle. Es brachte nichts, mit ihr zu diskutieren, früher oder später würde sie die CD-ROM bei mir finden. Ich zitterte noch immer. Doch ich fasste etwas Mut.

»Wohin fahren wir?«

Erneut blickte ich in den Spiegel. Melissa sah kurz aus dem Fenster und seufzte. Dann lächelte sie. Weder diese seltsam entrückte Emotion noch das, was sie sagte, vermochten mich zu beruhigen.

»Nach Hause. Ich muss mal duschen.«

VEGAS

Die debile Melodie von *Viva Las Vegas* hämmerte in meinem Kopf. Aber nicht das schmalzige Original von Elvis, sondern die kaputte Version der Dead Kennedys. Genauso fühlte ich mich gerade: aufgekratzt, hoffnungslos, high!

Melissa lotste mich durch eine triste Vororthölle. Eng aneinandergereihte Häuser, die den Menschen, die darin lebten, kaum Platz zum Atmen ließen, säumten die Straßenzüge. Es war Nachmittag. Vor einem heruntergekommenen Apartmentkomplex ließ sie mich anhalten und zwang mich zum Aussteigen. Meinen Rucksack mit der CD-ROM und dem Marihuana hatte ich während der Fahrt auf meinem Rücken getragen.

Melissa bestand darauf, mich unterzuhaken. Ich wusste, warum. Sie versteckte die Hand mit der Waffe unter ihrem verschränkten Arm und hielt sie auf mich gerichtet. Ich bezweifelte keine Sekunde lang, dass sie es nicht ernst meinen könnte.

So taumelten wir mehr, als dass wir gingen, über den Parkplatz, ächzten das außen liegende Treppenhaus in den ersten Stock hoch und blieben schließlich auf dem ebenfalls außen liegenden Flur vor der Tür mit der Nummer 107 stehen. Melissa holte den Schlüssel aus dem kleinen Umhängetäschchen, das sie über der Schulter trug, und schloss auf.

Sie trat einen Schritt in das stockfinstere Apartment. Dann drehte sie sich unvermutet um und streckte mir die Waffe entgegen.

»Einen Moment!«, fauchte sie. Ohne die Waffe runterzunehmen, blickte sie in die Dunkelheit.

Wäre ich eine Superheldin gewesen, hätte ich Melissa in diesem Augenblick die Waffe aus der Hand geschlagen und sie mit einem zielgerichteten Tritt ins hübsche Gesicht kampfunfähig gemacht. Doch die Angst hatte mich fest im Griff. Es war die Hölle. Ich wollte einfach nur nach Hause.

Endlich nahm Melissa die Waffe herunter, packte mich am Shirt und zerrte mich hinein. Alle Rollläden waren heruntergelassen und nur ein schwaches Licht leuchtete über einem Tisch. Melissa zog mir den Rucksack vom Rücken.

»Los, da, auf den Stuhl!«

Ich setzte mich auf den Küchenstuhl, den sie mir vor die Nase stellte. Ich hörte, wie Melissa hinter mir in Schubladen wühlte. Schließlich stapfte sie zu mir und stellte sich mit ernster Miene vor mich. Ich sah, dass sie in der linken Hand eine große Rolle Klebeband hielt. Mit der rechten umklammerte sie noch immer den Colt.

Das Gewebeband zischte scharf, als sie es abrollte. Melissa trennte es mit ihren Zähnen und begann, mich am Stuhl zu fixieren. Zuerst meinen Brustkorb und meine Arme, dann die Beine. Als sie fertig war, öffnete sie den Rucksack. Sichtlich irritiert hielt sie die Tüte mit dem Gras in die Höhe und warf das Päckchen dann auf den Boden. Als nächstes förderte sie den braunen Umschlag zutage.

»Wusste ich's doch!«, triumphierte sie. »Du denkst wohl, ich bin vollkommen bescheuert, was?«

Ich dachte es nicht nur, ich wusste es. Doch das konnte ich Melissa nicht sagen, denn sie schien zudem auch unberechenbar zu sein.

»Du bleibst schön hier sitzen«, sagte sie mit einem spöttischen Grinsen. »Ich gehe mich eben frisch machen.«

Dann verschwand sie im dunklen Korridor. Sie hatte demnach vorhin keinen Scherz gemacht.

Kaum war sie weg, versuchte ich, mich aus dieser beschissenen Lage zu befreien. Melissa hatte ganze Arbeit geleistet. Das silberne Gewebeband war etliche Male um mich gewunden. Aus dem hinteren Teil des Apartments hörte ich die Dusche, unten auf der Straße fuhren Autos vorbei. Plötzlich schreckte ich hoch. Da war auf einmal ein anderes Geräusch.

Ich hörte auf, mich zu bewegen. Es war ein Knarren ganz in meiner Nähe. Ich zitterte. Immerhin konnte ich meinen Kopf bewegen. Ich blickte mich um. Nur eine einzelne Lampe über dem Esstisch brannte, der Rest der Wohnung verbarg sich in Dunkelheit.

Es knarrte wieder. Und da war ein Quietschen, es klang wie das Öffnen einer Tür. Langsam drehte ich den Kopf. Links neben dem Flur war die Tür zu einem weiteren Raum. Sie bewegte sich.

Kurz schloss ich die Augen. Szenen der scheußlichsten Horrorschocker blitzten in mir auf. Als ich die Augen wieder öffnete, meinte ich, im Spalt der Tür eine Hand gesehen zu haben. Mein Herz donnerte unter dem Klebeband.

In diesem Moment kam Melissa aus dem Badezimmer. Die Tür neben dem Flur schlug unerwartet zu und ich zuckte zusammen. Melissa betrat das Wohnzimmer. Sie trug einen gelben Bademantel und hatte ihre Haare hochgesteckt. Sie wollte gerade etwas sagen, als die Wohnungstür aufflog.

Schwer bewaffnete Soldaten stürmten herein. Die Lampen an ihren Waffen strahlten in mein Gesicht. Sie kreisten mich ein. Durch die offene Wohnungstür kam jemand, der mir bekannt vorkam. Es war der Typ, der den Hänfling vor unserem Haus erschossen hatte. Der Schein der Lampen zeigte ein vergrämtes Gesicht unter dem Helm, das von einer dünnen Brille dominiert wurde. Statt einer kugelsicheren Weste trug der Soldat jetzt einen Kampfanzug.

»Ah, na endlich!«, sagte er.

»Sie hätten meine Tür ruhig ganz lassen können«, ärgerte sich Melissa.

Der Soldat würdigte sie nur eines kurzen Blickes, bevor er sich seinen Weg zu mir bahnte.

»Miss Gretzky«, sagte er leise.

»Das bin ich«, zitterte ich. »Und was sind Sie für ein Arschloch, dass Sie glauben, das Recht zu haben, mich so zu behandeln?«

Er kniete sich vor mich. »Colonel Stephen Blackwood, United States Air Force Special Forces.«

»Arbeiten Sie etwa mit dieser Irren zusammen?«, fragte ich.

Ich hörte, wie Melissa wütend schnaubte. Die anderen Soldaten hielten weiterhin ihre Gewehrläufe auf mich gerichtet. Der Colonel schien von meiner Frage unbeeindruckt zu sein.

»Miss McLane gab uns den entscheidenden Hinweis, wo ich die entwendeten streng vertraulichen Unterlagen finden kann.«

Melissa drängelte sich ins Licht. Sie hielt dem Colonel den Umschlag entgegen.

»Hab' ich alles längst kopiert«, schwindelte ich.

Blackwoods Augen fixierten den Umschlag. Dann nahm er ihn und holte die CD-ROM heraus.

»Also«, sagte Blackwood und erhob sich. »Der Diebstahl von dem hier ist Landesverrat. Im Namen der Vereinigten Staaten bin ich mit der Sicherstellung dieser Daten beauftragt sowie mit der Neutralisierung sämtlicher Feinde unserer Demokratie.«

Er zog seine Pistole. Ich spürte, wie er das kalte Metall gegen meine Stirn drückte.

»Das ist Mord!«, schluchzte ich.

»Ich halte es für unnötig, mich für diese drastische Art der Buße bei Ihnen zu entschuldigen. Sie werden schließlich kaum etwas merken.«

Ich hörte, wie er die Waffe entsicherte. Inmitten der grellen Lichter sah ich sein Gesicht. Es war das Gesicht eines eiskalten Killers. Und ausgerechnet das sollte das Letzte sein, was ich sah?

»Stop!« Es war Melissa.

Colonel Blackwood verharrte in seiner Haltung. Sie kam neben mich und hielt ihre Hände vor sich.

»Bitte!«, flehte sie auf einmal. »Nicht hier!«

Ihr Tonfall irritierte mich. Hatte Melissa sich in der letzten Stunde problemlos als Kidnapper allererster Güte qualifiziert, wirkte sie jetzt überraschend emotional. Wollte sie mich etwa schützen?

Ich sah zu ihr. Melissas Blick wanderte über die Soldaten zum Flur. Ich schielte zwischen den Männern hindurch und sah die Tür neben dem Korridor. Sie stand wieder einen Spalt offen.

Dahinter erkannte ich einen Schatten. Auch die Soldaten drehten sich zu der Tür um. Keiner wagte, etwas zu sagen. Meine Angst wich Staunen. Melissas Verhalten schien mir mit einem Mal gar nicht mehr so unberechenbar. Auf dem Boden des Zimmers entdeckte ich Plüschtiere und Bauklötze, dahinter eine bunte Tapete. Und das da hinter der Tür war die Silhouette eines Kindes. Unvermutet tauchte dort ein weiteres Paar Hände auf, umklammerten den kindlichen Schatten und zogen ihn aus meinem Sichtfeld. Leises Klagen drang zu mir.

Ich sah zu dem Colonel hoch. Er presste die Waffe noch immer an meinen Schädel, sah aber ebenfalls zu dem Zimmer. Ich zitterte am ganzen Leib.

»Bitte«, flüsterte Melissa.

Blackwood musterte zuerst Melissa und dann mich. Die Augenbrauen des Colonels fuhren zusammen. Widerwillig nahm er die Waffe runter. Er schien also doch ein Mensch zu sein.

»Wie ich sehe, Miss McLane, hat sich Ihre Belohnung gerade in Luft aufgelöst.«

»Wie bitte?«, schrie Melissa.

»Was machen wir mit der da«, fragte einer der Soldaten und zeigte dabei mit dem Gewehr auf mich. »Sollen wir sie mitnehmen?«

Blackwood sah mich gleichgültig an. »Wir haben was wir brauchen. Auch wenn es mir schwerfällt, ich muss mir meine Finger heute nicht mehr dreckig machen.«

Er bückte sich zu mir herunter. »Wenn ich Sie das nächste Mal sehe, werde ich Sie ins Jenseits befördern.«

Dann drehte sich Blackwood um und ging zur Tür, doch Melissa war schneller und knallte das lockere Türblatt vor dem Colonel zu. Sie hielt ihre Hand darauf und stellte sich ihm in den Weg.

»Das können Sie nicht tun! Sie wissen, verdammt nochmal, wie sehr ich auf das Geld angewiesen bin!«

»Ich fange gleich an zu weinen, Miss«, erwiderte Blackwood gelangweilt. »Sie entschuldigen mich. Und das hier«, er hielt den

Umschlag hoch, »das hier wird nun wieder am sichersten Ort der Vereinigten Staaten verschwinden.«

Dann wischte er Melissa mit seinem Arm einfach zur Seite. Er schlug die Tür auf, und ohne sich noch einmal umzudrehen, marschierte dieser unheimliche Typ nach draußen. Seine Männer zogen nacheinander ab. Da gingen sie hin, meine Beweise. Ich kochte vor Wut!

Ich hörte, wie unten auf dem Parkplatz schwere Motoren starteten. Ein Schluchzen drängte sich in den Vordergrund.

»Melissa?«

Etwas zerrte an mir. Ich sah mich um. Melissa hatte eine Schere in der Hand und zerschnitt das Gewebeband an der Stuhllehne. Sie brauchte ein paar Minuten, bis sie mich befreit hatte. Sobald ich mich wieder halbwegs bewegen konnte, riss ich mich los, den Körper voller Klebebandreste. Doch bevor ich Melissa zur Rede stellen konnte, packte sie mich und trieb mich zur Tür.

»Raus mit dir!«, schrie sie. »Raus!«

Ich hatte längst keine Kraft mehr und ließ mich vor die Wohnungstür schubsen. Einen Augenblick später landeten mein Rucksack und die Tüte mit dem Gras auf mir und die Tür flog zu.

Von drinnen hörte ich verzweifelte Schreie und durchdringendes Weinen. Melissa sprach mit jemandem. War es die Person, die ihr Kind von der Tür weggezogen hatte? Ich fühlte mich unglaublich mies. Mühsam stand ich auf und wankte zum Treppenhaus. Jede Stufe fühlte sich an wie ein Abgrund.

Es war aus. Ich war gestrandet, hatte meine Beweise verloren und wahrscheinlich auch Harris. Ich fühlte mich wie ein Kriminelle. Doch immerhin war ich frei. Jetzt gab es nur noch eine Sache zu tun.

BRUCE NELSON

She's not the kind of girl
Who likes to tell the world
About the way she feels about herself
She takes a little time
In making up her mind
She doesn't want to fight against the tide
(Garbage – The Trick Is to Keep Breathing) [5]

Die Sonne tauchte den Parkplatz in warmes Orange. Ich saß auf dem Rinnstein und zog an meinem Joint. Es war unwahrscheinlich, dass mich jemand deswegen bei den Cops verpfiff. Ich war immerhin in Las Vegas. Es war gegen sieben Uhr am Abend, und ich hatte herausgefunden, dass ich mich an der Sunset Road in der Nähe des Las Vegas Expressway befand.

Von Melissas Apartment war ich zu Fuß hierhergeirrt. Schließlich hatte ich den Burgerladen gefunden, vor dem ich nun saß. Wenn ich Glück hatte, würde ich hier jemanden finden, der mich nach Tonopah mitnehmen konnte. Das schien mir in diesem Augenblick leichter, als bei Morten nach Rays Nummer zu fragen. Ich musste mich bei Harris entschuldigen. Und wie der milchige Rauch an meinem Gesicht vorbeizog, so zogen auch meine Erinnerungen an Harris vorüber. Es war vor einer halben Ewigkeit, als wir uns auf dieser Studentenparty in Portland kennengelernt hatten.

Harris hatte sich als Cousin Itt von der »Addams Family« verkleidet und ich als Bezaubernde Jeannie. Wir trafen uns am Bowletopf. Seine Stimme klang so unglaublich sexy, dass ich ihn sofort näher kennenlernen wollte. Wir sprachen über Larry Hagmans Rolle als Major Tony in der Serie, deren Titelfigur ich verkörperte. Darüber kamen wir übereinstimmend zu unserer jeweiligen Abneigung gegen seine Rolle als J. R. in *Dallas*. Von dort war es nicht weit bis zu Hagmans seltsamem Regiedebüt, der Fortsetzung des 1958 erschienen Horrorklassikers *The Blob*.

Dann lüftete Harris sein Kostüm. Der Mann hinter den bis zum Boden hängenden Haaren sah anders aus, als ich ihn mir vorgestellt hatte. Zu der attraktiven Stimme gehörte ein schlaksiger Körper. Krause Haare und eine eckige Brille ließen ihn wie einen IT-Nerd aussehen, tatsächlich aber hatte Harris zwei Jahre vor mir mit Journalistik angefangen.

Wir quatschten uns quer durch die Geschichte amerikanischer Science-Fiction-Filme, und nicht lange nach diesem Abend lud er mich zu einem Pearl-Jam-Konzert ein. Ich revanchierte mich mit dem Redaktionsfest des *Secret Observer*, für den ich seit Studienbeginn schrieb.

Die Gäste des Burgerladens kamen und gingen. Ein plötzlicher Schmerz riss mich aus meinen Erinnerungen. Als ich aufblickte, stand dort ein komplett schwarz gekleideter Typ, der entweder mehr geraucht hatte als ich, oder der seine Bekanntschaft mit Heroin gemacht hatte.

»Sorry«, stotterte der Kerl.

Ich war einfach zu müde, um mich aufzuregen. Neben der erbärmlichen Erscheinung standen drei weitere Gestalten. Sie schienen eine Band zu sein, denn zwei von ihnen trugen Instrumentenkoffer.

»Ja, sorry, Babe«, faselte einer der Männer. »Georgie ist halt nur Schlagzeuger.«

»Schlagzeuger«, grinste einer der anderen, »das sind die Typen, die mit Musikern rumhängen. Weißt du, oder?« Johlend gingen sie weiter.

Ich zog an meinem Joint und versank erneut in meinen Gedanken. Wie hatte es nur dazu kommen können, dass ich ein solches Leben lebte? Wollte ich nicht eigentlich ein normales Leben? Eines, das man wie eine Checkboxliste abhakte? Mit Kindern, Haus und Minivan?

Ich wusste ganz genau, dass ich so etwas nie in dem Maße gewollt hatte wie die breite Masse. Dennoch schlichen sich Zweifel in meinen Kopf. Zweifel, ob dieses Generation-X-Ding nicht auch vielleicht nur ein Marketing-Gag war und ich genauso zeitgeistig lebte, nur eben in einer anderen Schublade.

In einer Ausgabe von *Psychology Today* hatte ich einmal gelesen, dass die eigene Biografie maßgeblich darüber bestimmte, wie wir unser Leben gestalteten. Und ich erkannte, dass ich bis zu diesem schrecklichen Ufo-Erlebnis 1986 durchaus ein normales Leben gelebt hatte. Doch dieses eine einschneidende Ereignis hatte dazu geführt, dass ich seitdem all meine Interessen und all meine Energie auf die Suche nach außerirdischem Leben aufwendete, anstatt meinen ursprünglichen Lebensentwurf weiterzuverfolgen.

Im Frühling 1993 – Harris und ich waren seit gut einem Jahr zusammen – nahmen wir beide an einer Forschungsreise nach Nevada teil. Im Zuge des Akte-X-Hypes hatte sich der ganze Süden des Staates in einen Ufo-Hotspot verwandelt. Es verging keine Woche ohne vermeintliche Sichtung. Zu dieser Zeit schossen einige Detekteien aus dem Boden, die sich mit der Aufklärung der Ufo-Erlebnisse befassten. Harris und ich beschlossen, es auch zu probieren.

Die allermeisten Sichtungen stellten sich als falsch heraus. Doch nach und nach gab es verschiedene Berichte über Aktivitäten, in denen wir ein gewisses Muster erkannten. Das war der Zeitpunkt, an dem wir die seriösen Sichtungen von den anderen zu trennen begannen. Während die Verrückten und Paranoiden Geld in die Detektei brachten, waren es die Seriösen, die uns, die mich näher ans Ziel brachten. Und nach all den Jahren waren wir immer noch da.

Doch es brachte nichts, mir etwas vorzumachen. *Aerial Investigation* lohnte sich finanziell einfach nicht. Für jemanden, der frisch von der Uni kam und noch ein bisschen seinen luftigen Idealen nachhängen wollte, war so etwas genau das Richtige. Doch irgendwann kam der Zeitpunkt, an dem man sich für ein richtiges Leben entscheiden musste. Idealismus bringt nun mal kein Essen auf den Tisch. Da würde es sich eher lohnen, *Morten's Diner* weiterzuführen.

Dieser Gedanke drehte ein paar Runden in meinem Kopf. Ich sog den Rauch des letzten Zuges ein und spürte das Prickeln im Rachen. Der Haschischnebel ließ mich von einem regelmäßigen Einkommen träumen, das es mir gestattete, in einem geräumigen Haus zu wohnen. Es ließ mich von Kindern träumen, die mir die Nächte zur Hölle machten und die ihre Hausaufgaben im Gastraum des Diners erledigten. Und er ließ mich von einem Mann träumen, der mich im Laden und im Leben unterstützte. Und so sehr ich Harris für seine blöde Aktion zu hassen versuchte, wusste ich, dass er der Mann war, mit dem ich all das erleben wollte. Ich musste zurück nach Tonopah und mich bei ihm entschuldigen!

Ich schnippte den Stummel in den Gully vor mir, dann stand ich mühsam auf. Noch immer fühlte ich mich furchtbar, doch das THC in meinem Blut machte es etwas erträglicher.

Ich schlurfte über die hellen Betonplatten. Der Geruch von gebratenem Fleisch und Pommes drang zu mir. Ich sah hinauf. Über den Wipfeln der Palmen leuchtete ein unglaublicher Himmel. Jemand rempelte mich an. Mechanisch entschuldigte ich mich und drehte mich um.

Ein adrett gekleidetes Pärchen sah mich angewidert an. Ohne ein Wort zu sagen, ging es händchenhaltend weiter. Ich wollte gar nicht wissen, wie ich für sie aussah. Ich fühlte nach der dicken Beule am Hinterkopf. Sie schmerzte sogar, wenn ich einen Fuß auf die Erde setzte. Unbeirrt wankte ich auf den Eingang des Burgerladens zu und trat ein.

Es war reichlich Betrieb an diesem Freitagabend. Das Stimmengewirr der Gäste verschmolz zu einem Lärmbrei, der gegen meine Schädeldecke drückte.

Ich stellte mich an. Als ich an der Reihe war, bestellte ich einen Cheeseburger und ein großes Bier. Dieses zugegebenermaßen wenig nahrhafte Abendessen bezahlte ich mit dem letzten Zehner, der in meinem Portemonnaie war. Ich fand einen freien Zweiertisch am Fenster zum Parkplatz und mit Blick auf den Eingang.

Mit einem Appetit, den man nur kennt, wenn man schon einmal so richtig dicht war, verdrückte ich den Cheeseburger und bedauerte, dass ich kein Geld mehr hatte. Ich hätte noch mindestens fünf weitere in mich hineinschlingen können. Mit einem großen Schluck aus dem Plastikbecher spülte ich die an meinen Zähnen klebenden Brötchenkrümel runter. In diesem Augenblick betrat jemand den Laden, und ich wusste, dass es Probleme geben würde.

Ich stellte das Bier auf den Tisch, wischte mir den Mund mit dem Unterarm ab und senkte den Kopf. Ein Mann in einem schwarzen Anzug und mit einem hellblauen Hemd war eingetreten und sah sich um. Mir war sofort klar, dass er hier nichts essen wollte.

Er sah aus wie ein unseriöser Versicherungsmakler und hielt sich ein Telefon ans Ohr. Ich blickte auf den Boden und versuchte, nicht aufzufallen. Das Stimmengewirr dröhnte in meinem Kopf. Neben meinen Füßen erschienen zwei ungepflegte Lackschuhe.

»Guten Abend«, hörte ich.

Ich wagte nicht, meinen Kopf zu heben, sondern blickte weiterhin auf diese grauenhaften Schuhe, die halb von einer zerknitterten Anzughose verdeckt waren.

»Miss, äh Gretzky«, hörte ich weiter. »Das sind Sie doch, oder?« Seine Stimme klang nicht unfreundlich.

Ich hatte sowieso nichts zu verlieren, also blickte ich auf. Im Gesicht des Mannes formte sich ein Lächeln. Und sofort streckte er mir seine Hand entgegen.

»Bruce Nelson. Ich bin der Leiter der Flugsicherung des McCarran International Airport hier in Vegas. Sie sind doch Jeannie Gretzky, oder irre ich mich?«

Ich nickte und ignorierte seine ausgestreckte Hand. Ohne mich zu fragen, ob es okay war, setzte er sich auf den Platz mir gegenüber und sah mich erwartungsvoll an. Ich schätzte ihn auf Mitte vierzig, zumindest ließen ihn diese Klamotten so alt aussehen. Er hatte ein fast viereckiges Kinn und eine Römernase.

»Ein guter Freund von mir sagte, dass ich Sie hier finde.«

Offenbar erwartete er, dass ich ihn fragte, wie zur Hölle er das rausbekommen hatte.

»Aha«, antwortete ich knapp.

Bruce Nelson stützte die Ellenbogen auf den Tisch und faltete seine Hände.

»Sie waren im Besitz wichtiger Unterlagen«, sagte er.

Ich nahm einen großen Schluck aus dem Plastikbecher. Nelson war vollkommen ruhig.

»Sie sagen es.« Ich schluckte das Bier herunter. »Ich *war*. Jetzt sind sie wieder an die rechtmäßigen Besitzer zurückgegangen.«

»Ich weiß. Und das ist bedauerlich.«

Nun hatte er mich.

»Bedauerlich?«, echote ich.

»Sagen wir mal so: Es gibt einen Grund, warum diese CD-ROM aufgetaucht ist. Dass sie den Weg zu Ihnen gefunden hat, war eher ein unglücklicher Zufall. Jedenfalls brauche ich nun Ihre Hilfe.«

»Meine Hilfe?«, wiederholte ich fassungslos. »Ich kenne Sie doch gar nicht! Und Sie verlangen, dass ich Ihnen einfach so vertraue?«

»Oh, entschuldigen Sie, wenn ich so mit der Tür ins Haus falle. Das ist wahrscheinlich alles ein bisschen zu viel für Sie. Ja, sie müssen mit vertrauen. Aber ich wette, Sie würden sich ein Bein ausreißen, damit diese Fotos an die Öffentlichkeit gelangen. Habe ich recht?«

Dieser Mann war mir suspekt. Irgendwie hatte er mich gefunden, wusste, was Sache war, und brauchte nun meine Hilfe. Nach allem, was ich an diesem Tag durchgemacht hatte.

»Was genau meinen Sie?«, fragte ich vorsichtig.

Nelson rutschte auf dem Sitz nach vorn und sah mir in die Augen. Dann deutete er vielsagend mit dem Kopf nach oben, wo, würde die Decke des Lokals nicht unseren Blick stören, der Himmel war.

»Es sieht nicht so aus, wie die Objekte, die Sie bereits kennen«, sprach Nelson leise, »Es hat nicht die üblichen Zacken, aber ich kann Ihnen versichern, dass es denselben Ursprung hat.«

Nelson wusste also Bescheid. Hatte er etwa mit Liz zu tun gehabt? Oder war er auch nur ein Militärspitzel, wie Melissa? Etwas sagte mir, dass er nicht für die Armee arbeitete. Im Gegensatz zu Melissa wirkte er geradezu authentisch. Deshalb beschloss ich, alle Bedenken über Bord zu werfen und diesem Fremden zu vertrauen.

»Ich hab' es gesehen«, bestätigte ich. »Dieses dunkle Ding im All. Ich hab' die Fotos gesehen.«

»Ich will, dass die ganze Welt davon erfährt.«

»Und was wollen Sie von mir?«, fragte ich bestimmt.

»Ich stecke in großen Schwierigkeiten«, erklärte Nelson sachlich. »Ich brauche dringend diese Fotos. Es geht dabei um Leben und Tod.«

»Wann geht es das mal nicht«, brummte ich vor mich hin. Dabei fiel mir auf, dass Liz etwas Ähnliches gesagt hatte.

»Ich habe nicht mehr viel Zeit und werde es Ihnen später erklären.«

»Nein«, protestierte ich. »Ich werde nicht mit Ihnen hier rausgehen, bevor Sie mir nicht sagen, warum nur ich Ihnen helfen kann!«

»Na schön.« Nelson seufzte. »Ich habe diese CD-ROM gestohlen. Sie sollte ursprünglich über einen gewissen Personenkreis an verschiedene Medien gehen. Dass sie nun auf dem Weg zurück ins Sperrgebiet ist, war nicht vorgesehen.«

Er pfiff durch seine Zähne und scannte dabei die Umgebung. »Ich muss die CD-ROM zurückbekommen, bevor etwas Schlimmes passiert. Dafür brauche ich zwei weitere Leute, Sie und Ihren Freund. Sie beide sind gegenwärtig die einzigen Personen, denen ich halbwegs trauen kann.«

Meine Hände zitterten bei Nelsons Worten.

»Rufen Sie ihn an. Sagen Sie ihm, dass wir uns um halb zehn an der 95 treffen. Da gibt es eine historische Informationstafel über das Testgelände. Kennen Sie die?«

»Ist das nicht in der Nähe der Zufahrtsstraße nach Mercury? Das ist direkt an der Nellis Range.«

»Die CD-ROM wird im Kontrollpunkt sein«, sagte Nelson.

»Der Kontrollpunkt wird doch garantiert von bewaffneten Soldaten bewacht, wie alles im Sperrgebiet. Wie wollen Sie an die CD-ROM gelangen?«, wollte ich wissen.

Bruce Nelson nickte und rutschte noch näher heran. Er blickte kurz zur Seite, als wollte er sich vergewissern, dass niemand zuhörte.

»Die Unterlagen sind bis kurz nach zehn im Empfangsbereich des Kontrollpunkts. Dann werden sie vom Sicherheitsdienst abgeholt und zusammen mit anderem Zeug rüber nach Groom Lake gebracht. Wir werden vor ihm dort sein.«

»Groom Lake«, hauchte ich. »Sie meinen …«

»Genau, diese CD-ROM wird in Area 51 archiviert.«

»Bitte verzeihen Sie, wenn ich mich wiederhole, aber: Wie wollen Sie das schaffen?«

»Alles Weitere erzähle ich Ihnen auf der Fahrt. Kommen Sie, wir dürfen jetzt keine Zeit verlieren. Rufen Sie Ihren Freund an, am besten von einem Telefon hier im Laden. Die überwachen mein Handy.«

Das alles war so abstrus. Ganz offenbar hatte mir das Universum jemanden geschickt, der mir helfen wollte. Es war ein komplett irrer Plan, und ich bezweifelte, dass wir das schaffen würden. Doch wenn ich die Beweise für außerirdisches Leben zurückhaben wollte, blieb mir nichts anderes übrig, als mich an diesen Strohhalm zu klammern. Was hatte ich zu verlieren? Ich nahm mein Bier und stand auf.

»Ah«, Bruce Nelson hob die Hand, um mich aufzuhalten, »sagen Sie Ihrem Freund, er soll eine Schere und Klebstoff mitbringen.«

EINE ENTSCHULDIGUNG

»Bist du jetzt total verrückt geworden?«, motzte Harris. »Rufst stinkbesoffen von irgendwo an und diktierst Ray, mich mit vorgehaltener Waffe aus der Dusche zu holen! Wir sind doch hier nicht in Russland!«

»Harris, ich bin nicht stinkbesoffen«, verteidigte ich mich. »Ich bat Ray höflich, aber bestimmt, dich an den Apparat zu holen … um jeden Preis.«

»Du hast vielleicht Nerven. Was willst du?«

»Die Armee hat die CD-ROM.«

»Shit! Wie?«

»Ist jetzt egal. Wir können sie aber zurückbekommen.«

»Moment, Moment! Das geht mir zu schnell!«

»Hier ist jemand, der nennt sich Bruce Nelson. Er sagt, er hat selbst Interesse an den Bildern. Ich glaube ihm, schätze ich.«

Er schwieg. Länger, als ich es tolerierte.

»Was ist los?«, fragte ich. »Warum sagst du nichts?«

»Bruce Nelson«, murmelte Harris. »Wer zur Hölle ist das?«

Ich nahm einen Schluck von meinem Bier. Dabei linste ich über den Rand des Bechers. Bruce Nelson saß mit zusammengefalteten Händen am Tisch, so steif, als hätte man ihm einen Stock in den Arsch geschoben. Flüchtig lächelte er mir zu.

»Er sagt, er sei der Leiter der Flugsicherung des McCarran-Flughafens. Und er sagt, dass er die CD-ROM gestohlen hat. Er hat wohl einen Plan, wie er sie zurückbekommen will. Klingt für mich ganz schön bescheuert, aber wenn du mich fragst, nehme ich jede Hilfe, die ich kriegen kann.«

»Jetzt plötzlich!«, spottete Harris.

»Harris, es tut mir leid wegen vorhin. Ehrlich!«

Er blieb still.

»Harris, verdammt! Du kannst dich jetzt nicht wegducken.«

Noch immer kam nichts von ihm, nur ein Rascheln kratzte aus dem Hörer.

Ich stand unbequem am Durchgang zur Küche und den Toiletten, immer wieder zwängten sich Leute an mir vorbei. Ich hörte spritzendes Fett und die ungehaltenen Flüche einer spanischsprachigen Mitarbeiterin. Mein Blick fiel auf den genervten Manager des Burgerladens. Der pickelige Kerl stand mit zerknitterter Stirn neben mir und deutete mit großer Geste auf seine Armbanduhr. Ich bedeutete ihm, dass ich nicht mehr lange brauchte.

»Na schön«, seufzte ich. »Ich hab' großen Mist gebaut. Die ganze Sache mit dieser CD-ROM nimmt mich ganz schön mit. Und natürlich bist du mir wichtig! Und auch dein Leben. Und wenn du dein Leben mit Gassi Gehen und Drogen ausfüllen willst, muss ich das wohl akzeptieren. Ich will ein Leben mit dir, Harris, verstehst du? Und ich werde mir Gedanken machen, ob ich *Aerial Investigation* weiterführen möchte. Ich glaube nämlich, dass ich nur deshalb so an der Detektei festhalte, weil ich insgeheim Angst vor Veränderungen habe.«

»Wow!« Harris stieß hörbar die Luft aus. »Ich denke, wir sollten dringend über unsere jeweiligen Zukunftspläne sprechen, Jeannie. Ich glaube, du hast ein völlig falsches Bild von mir.«

»Möglich«, räumte ich ein, »dafür müsstest du aber aus deinem Schneckenhaus herauskriechen.«

»Nur, wenn du nicht mit einem Baseballschläger davor wartest.«

Ich biss die Zähne zusammen. Jetzt stellte Harris auch noch Bedingungen.

»Du meinst es ernst, oder?«, fragte ich.

»So ernst, wie ich es mit einer journalistischen Karriere meine.«

»Also gut«, sagte ich. »Es gibt Streicheleinheiten und Schokolade.«

»Klingt gut.«

»Und? Wie sieht's aus? Hilfst du uns?«

»Uns?«

»Na, Bruce Nelson und mir.«

»Du meinst es auch ernst, oder?«

»So ernst, wie ich es mit Kindern meine.«

Wieder folgte Stille. Ich hätte mich nicht gewundert, wenn der Manager mir in diesem Augenblick den Hörer aus der Hand gerissen hätte.

»Wo?«, fragte Harris schließlich.

»An der 95. Die Informationstafel über die Nevada Test Site. Das müsste ungefähr in der Mitte von uns liegen.«

»Da hatten wir es doch auch mal getrieben, weißt du noch?«

Etwas beschämt kicherte ich in mich hinein. Es tat gut, Harris zu hören. Nach all den Jahren war ich noch immer in seine unglaubliche Stimme verliebt. Mir tat es auch gut, zu wissen, dass Harris nicht nachtragend war, sondern immer nach vorn schaute. Das war wie Honig für meine strapazierte Seele.

»Stehst du eigentlich nackt in Rays Büro?«

DESERT AMERICA

Mit quietschenden Reifen trug mich Bruce Nelson hinaus in den lauen Abend. Entgegen meiner Annahme war er recht schweigsam, hatte aber ein ähnliches Temperament wie ich, was das Autofahren betraf. Wir nahmen die südliche Route durch Vegas und nach einer halben Stunde hatten wir die Stadt durchquert. Vor uns lag die Wüste.

Rechter Hand erstreckte sich die Hidden Forest Ridge, deren Spitzen sich in den abendlichen Himmel streckten. Die Sonne ging gerade hinter den Bergen unter. Nur noch bruchstückhaft blitzte die rote Kugel zwischen den Kuppen hervor und kitzelte mein Gesicht.

»Ich kenne ihn übrigens.«

»Wen?«, fragte ich.

»Denjenigen, der Ihnen die CD-ROM abgenommen hat«, sagte Nelson. »Blackwood. Er ist ein Killer. Kaltblütig und unberechenbar. Er leitet eine ganze Einheit, die für die Army im Verborgenen operiert.«

»Ich weiß«, sagte ich.

Meine nackten Beine hatte ich gegen das Armaturenbrett gestemmt. Immer wieder starrte Nelson sie an. Entweder fand er es unhöflich, oder er geilte sich daran auf.

»Ich habe gesehen, wie er einen von seinen eigenen Männern erschossen hat.«

»Das war Angus.« Nelson schloss für eine Sekunde die Augen und seufzte. »Er hat für mich gearbeitet. Angus war derjenige, der die CD-ROM aus der Nellis Range geschafft und Ihnen den Hinweis gegeben hat. Ehrlich gesagt hätte ich nie gedacht, dass Sie dahinterkommen!«

»Demnach sind Sie für dieses komische Rätsel auf der CD verantwortlich?«

»Es war ein klar geplanter Ablauf mit einer Zwischenstufe, welche die Unterlagen zusätzlich schützen sollte«, korrigierte Nelson. »Meine ursprüngliche Kontaktperson in Beatty wäre ohne Probleme auf die Lösung dieses Rätsels gekommen.«

»*Liz Robinson* ist Ihre Kontaktperson?«, fragte ich verblüfft.

Plötzlich ergab so Einiges Sinn. Ich lag falsch mit meiner Vermutung, dass Liz Dreck am Stecken hatte. Sie hatte schlicht und ergreifend sichergehen wollen, dass die Informationen geschützt blieben, und offenbar geahnt, dass man Killer auf sie hetzen würde. Dass sie dabei nicht einmal ihren engen Bekannten vertraute, war ihrem sonderbaren Naturell zuzuschreiben.

»Sie kennen sie, natürlich«, bemerkte Nelson.

Ich kurbelte das Fenster herunter und ließ frische Luft herein. Am Himmel sah ich zwei Greifvögel über der Ebene kreisen, offenbar hielten sie Ausschau nach Beute. Jetzt, da es sich langsam abkühlte, kamen die Kängururatten und Kaktusmäuse aus ihren Verstecken.

Bruce Nelson erklärte mir, dass dieser Hänfling namens Angus die CD-ROM für Liz in Rhyolite hinterlegt hatte. Den Sampler sollte er einen Tag später an Liz schicken. Für sie wäre das Rätsel mit dem Morsecode wohl ein Kinderspiel gewesen. Allerdings hatte das Militär schneller als angenommen herausgefunden, dass die Fotos gestohlen worden waren, und Angus hatte daraufhin Muffensausen bekommen.

Und so kam es, dass er Harris und mir den Sampler zugespielt hatte. Laut Nelson hatte Angus keine Gelegenheit mehr gehabt, die CD-ROM aus ihrem Versteck zu holen und Liz zukommen zu lassen.

Das musste ich erst einmal verarbeiten. Es war in der Tat eine unglaubliche Geschichte.

»Liz ist eine gute Freundin meiner Eltern«, sprach Nelson indes weiter. »Sie haben damals gemeinsam gegen den Vietnamkrieg demonstriert. Ich kenne sie und ihre Vorlieben sehr genau. Sie hätte die CD-ROM weiterreichen sollen, doch Sie sind ihr zuvorgekommen.«

»Sie wurde verhaftet.«

»Ich weiß. Ich mache Ihnen keinen Vorwurf. Es ist jetzt so, wie es ist. Wir müssen diese Unterlagen zurückerlangen.«

Meine Haare tanzten vor meinem Gesicht. Ich hielt den Kopf aus dem Wagen und blickte nach hinten. Die ersten Sterne erschienen am Himmel. Nicht mehr lang, und er wäre ein funkelndes Sternenmeer. Ich zog meinen Kopf zurück in den Wagen. Nelson fuhr konzentriert. Trotz des Halbdunkels konnte ich gut sehen, wie er die Zähne zusammenbiss. Die Muskeln seines Kiefers bewegten sich und sein markantes Kinn schob sich vor und zurück.

»Wenn Sie wissen«, begann ich, »dass STS-88 dieses Ding im All gefunden hat, wissen Sie auch, dass es in der Folge mehrere bemannte und streng geheime Flüge dorthin gab?«

Er nickte. »Durchgeführt von einer Spezialeinheit aus Groom Lake, die über ein spezielles Shuttle mit SSTO-Antrieb verfügt.«

»*Single Stage To Orbit*«, flüsterte ich. »Das heißt, sie haben bereits ein Raumschiff entwickelt, das ohne Trägerrakete ins All fliegen kann?«

»Und wie ein Flugzeug wieder landen kann«, ergänzte Nelson. »Exakt. Wenn man nachts am Highway 95 sitzt, bekommt man manchmal mehr mit, als einem lieb ist.«

»Ein Freund aus Rachel hat uns darauf hingewiesen, dass wir dort etwas sehen würden.«

»Den kennt Liz auch sehr gut.« Nelson lächelte verhalten.

»Und was machen die da oben?«, fragte ich.

»Plündern. Sie bergen Objekte und Technik. Das haben Sie vermutlich auf den Fotos gesehen.«

»War dieses Fluggerät unbemannt?«

Nelson gab mir keine Antwort. Wir passierten das Three-Lakes-Gefängnis, dessen weitläufiges Areal links des Highways lag. Ich summte eine Songzeile aus *See You in Hell* von Monster Magnet:

Secrets seem like Mescaline, they don't get old ... [6]

Rechts hinter den Bergen lag bereits die Nellis Range. Noch ein paar Meilen, und wir würden Indian Springs erreichen, dort befand sich die Creech Air Force Base.

»Warum wollen Sie diese Fotos veröffentlichen?«, wandte ich mich wieder Nelson zu. »Damit Sie beweisen können, dass STS-88 tatsächlich etwas Außerirdisches gefunden hat?«

»Ja und nein«, antwortete er knapp. »Für die Öffentlichkeit hat es vielleicht so ausgesehen, dass STS-88 das Objekt ›zufällig‹ fand. In Wirklichkeit haben sie aber danach gesucht. Dass die Fotos im Zuge von STS-88 ans Licht der Öffentlichkeit gelangten, war nicht geplant. Solche dummen Fehler passieren sogar der NASA.« Nelson schnaubte. »Jedenfalls war die Entdeckung des Objekts ein Wettlauf mit der Zeit, den letztlich die Vereinigten Staaten gewonnen haben.«

»Gegen die Russen?«, fragte ich, obwohl ich die Antwort bereits kannte. »Auf den Fotos habe ich eine Sojus-Kapsel gesehen.«

»Die Spezialeinheit der Air Force stieß in dem Objekt auf eine bislang unbekannte Energiequelle«, erklärte Nelson mir geduldig. »Russland wusste ebenfalls von dem Objekt, konnte es aber, wie die Vereinigten Staaten, lange Zeit nicht finden. Dann hat der Kreml durch Spionagesatelliten und Doppelagenten erfahren, dass wir das Objekt lokalisiert hatten. Sie befürchten einen weiteren Vorsprung in der Rüstung trotz der atomaren Abrüstung. Auch die Osterweiterung der Nato spielt dabei mit hinein. Sie haben vielleicht von den russischen Manövern in der Ostsee gehört?«

»Das hat auch mit diesem Satelliten zu tun?«, fragte ich erstaunt.

Nelson nickte. All diese Informationen schwemmten in meinen Kopf, ohne dass es mir gelang, eine von ihnen zu greifen. Draußen vor der Frontscheibe nahm ich das schwache Funkeln der Lichter von Indian Springs wahr.

»Die Vereinigten Staaten haben kein Interesse daran, Russland an ihrer Entdeckung teilhaben zu lassen«, riss Nelson mich aus meiner Gedankenflut. »Wenn man nicht auf den Kopf gefallen ist, sieht man, dass ein neues Wettrüsten droht. Ein neuer Kalter Krieg, der aber schnell eskalieren würde. Sie haben von den Anschlägen auf russische und amerikanische Einrichtungen in den Nachrichten gehört? Sie wissen, die Länder schieben sich die Schuld gegenseitig in die Schuhe.«

Ich war schockiert. Was Bruce Nelson sagte, ergab Sinn. Auf einmal erkannte ich die Dimension, die diese lächerliche CD-ROM eröffnete. Es ging längst nicht mehr nur darum, zu beweisen, dass es außerirdisches Leben gab. Es ging darum, dass mein ganz persönliches Ziel plötzlich untrennbar mit dem aktuellen Weltgeschehen verknüpft war.

»Wenn Sie alle Fotos des Datenträgers kennen, wissen Sie, dass es zu einem bewaffneten Konflikt im Weltall gekommen ist. Russische Kosmonauten haben einen Überfall auf das Objekt verübt, als unsere Männer und Frauen es zum ersten Mal betraten. Wir konnten unsere Besitzansprüche geltend machen, allerdings mit tragischen Verlusten.«

»Das alles klingt unvorstellbar. Aber ich habe es gesehen, ja.«

»Und das ist nur die Spitze des Eisbergs«, berichtete Nelson weiter, als wir am Zaun der Creech Air Force Base vorbeifuhren.

Dahinter sah ich einige große Transportmaschinen, die im orangenen Schein riesiger Lampen standen.

»Solange es keine Einigung bei diesem Objekt gibt, wird der Konflikt weiter schwelen. Haben Sie von diesem Zwischenfall im Kosovo gehört? Major General Wesley Clark hatte im Juni einen Flughafen blockiert, um den Vorstoß der Russen zu verhindern. Die Lage wäre beinahe eskaliert. Die politische Lage gerät immer mehr in Schieflage. Aber mit der Veröffentlichung dieser Fotos können wir den Konflikt lösen.«

»Was um alles in der Welt haben Sie als Leiter der Flugsicherung damit zu tun?«

Nelson schwieg. Ich merkte, dass er genau abwägte, welche Informationen er mit mir teilen durfte. Und da war noch eine ganze Menge, die er zu wissen schien, doch entweder war dieses

Wissen nicht für mich bestimmt, oder er würde es mir zu einem späteren Zeitpunkt offenbaren.

»Sie beschäftigen sich ja auch schon seit einigen Jahren mit dieser Thematik«, lenkte Nelson ab. »Liz erzählte mir von Ihnen. Sie ist beeindruckt, wie leidenschaftlich Sie dieser Sache nachforschen. Sie erzählte mir auch, dass Sie selbst einmal ein Ufo-Erlebnis hatten?«

Jetzt war es an mir zu schweigen. Er kannte also auch meinen wunden Punkt. Meine Gedanken entglitten mir, ich hörte nur noch am Rand, dass Nelson noch etwas zu mir sagte. Ich starrte auf die Straße und verlor mich in dem dunkelsten Kapitel meiner Jugend.

OREGON

Die zu beiden Seiten des Wagens verschwindenden Streifen der Fahrbahnmarkierung erweckten die furchtbaren Ereignisse von damals vor meinem geistigen Auge ein weiteres Mal zum Leben. Das welke Blatt eines Laubbaums wehte über den in der Dämmerung dunkler werdenden Asphalt.

Ich hob meinen Blick. Es war ein düsterer Herbsttag. Meine Erinnerungen hatten mich nach Oregon getragen. Die ausgeblichene Fahrbahnmarkierung der Route 26 glitt zu beiden Seiten davon. Herbstliche Wälder dehnten sich entlang der gewundenen Straße aus. Die kalten Novemberwinde trugen das Laub von den Bäumen, und meine Erinnerung folgte einigen engen Kurven durch eine hügelige Landschaft, ehe sie Salmon Creek erreichte.

Dunkle Wolken fegten über den Himmel. Die Nacht lag wie ein drohender Schleier im Osten. Meine Gedanken trugen mich an den ersten Häusern der Siedlung vorbei. An einer großen Eiche verließ ich die Straße.

In dem Haus vor mir waren nahezu alle Fenster von warmem Licht erleuchtet. Eine heftige Böe rauschte durch den Vorgarten und trug welkes Laub mit sich. Die Haustür, an der die Nummer 40 in silbernen Zahlen hing, flog auf und ein Mädchen in einem Kapuzenpullover stürzte heraus. Ich.

»Verdammt! Ich bin alt genug, um mit dem Auto zu fahren!«

Meine Eltern hatten verlangt, dass ich mit dem Fahrrad zu meiner Verabredung fahren sollte, doch das war bei diesem Wetter absolut unmöglich, fand ich.

Ohne mich noch einmal umzudrehen, stieg ich in den champagnerfarbenen Chevrolet meiner Eltern und fuhr los. Ein paar Häuser weiter wartete Russ bereits auf mich, die Hände in der Jacke vergraben. Ich hielt an. Als er einstieg, hielt er einen kleinen Plastikbeutel vor meine Nase.

»Riech mal!«, grinste er. »Ist ganz frisch. Butch hat es erst gestern mitgebracht.«

Ich wusste, dass sein Cousin Butch einmal im Monat nach Portland runterfuhr und dort frisches Gras besorgte. Das machte das langweilige Leben für uns Jugendliche auf dem Land etwas erträglicher.

Neben uns hielt ein Wagen. Es war der Buick von Chesters Mom. Ich kurbelte das Fenster herunter und erkannte neben Chester am Steuer auch Pete auf dem Beifahrersitz. Hinten saßen Patricia und Wang, sie schnitten Grimassen.

»Ich wette um fünf Dollar, dass wir zuerst da sind«, lachte Pete.

»Die Wette verlierst du«, sagte ich trocken. »Zähl an!«

Pete zählte langsam von zehn runter. Erste Regentropfen klatschten auf das Autodach. Ich holte eine Kassette aus der Tasche meines Kapuzenpullovers und steckte sie halb in den Player. Chester ließ den Motor aufheulen. Er würde verlieren. Der Chevy war leichter und stärker motorisiert.

»Drei, zwei, eins – los!«

Reifen quietschten. Chester legte einen guten Start hin und hatte die Nase vorn. Ich presste das Tape in die Anlage. Joan Jetts *Do You Wanna Touch Me* wummerte aus den Boxen.

Russ schüttelte seinen Kopf so stark, dass seine Baseballkappe herunterfiel und seine Locken umherwirbelten. Ich blickte zu ihm und sah, wie sein Mund ein breites Grinsen formte.

Wir nahmen Fahrt auf. Die letzten Häuser von Salmon Creek sausten an uns vorbei und wir bretterten auf der 26 in den Wald. Die Lichtkegel der Scheinwerfer huschten über den nassen Asphalt. Chester fuhr zwar vor mir, aber ich war ihm dicht auf den Fersen.

Nach ein paar Meilen erreichten wir die Abzweigung, die zu unserem Ziel führte. Chester bremste. Das war meine Chance. Er wollte den Wagen seiner Mutter ganz sicher nicht überstrapazieren. Ich schwenkte auf die Gegenfahrbahn und überholte ihn, bevor er abbiegen konnte. Mit wildem Hupen legte ich mich in die Kurve, schlitterte durch den stärker werdenden Regen und fuhr von der 26 ab.

»Die ziehen wir ab!«, freute sich Russ.

Wir hatten die Landstraße verlassen und fuhren nun auf einer schmalen Straße, die unmittelbar über den tosenden Necanicum River führte.

Auf der Schotterpiste durch den Wald holte Chester wieder auf und klebte an meiner Stoßstange. Der Chevrolet kämpfte sich den Hügel hinauf. Jetzt machte sich der stärkere Motor bemerkbar, der Abstand zum Buick vergrößerte sich. Nach ein paar Meilen erreichten wir schließlich den Wendepunkt. Mit angezogener Handbremse riss ich das Lenkrad herum und blieb stehen, Chester stellte sich neben mich.

Russ und ich stiegen aus. Ich hörte, wie Pete fluchte. Als er ausstieg, hielt ich meine Hand auf. Er schaute mich grimmig an, griff in seine Hosentasche und drückte mir einen Fünf-Dollar-Schein in die Hand.

»Ich investiere es bei Butch für uns alle«, sagte ich.

»Mann, dieser beschissene Regen nervt!«, beschwerte sich Patricia. Wang packte sie von hinten und gab ihr einen Kuss auf die Wange. Vom Wendepunkt gingen wir zu Fuß weiter.

Der Unterstand, den wir hin und wieder aufsuchten, war durch einen zwanzigminütigen Fußmarsch durch den dichten Wald zu erreichen. Der Regen war inzwischen noch stärker geworden und wir erreichten unser Ziel mit klitschnassen Klamotten. Sogar an meiner Unterwäsche spürte ich keine trockene Stelle mehr.

Mit nassen Strähnen im Gesicht saßen wir im Schutz des Unterstands und froren, lauschten dem Prasseln des Regens und rauchten einen Joint nach dem anderen.

Die Dämmerung war mittlerweile einer nahezu undurchdringlichen Dunkelheit gewichen. Chester erzählte, dass sein Vater ihn an diesem Tag wieder einmal geschlagen hatte. Er weinte. Genau in diesem Augenblick erschienen die Lichter.

»Ein Hubschrauber!«, rief Pete.

»Es ist zu groß für einen Hubschrauber«, widersprach Wang.

»Und zu leise«, fügte ich hinzu.

Dünne Lichtkegel in Rot, Blau und Grün strahlten in den Wald. Ich stand von der Bank auf, auf der ich gesessen hatte, und tappte langsam in den Regen hinaus. Ich wusste nicht, ob es am Joint lag, doch ich hatte keine Angst. Da schwebte etwas Großes über den Wipfeln, etwa zweihundert Yard vor uns.

»Ich kann gar nichts erkennen«, beschwerte sich Russ. »Der Regen ist viel zu dicht.«

»Was ist das?«, hauchte Patricia.

»E.T.«, scherzte Wang.

»Sag sowas nicht«, rief Chester.

Ich bemerkte, dass auch die anderen den Schutz des Unterstandes verlassen hatten. Wir alle starrten auf dieses seltsame Etwas am Himmel.

»Kommt schon, lasst uns abhauen!«, forderte Chester.

»Ich bin dabei«, rief Patricia. »Seht mal, es kommt näher.«

Sie hatte recht. Die Lichtkegel bewegten sich auf uns zu, und je näher sie kamen, desto mehr vernahm ich ein unheimliches Brummen. So tief, dass ich es in der Magengrube spürte. Der Schatten oben in den Regenwolken schwebte nun fast genau über uns. Auf einmal lief Chester davon.

»Hey, warte!«, schrie Pete.

Patricia folgte ihm. Mit flehendem Blick sah sie Wang an.

»Komm! Ich will nicht hierbleiben!«

Wang nahm ihre Hand und sie liefen Chester hinterher.

»Ach, verdammt«, fluchte Pete. »Wartet auf mich! Ihr könnt nicht ohne mich fahren!«

Dann rannte auch er davon. Jetzt waren nur noch Russ und ich übrig, er stand direkt neben mir.

»Ich sag's nur ungern, Jeannie. Aber ich hab' Schiss!«

»Ich auch!«, gestand ich mit zitternder Stimme.

Meine Furchtlosigkeit von eben war einem unbestimmten Grauen gewichen. Russ griff nach meiner Hand und wir hetzten über den unebenen Waldweg. Vor uns im Dunkel erkannte ich gerade noch die Umrisse von Pete, doch schon im nächsten Augenblick sah ich ihn nicht mehr.

Immer wieder blickte ich zurück. Das Ding kam näher. Die Lichtkegel zuckten zwischen den schwarzen Baumkronen hindurch und hatten schon den Unterstand erreicht. Ich sah, dass uns dieses Ding einholen würde.

»Verdammt, Russ! Versteck dich!«

Er blieb stehen und starrte mich an. Das unablässige Brummen malträtierte meine Nerven. Die Lichter waren nur noch einen Steinwurf entfernt. Ohne zu wissen, was ich tat, schnappte ich Russ' Hand und zerrte ihn von dem Waldweg ins Dickicht. Wir stürzten eine Böschung hinab, die wir in der Dunkelheit übersehen hatten, und blieben in einer engen Kuhle neben einem abgesägten Baum liegen.

In diesem Augenblick flog das Ding über uns hinweg. Ich sah, dass Russ schreien wollte und presste ihm schnell meine dreckverschmierte Hand auf den Mund. Die Lichter kreisten in nächster Nähe, ein roter Lichtkegel erfasste die Böschung, die wir soeben heruntergerollt waren.

Ich weiß noch genau, wie wir in dieser dunklen Kuhle hockten und zu diesem gewaltigen Ding über den Bäumen aufsahen. Der Geruch von Regen und Moder hing in meiner Nase.

Das Brummen hielt an. Und dann geschah etwas, das mich zutiefst beunruhigte: Das Ding verharrte in seiner Position, seine Lichter rotierten weiterhin über die Blaubeerbüsche.

»Ich halte das nicht mehr aus«, flüsterte Russ.

Er machte sich aus meiner Umklammerung frei und kletterte stolpernd den Hang hinauf.

»Scheiße!«, fluchte ich.

Ich verließ mein Versteck und folgte ihm. Er lief über den Weg und floh in die Büsche. Aufgebracht sprang ich hinterher. Ich sah zu den Lichtern, sie waren nur einen Steinwurf entfernt. Eisige Kälte kroch an meinen Beinen empor.

Russ war schneller als ich. Immer wieder stolperte ich über Äste. Das Brummen schmerzte mittlerweile in meinem Bauch. Plötzlich sah ich, wie Russ stürzte. Ich stolperte zu ihm. Er rappelte sich auf und hielt sich den Kopf.

»Verdammt, ist was passiert?«

»Geht schon«, presste er hervor. »Hier geht es zur 26 runter.«

»Nein!«, rief ich entschieden. »Wir müssen zum Auto. Meine Eltern ...«

»Scheiß drauf! Wir müssen hier abhauen!«

Ich sah mich um, das Ding schwebte immer noch über der gleichen Stelle. Russ setzte seine Kappe auf, die ihm bei seinem Sturz vom Kopf gefallen war. Dann hinkte er davon.

»Das sieht aber nicht so aus, als ob alles in Ordnung ist«, rief ich ihm hinterher. »Scheiße, was ist los?«

Er tat so, als hätte er mich nicht gehört, und humpelte weiter. Ich schloss zu ihm auf.

»Dann lass mich wenigstens deinen Arm ...«

Mehr konnte ich nicht sagen, denn ich rutschte in die Tiefe. Auch Russ stürzte. Mit meinem Hintern knallte ich auf den abschüssigen Boden. Zwischen nassem Farn und knochigen Büschen rutschte ich immer weiter. Meine Arme versuchten, irgendetwas zu packen. Ich hörte, wie Russ schrie.

Vor mir ragte die andere Seite des Hanges in die Höhe. Plötzlich spürte ich Leere unter mir. Ich fiel. Alles wurde dunkel und im nächsten Augenblick geriet ich unter Wasser.

Ich schloss die Augen. Meine Beine strampelten und drückten sich in weichen Boden. Ich tauchte auf und schnappte nach Luft.

»Russell!«

»Ich bin hier«, keuchte er.

Hilflos platschten meine Hände auf der Wasseroberfläche und versuchten, mich zum Ufer zu tragen.

Ich sah hinauf und erblickte eine kreisrunde Öffnung. Die Spitzen der Bäume leuchteten rot, blau und grün, ringsum war es pechschwarz.

»Scheiße, ist das eine Höhle?«, hallte Russ' Stimme zu mir.

Ich schwamm durch das eisige Wasser. Bald ertastete ich einen moosbewachsenen Rand. Meine Füße berührten glitschige Äste und mit einiger Anstrengung zog ich mich aus dem Wasser. Ich erkannte, dass Russ zu mir schwamm. Ich half ihm heraus. Er zitterte am ganzen Leib und auch ich klapperte mit den Zähnen.

»Fuck! Das Wasser ist eiskalt.«

»Wir müssen hier raus, bevor wir erfrieren!«, stammelte ich.

»Pete und Chester hatten Taschenlampen, verdammt.«

Meine Augen gewöhnten sich schnell an die Dunkelheit. Ich blickte zu der Stelle, wo wir gelandet waren. Wir waren durch dieses Loch in die Höhle gefallen. Es war ein glücklicher Zufall, dass genau dort ein Tümpel war, andernfalls wären wir jetzt tot.

Wir tasteten uns an den Rändern der Höhle entlang. Allem Anschein nach war sie kreisrund. Schnell fanden wir einen Durchgang, der tiefer ins Erdreich führte. Wir hatten Angst, doch uns blieb nichts anderes übrig. Meine Hände waren bereits taub vor Kälte und meine durchnässten Klamotten ließen mich zusätzlich zittern.

Wir krochen durch eine Art Tunnel. Sehnige Wurzeln streiften mein Gesicht. Der gewundene Gang führte aufwärts und mündete in einen weiteren Raum. Ein seltsamer Geruch erfüllte die Luft und eigenartige Geräusche drangen zu uns. Russ und ich krochen durch die Finsternis, bis wir zu einem niedrigen Wall kamen. Vorsichtig blickte ich über die Kante.

»Oh, Gott!«, flüsterte ich.

Die Höhle, in der wir waren, wurde von einem schwachen Licht erhellt. An den Rändern des offenbar recht großen Raums leuchteten schwache Lichtpunkte. Große, unförmige Objekte standen in Gruppen in seinem Zentrum. Und es sah so aus, als ob sich dazwischen etwas bewegte. Am anderen Ende erkannte ich eine Öffnung.

»Dort drüben könnte ein Ausgang sein.« Ich deutete in die Richtung. »Das können wir schaffen.«

In diesem Augenblick hörte ich es: ein glitschiges Schaben aus der Dunkelheit direkt neben uns. Ein dumpfes Pochen schlug auf die Wurzeln. Russ drückte sich an mich. Ich sah nichts, doch da war was.

Das Schaben hielt an und es pochte ein weiteres Mal. Plötzlich spürte ich etwas an meinem Bein. Ich zuckte zusammen, breitete meine Arme aus und drückte Russ zur Seite. Dabei stolperte ich über eine Wurzel und verlor das Gleichgewicht. Ich stürzte.

Die Wucht des Aufpralls presste alle Luft aus meinen Lungen. Unablässig brausten die fremdartigen Geräusche um mich herum. Schritte. Tritte. Schmatzen. Grunzen.

»Jeannie, verdammt!«, hörte ich Russ rufen.

Ich schnappte nach Luft. Russ erschien neben mir. Er half mir, mich aufzusetzen. Mein Kopf dröhnte. Erneut hörte ich das rätselhafte Schaben, doch ich konnte nicht sagen, woher es kam. Es hörte sich an, als sei es überall um uns herum.

»Kannst du laufen?«, fragte Russ.

»Höchstens so schnell wie du mit deinem Bein«, keuchte ich.

»Okay«, lächelte Russ schwach. »Dann lass es uns versuchen. Ein Katzensprung, dann sind wir raus aus dieser Scheiße.«

Da sah ich, wie sich etwas um Russells Brustkorb legte. Instinktiv wich ich zurück. Erschrocken blickte Russ an sich herab und schrie. Es war zu dunkel, um zu erkennen, worum es sich genau handelte. Ich hörte ein Knurren, dann wurde Russ in die Luft gehoben.

»Jeannie!«

Panisch kroch ich von ihm fort. Ich wusste, ich hätte ihm helfen müssen, doch ein unbezwingbares Grauen hatte mich gepackt. Ich sah, wie seine Beine in der Luft strampelten.

Das Ding – es war groß und formlos, wie ich jetzt erkannte – stand hinter ihm. Der Kopf ging in einen langgezogenen Hals über. Der kompakte Körper sah aus, als säße das Ding auf dem Boden. Außer den zwei Vordergliedmaßen, mit denen es Russ festhielt, entdeckte ich noch zwei angewinkelte Hinterbeine.

Ein grauenerregender Schrei hallte durch die Höhle, er klang nicht menschlich. Mein Atem pfiff und ich rutschte über den wurzeligen Boden. Russ' Schreie wurden greller.

Auf einmal griffen meine Hände in etwas Fleischiges. Das Etwas wand sich unter meiner Hand davon und schlang sich um meine Hüfte. Es fühlte sich an wie eine Schlange, nur schleimiger.

Ich versuchte, von nackter Panik ergriffen, aufzustehen. Es gelang mir, das Ding von mir abzustreifen. Zuckend entfernte es sich. Endlich kam ich auf die Füße. Unbeholfen trat ich nach dem Ding. Hektisch blickte ich zum Ausgang. Davor bewegten sich etliche Schatten.

Durch die Dunkelheit taumelte ich zu Russ. Der Trieb, mich selbst in Sicherheit zu bringen, zerrte an mir, doch ich konnte Russ nicht einfach seinem Schicksal überlassen. Was auch immer ihn festhielt, ich musste ihn befreien.

Das Ding wich zurück. Russ schrie, noch immer hektisch strampelnd, ohne Unterlass. Eines seiner Knie traf mich am Mund. Die Stelle fühlte sich sofort taub an und ich schmeckte Blut.

Mit über die Maßen geschärften Sinnen stolperte ich um Russ und das Ding herum. Ich packte die beiden armähnlichen

Gliedmaßen. Sie hatten Russ fest im Griff, und ich schaffte es nicht, sie zu lösen. Zu stark umschlossen die Glieder meinen Freund und hoben ihn immer höher.

»Lauf, Jeannie! Lauf!«, keuchte er.

»Nein, nicht ohne dich!«, schrie ich.

Ich schlug gegen die Gliedmaßen, an meinen Händen klebte eine zähe Schmiere. Ich tastete mich weiter nach oben, dort, wo diese Körperteile am Rumpf ansetzten. Mit so viel Wut wie Angst versuchte ich, sie von Russ' Körper zu lösen.

»Ich krieg' keine Luft mehr!«, röchelte Russ.

Ich ertastete an dem riesigen Wesen etwas, das sich wie ein Band oder eine Kette anfühlte. Verzweifelt zerrte ich daran, in der Hoffnung, dass dieses Ding Russ losließ. Doch nichts dergleichen geschah, stattdessen zog ihn das Wesen von mir weg, tiefer in die Dunkelheit hinein, fort vom Ausgang. Mit aller Kraft riss ich an der Kette. Ich wollte Russ und dieses Ding zurückzuziehen. Doch plötzlich gab sie nach – und ich hielt die Kette in meiner Hand.

Bevor ich begriff, was geschehen war, erhob sich ein Brüllen direkt neben mir. Auch Russ schrie. Ich sah, dass er weiter in die Luft gehoben wurde, er war nun genau über dem Wesen. Was dann geschah, ließ mich vollends an meinem Verstand zweifeln.

Das, was ich für den Kopf hielt, teilte sich in zwei Hälften. Im nächsten Augenblick verschwand Russ' Oberkörper darin. Dann schlossen sich die beiden Hälften und ich hörte ein lautes Knacken. Russ' Schreie verstummten augenblicklich. Aus dem Inneren des Wesens hörte ich stattdessen ein scheußliches Gurgeln. Der Wahnsinn war kurz davor, mich zu packen. Ich wich zurück, ohne dass ich meine Augen von diesem abscheulichen Anblick abwenden konnte.

Da sprudelte etwas aus dem Wesen hervor und klatschte warm auf mich herab. Angewidert betrachtete ich, wie Russ' Beine nach und nach in dem aufgerissenen Schlund verschwanden. Wieder knackte es, in einem gleichbleibenden, ekelerregenden Rhythmus, bei dem mir schlecht wurde. Das Ding kaute. Es kaute Russ!

Ich drehte mich um und rannte buchstäblich um mein Leben, mitten in die von dunklen Schatten übervolle Höhle hinein. Die Schatten zu beiden Seiten kamen langsam auf mich zu. Ihr widerwärtiges Schnaufen schwoll zu einem ohrenbetäubenden Brüllen an. Ich hielt meinen Blick starr auf den Ausgang gerichtet, und doch erhaschte ich aus den Augenwinkeln beleuchtete Tafeln, die mich an Tastaturen und Bedienfelder erinnerten.

Das ist keine Höhle, schoss es mir durch den Kopf, *das ist eine Kommandozentrale!*

Mit einem beherzten Sprung stürzte ich durch die Öffnung ins Freie. Ich fiel auf die Knie und blieb auf dem Bauch liegen. Ich hatte es geschafft!

Panisch riss ich meinen Kopf herum und starrte auf die Öffnung. Ihre Ränder bildeten ein geometrisch sauberes Sechseck, das Portal hatte die Form eines Sargs. Ich hörte sich rasch nähernde Schritte. In dem Eingang erschienen Schatten.

Ich rappelte mich auf und rannte los. Vor mir erstreckte sich der Wald, seine Finsternis erschien mir nach dieser Begegnung wie ein sicherer Hafen. Ich stolperte durch die Schwärze, bis ich auf ein kleines Feld gelangte.

Getrieben von der nackten Angst, sah ich nicht, was ich hätte sehen müssen. Erst als die Lichter erstrahlten, blieb ich wie angewurzelt stehen. Ein tiefes Brummen fuhr mir in die Eingeweide.

Rote, blaue und grüne Lichter färbten die Wiese, und nur wenige Fuß darüber schwebte ein schwarzes Ding. Es musste dasselbe sein, das Russ und mich durch den Wald verfolgt hatte. Lange Zacken ragten in alle Richtungen. Es war gewaltig. Darunter erspähte ich etliche Schatten. Mit einem Mal hoben sie vom Boden ab und glitten wie durch Zauberei zu dem Ding in der Luft. Einen Augenblick später verschwanden sie durch eine Art Luke im Bauch des Fluggeräts.

Ich war in Schockstarre. Erst als mit einem Mal eine Sirene aufheulte, vermochte ich mich daraus zu befreien und lief, wie ich noch nie gelaufen war. Meine Lungen stachen und ich schwitzte trotz der nächtlichen Kälte und meiner noch immer nassen Klamotten.

Ich stürzte immer wieder, doch die blutenden Wunden würde ich erst viel später bemerken. Wie im Wahn rollte ich Abhänge hinunter, stieß mich an abstehenden Ästen, doch ich rannte immer weiter, angetrieben von der schieren Angst, die Wesen könnten mich erwischen. Wenn ich an diese Abend zurückdenke, bekomme ich noch immer Schweißausbrüche und fühle mich wie gelähmt.

Nach gefühlten Stunden verließ mich meine Kraft und ich ließ mich auf die verwelkten Farne fallen. Erst da bemerkte ich, dass ich noch immer diese Kette in meiner Hand hielt.

Nach Luft ringend hielt ich sie mir vor die Augen. Soweit ich das in der Dunkelheit erkennen konnte, hing ein großer runder Anhänger daran. In der Mitte der Scheibe waren seltsame Zeichen eingeprägt. Ich steckte sie in meine Hosentasche, dann kroch ich auf allen Vieren weiter.

Ich zerschnitt mir die Handflächen an Dornen und anderem Zeug, doch das spürte ich in dem Moment kaum. Irgendwann kreuzte ich eine Straße. Das musste die 26 sein, die einzige asphaltierte Straße im Umkreis.

Der Regen ließ mich wissen, dass ich noch lebte. Nach ein paar Meilen griff mich der Sheriff auf. Er brachte mich nach Seaside in die Ambulanz. Dort erfuhr ich, dass die anderen es nach Hause geschafft hatten.

Ich konnte nicht anders, als haltlos zu schluchzen. Auch als meine Eltern endlich kamen – das Krankenhaus hatte sie informiert, nachdem ich stammelnd meinen Namen hervorgebracht hatte –, konnte ich mich nicht beruhigen. Ich heulte die ganze Nacht. Meine Mutter und mein Vater hielten mich abwechselnd in ihren Armen, streichelten mir über den Kopf und murmelten mir beruhigende Worte zu, als sei ich ein kleines Kind.

Die folgenden Tage nahm ich wie durch einen Nebel wahr. Ich lag noch tagelang im Krankenhaus. Neben einer Platzwunde im Gesicht und etlichen Prellungen hatte ich eine angebrochene Hüfte davongetragen. Als ich entlassen wurde, gingen Mom und Dad nicht zur Arbeit, sondern betreuten mich zuhause.

Obwohl sie sich mit größter Fürsorge und Liebe um mich kümmerten, vermochten sie nicht, meine pausenlosen Gedanken an Russ und die schrecklichen Erinnerungen an seinen Tod zu vertreiben. Nacht für Nacht schreckte ich aus Albträumen auf. Es waren düstere Visionen, in denen Russ' Schreie immer und immer wieder von dem grauenhaften Schmatzen dieses Wesens verschluckt wurden.

Je länger dieses furchtbare Ereignis zurücklag, desto undeutlicher und unzusammenhängender wurden diese Träume. Und je länger ich über die sonderbaren Umstände dieses Abends nachdachte, desto mehr fragte ich mich, ob ich all das überhaupt erlebt hatte.

Die Armee und Leute in weißen Ganzkörperanzügen und mit Helmen kamen täglich zu uns und stellten mir alle möglichen und unmöglichen Fragen.

Ich hatte den Eindruck, dass diese mysteriösen Regierungsmitarbeiter ganz genau wussten, was im Wald abseits von Salmon Creek vorgefallen war. Immer wieder untersuchten sie mich, schienen nach irgendwelchen Anomalien meiner Körperfunktionen zu suchen. Überprüften, ob ich radioaktiv verstrahlt war. Ich war es nicht!

Nicht nur ich litt in den folgenden Jahren unter der ständigen Kontrolle durch die Regierung, auch den Rest meiner Familie nahm das alles mit. Am schlimmsten waren die so genannten Dialogsitzungen, in denen mir ein Psychiater - zumindest hielt ich ihn dafür - die immer gleichen Fragen zum Hergang des Abends stellte und versuchte, mir Antworten in den Mund zu legen.

Ich sollte glauben, dass ich den abgestürzten Prototyp eines Air-Force-Entwicklungsprojekts gesehen hatte, das außerirdische Bauwerk sollte ich mir in der Folge meiner Verwirrung und meines Haschischkonsums nur eingebildet haben. Russ sei bei dem Absturz ums Leben gekommen. Und das Militär hätte das Areal vorsorglich abgesperrt, da auch radioaktives Trägermaterial aus dem experimentellen Antrieb entwichen sei. Die Kette, die ich besaß, hatte ich nie erwähnt. Sie blieb mein Geheimnis. Und sie war der einzige Beweis dafür, dass ich nicht verrückt war.

Meine Freunde distanzierten sich mit der Zeit immer mehr von mir und in der Schule hatte ich es immer schwerer. Für die Kids dort galt ich nun als Freak und wurde wie eine Aussätzige behandelt. Am Ende war ich froh, dass ich die Highschool ohne größere Zwischenfälle hinter mich gebracht hatte.

Erst als ich in Portland mit dem Studium begann und beim *Secret Observer* als Nachwuchsreporterin anfing, wurde mir langsam bewusst, dass die Dinge, die ich erlebt hatte, die Wirklichkeit gewesen waren.

Der Redaktionsleiter des *Observers*, Fergus Grabowsky, fand ziemlich schnell heraus, dass auch bei mir – wie bei den meisten Praktikanten vor mir - ein Ufo-Erlebnis der Grund für die Arbeit bei dem Magazin war. Dieser kleine Kerl mit den dicken Brillengläsern und den flusigen Haaren, der ausschließlich in einem antiquierten Tweed-Anzug herumlief, hatte einen ausgesprochen guten Riecher für wahre und falsche Geschichten. Als ich irgendwann den Mut fasste und ihm meine Geschichte anvertraute, war ich überrascht, dass er mich nicht für verrückt erklärte. Grabowsky glaubte mir und berichtete von ähnlichen Vorfällen. Er bestätigte meinen Verdacht, dass die Regierung von den Außerirdischen wusste – und dass es kein nationales Thema, sondern eine weltweite Verschwörung war. Das war der Augenblick, an dem mein Interesse an der Sichtung der Außerirdischen geweckt wurde.

NELLIS RANGE

Ich wurde zurück in die Gegenwart katapultiert, als Nelson scharf bremste. Ich riss meine Augen auf und sah, dass er an den Straßenrand fuhr. Im Licht der Scheinwerfer erschien Harris. Es tat gut, ihn zu sehen. Er hatte meinen AMC abseits der Informationstafel zwischen rostigen Überseecontainern am Rand der 95 geparkt. Mit all den Schrammen von der Verfolgungsjagd passte der Wagen unerwartet gut in dieses entrückte Ensemble.

Eine Meile weiter befand sich die Kreuzung, von der die 160 in Richtung Pahrump abging. Harris stieg auf die Rückbank.

»Sebastian Harris. Sehr erfreut«, stellte er sich vor.

Bruce Nelson nickte nur, machte den Motor aus und schaltete das Licht im Innenraum ein.

»Also«, begann er, »Sie müssen nicht alles verstehen, was ich Ihnen sage. Aber ich verlange, dass Sie einfach mitmachen, verstanden?«

Ich drehte mich um. Harris saß in der Mitte und sein Gesichtsausdruck verriet, dass er hunderte, wenn nicht sogar tausende Fragen hatte.

»Für den Fall, dass mein Plan an irgendeiner Stelle fehlschlägt, die Unterlagen also auf ihrem Weg irgendwo abgefangen werden, habe ich Alternativoperationen erarbeitet.«

»Aha.«

Nelson sah ihn irritiert an.

»Was denn?«, fragte Harris. »Ich mache mit. So, wie Sie es sagten. Dazu gehört, dass ich zustimmende Geräusche mache.«

»Versuch nicht, mich zu verarschen, Junge!«, drohte Nelson.

Harris schwieg und Nelson fuhr fort.

»Die einzige Möglichkeit, zum Kontrollpunkt vor Mercury zu gelangen, ist in Ausübung meiner Tätigkeit. Ich habe die Befugnis, unangekündigte Audits durchzuführen.«

»Im Rahmen der Flugsicherung?«, fragte ich.

»Der McCarran-Flughafen ist der wichtigste zivile Flughafen der Region. Die militärischen Flughäfen müssen gelegentlich Auskunft über ihre geplanten Flüge geben«, erklärte er. »Das machen sie heutzutage meist digital, aber ein großer Teil der Flüge wird immer noch an verschiedenen Stellen in staubigen Ordnern archiviert. Zu diesen Dokumenten habe ich als Leiter der Flugsicherung Zutritt, wenn im Rahmen eines Audits der nationalen Flugüberwachung Anlass dazu besteht.«

»Sie machen Witze!«, rief Harris. »Das glauben die uns doch nie und nimmer!«

»Abwarten«, sagte Nelson. »Sie beide werden meine Auditoren sein, und Sie werden mit mir in die Nellis Range fahren. Zehn Meilen hinter dem Security-Check liegt Gate 1. Dorthin geht es gleich. Hier sind Ihre Ausweise.«

Nelson kramte in seiner Hosentasche und holte zwei Plastikkarten heraus, von denen er eine Harris und eine mir gab. Entsetzt starrte ich auf das Foto der kurzhaarigen Frau, die bestimmt schon an die vierzig war. Dann las ich den Namen.

»Ludmilla Preobrazhensky?«

Harris lachte laut und las vor, was auf seinem Ausweis stand.

»Dirk Schindler! Hören Sie mal, Mister Unbekannt, die am Security-Check lachen sich doch kaputt, wenn sie auf das Foto gucken! Oder meinen Sie, ich sehe aus wie ein fettes, altes Weißbrot?«

»Bruce Nelson«, sagte Nelson ruhig. »Verzeihen Sie bitte, dass ich mich noch nicht vorgestellt habe. Die Leute auf den Fotos sind die eigentlichen Ingenieure. Doch sie sind aufgeflogen, als rauskam, dass die CD-ROM gestohlen wurde.«

»Dirk!«, lachte Harris weiter. »Ich fasse es nicht.«

»Haben Sie an die Schere und den Kleber gedacht?«, fragte Nelson.

Harris nickte. Er holte beides aus seiner Hemdtasche und gab es Nelson. »War gar nicht so leicht, Ray das Zeug abzuschwatzen.«

»Mister Harris, Ihren Ausweis brauche ich noch einmal«, sagte Nelson.

Nelson nahm die Gegenstände an sich und legte sie auf das Armaturenbrett. Dann holte er ein paar Passfotos aus seiner Hosentasche hervor und sah sie sich nacheinander an, wobei er immer wieder einen Blick auf mich und Harris warf.

»Das hier müsste einigermaßen passen«, murmelte er.

Dann schnitt er das ausgewählte Foto zurecht, rieb die Unterseite mit dem Klebstoff ein und drückte es auf die Plastikkarte. Nelson blickte auf und musste meinen entsetzten Blick bemerkt haben.

»Was ist? Haben Sie noch nie einen Ausweis gefälscht?«, fragte Nelson lässig.

Er gab Harris die Karte. Dieser sah sie sich an und schüttelte den Kopf. »Ich hoffe, Sie haben gleich 'ne gute Ausrede, warum ich als Schwarzer ›Dirk‹ heißen sollte. Immerhin passt das Foto jetzt einigermaßen.«

»Solange die CD-ROM an Gate 1 liegt, haben wir eine Chance, sie zurückzubekommen«, sagte Nelson, ohne Harris' Einwurf zu beachten, »und damit die Möglichkeit, die darauf befindlichen Fotos zu veröffentlichen. Ich denke, ich muss Sie nicht darauf hinweisen, wie ernst die Lage ist, oder?«

Ich sparte es mir, Harris einen bedeutungsschwangeren Blick zuzuwerfen.

Die Nacht hatte die Wüste vollends in ihr schwarzes Kleid gehüllt, als wir von der 95 auf den Mercury Highway abfuhren. Gleich hinter der Abfahrt leuchteten die Scheinwerfer des Security-Postens. Die Uhr im Wagen zeigte, dass es halb zehn war. Ich bekam Schiss, ab jetzt wurde es ernst. Nelson wandte sich an uns.

»Egal, was geschieht und was sie Ihnen versuchen zu erzählen: Lassen Sie sich nichts anmerken.«

Ich wusste, dass die Zufahrt zum Testgelände an dieser Stelle nicht mit einem Tor gesichert war. Ich wusste aber auch, dass zu dieser Zeit niemand durchkam, ohne von den Sicherheitskräften kontrolliert zu werden.

»Da sind sie«, sagte Nelson leise.

An dem kleinen Gebäude standen drei Soldaten. Ich erkannte, dass sie ihre Gewehre in der Hand hielten. Einer trat auf die Straße und bedeutete uns anzuhalten. Nelson ließ den Wagen ausrollen und kurbelte die Scheibe herunter. Die bewaffnete Sicherheitskraft blickte zu uns hinein. Bruce Nelson hielt ihm die Ausweise hin. Ohne eine Miene zu verziehen, nahm der Soldat sie an sich.

Ich drehte meinen Kopf, um ihn besser sehen zu können. Für meinen Geschmack schaute er ein paar Sekunden zu lang auf die Karten. Ich hörte, wie Harris hinten mit seinen Schuhen über den Boden kratzte. Dann gab der Soldat Nelson die Ausweise zurück. Doch im gleichen Augenblick winkte er seine Kameraden heran.

Mir wurde bang. Die zwei anderen Soldaten stellten sich zu beiden Seiten des Autos auf. Der Kontrolleur nahm die Hände ans Gewehr.

»Es tut mir leid, Mister«, sagte er. »Ich muss eine Meldung an die Zentrale machen. Mir scheint, dass Sie sich unerlaubt Zutritt zum Testgelände verschaffen wollen.«

Die Soldaten traten noch einen Schritt näher an den Wagen heran. Ich hörte das Blut in meinen Ohren rauschen. Sie würden uns nicht durchlassen. Doch Nelson hängte sich lässig aus dem Fenster.

»Hören Sie, Private ...«, sagte er. »Sie wissen anscheinend nicht, dass das weitreichende Konsequenzen für Sie haben kann.«

»Vorschrift ist Vorschrift«, erwiderte der Soldat gleichgültig. »Ich kann Sie nicht ohne eine offizielle Anmeldung der Dienststelle auf das Gelände ...«

»Dann lassen Sie mich mit Ihrer Dienststelle reden«, unterbrach Nelson den Soldaten streng. »Ich weiß, dass Major Dipinto gerade Dienst hat.«

Der Soldat stand still. Er wirkte auf einmal unsicher.

»Major Dipinto ist doch gegenwärtig der ranghöchste Offizier in Ihrer Dienststelle, richtig?«, hakte Nelson nach.

»Ja, Sir«, bestätigte der Soldat fügsam.

»Was, glauben Sie, wird passieren, wenn ich Major Dipinto, bei dem ich bereits einige Male Sicherheitsüberprüfungen durchgeführt habe, berichte, dass Sie mich an einer staatlich angeordneten Kontrolle hindern?«

Der Soldat blieb stumm. Offenbar hatte Nelson ihn tatsächlich verunsichert. Der Kerl überraschte mich langsam.

»Da Sie nichts erwidern, schätze ich, dass wir uns einig sind und dass Sie nicht die Absicht haben, mich und die durch meine Stabsstelle beauftragten Sicherheitsingenieure von der Arbeit abzuhalten?«

Der Soldat ließ das Gewehr sinken. Ein dünner Lichtschein erhellte das ernste Gesicht unter seinem Helm. Der Typ war Anfang zwanzig.

»Nein, Sir. Sie haben recht. Sie dürfen passieren.«

Ich konnte diesem armen Würstchen ansehen, dass ihm diese Situation mehr als peinlich war.

»Danke für Ihre Einsicht«, sagte Nelson versöhnlich. »Wissen Sie, ich mache den Job schon etwas länger, und seltsamerweise habe ich an diesem Posten die meisten Schwierigkeiten.«

»Es tut mir leid, dass ich Sie aufgehalten habe, Sir«, antwortete der Soldat kleinlaut.

Nelson zog den Kopf zurück in den Wagen und fuhr weiter. Der unbeleuchtete Mercury Highway führte geradeaus zu den Bergen, zwischen denen Mercury lag, eine für die Öffentlichkeit gesperrte Stadt, in der die Mitarbeiter der Nevada Test Site wohnten und arbeiteten.

»Das hat wirklich geklappt!«, rief ich erleichtert.

»Das war der einfachere Teil«, sagte Nelson ernst. »An diesem Kontrollpunkt stehen meistens Volltrottel. Gate 1 ist da ein ganz anderes Kaliber. Das werden Sie gleich sehen.«

Trotz Nelsons mahnender Worte war ich aufgekratzt. Nie hätte ich mir träumen lassen, dass ich diesen Ort zu Gesicht bekäme. Und ich wusste, dass es eine Menge Leute gab, die neidisch auf mich sein würden.

Vor uns erschien Gate 1. Was ich mir immer als mickrigen Checkpoint mit Stromzaun, Schranke und Rolltor ausgemalt hatte, erwies sich als großes, zweistöckiges Gebäude rechts der Straße. Mehrere überdachte Schranken mit Kontrollhäuschen, die der Grenze zu Mexiko alle Ehre gemacht hätten, trennten uns von dem Inneren der Nellis Range. Auf dem stattlichen Parkplatz standen militärische und zivile Fahrzeuge.

Nelson parkte seinen Wagen in einer freien Lücke. Wir waren kaum ausgestiegen, als schon Soldaten aus dem Gebäude kamen.

»Mister Nelson. Sie sind es tatsächlich«, sagte einer mit einer Halbglatze. »Der Security-Check hat gesagt, es sei eine Karnevalstruppe auf dem Weg hierher.«

»Nichts für ungut, Major Dipinto. Ich bin es gewohnt, dass mir bei meiner Arbeit Steine in den Weg gelegt werden. Aber seien Sie gewiss, meine Auditoren sind diesmal gnadenlos.«

Major Dipinto lächelte und schüttelte Nelson die Hand. Dann sah er mich an. Nelson hatte offenbar Nerven wie Drahtseile.

»Das sind Miss Preobrazhensky und Mister Schindler. Sie werden mich heute begleiten«, erklärte er beiläufig.

»Warum zu dieser Uhrzeit, Mister Nelson?«, fragte Dipinto misstrauisch.

»Haben Sie schon mal bei der Flugsicherung gearbeitet?«, erwiderte Nelson. »Manchmal träume ich von Ihren Arbeitszeiten und bereue es, dass ich nicht bei der Armee geblieben bin.«

Dipinto lachte und führte uns hinein. Ich kam mir bescheuert vor. Denen musste doch auffallen, dass wir sie verarschten. Ich lief immerhin mit einer kurzen Jeans und einem schmutzigen T-Shirt herum.

Als wir das Gebäude betraten, fiel mir auf, wie die Soldaten uns musterten. In dem großen Raum der Einsatzzentrale wimmelte es nur von Uniformierten. Dipinto bat uns, ihm zu folgen. Mit zwei weiteren Soldaten marschierten wir aus der Zentrale in einen schmalen Korridor, dort bogen wir kurz hinter der Tür links ab und dann direkt rechts in einen dunklen Raum.

Der Major schaltete das Licht an und eng aneinandergereihte Aktenschränke erschienen. Er wandte sich an mich.

»Welchen Zeitraum benötigen Sie?«

Ich erstarrte und blickte in zwei charakterfeste Augen. Ich holte kurz Luft und räusperte mich.

»Ich denke, das aktuelle Quartal dürfte für den Anfang reichen«, sagte ich ruhig.

Die Antwort schien Major Dipinto zu genügen. Er führte mich zum äußersten Gang und wies auf eine Stelle im Regal.

»Wenn Sie Fragen haben«, sagte er, »Private Preston und Private Logan beantworten sie Ihnen gern.«

Dann verabschiedete er sich und ging hinaus. Ich hörte seine kräftige Stimme in der Zentrale um die Ecke. Harris tat so, als suchte er irgendwelche Unterlagen. Die beiden Privates standen auf dem Korridor.

»Und jetzt?«, flüsterte ich. »Wo ist die CD-ROM?«

Nelson packte mich am Arm und führte mich ans Ende eines Gangs.

»Es gibt einen Postraum«, sagte er leise.

»Schön und gut«, zischte ich. »Aber wir sind in einer geheimen militärischen Anlage, verdammt. Da können wir nicht einfach so mir nichts, dir nichts in den Postraum marschieren!«

»Schon gut.« Nelson hob beschwichtigend die Hände. »Ist ja nicht so, als hätte ich mir das vorher nicht gedacht. Ich habe natürlich einen Plan. Ich besorge die CD-ROM und Sie tun so, als ob Sie arbeiten. Alles klar?«

Ich nickte. Nelson sah auf seine Uhr.

»Schon fast zehn, verdammt.«

Dann schritt er entschlossen nach vorn und marschierte einfach zur Tür hinaus.

»Wo wollen Sie hin, Sir«, murrte einer der Privates.

»Muss ich etwa um Erlaubnis fragen, wenn ich mal muss?«, fragte Nelson unfreundlich.

Der Soldat erwiderte nichts und blickte ihm nur gleichgültig hinterher. Nelson war gerade verschwunden, als ich Dipintos Stimme hörte.

»Colonel Blackwood, Sir. Schön, Sie hier zu sehen.«

»Major Dipinto. Ich habe wichtige Fracht für Groom Lake. Hat sich der Postdienst schon gemeldet?«

»Ist gleich da, Sir.«

Meine Knie wurden weich. Blackwood, dieser unberechenbare Killer, der mich um ein Haar ins Jenseits befördert hätte, war hier! Noch immer klingelte seine Drohung in meinen Ohren, und ich wusste, dass er sein Wort halten würde.

Panisch blickte ich zur Tür. Es klang, als kämen die undeutlichen Stimmen Blackwoods und Dipintos aus der Zentrale. Wenn Blackwood die CD-ROM noch hatte, suchte Nelson umsonst. Wir mussten hier raus, bevor er uns entdeckte! Ich schob ein paar Ordner beiseite und blickte Harris an.

»Hast du das gehört?« Meine Stimme bebte.

»Was denn?«, fragte er geistesabwesend. »Ich lese gerade, dass nach jedem Flug auch die Menge an benötigtem Treibstoff angegeben werden muss. Irre, was?«

»Harris!«, fauchte ich. »Dieser Psychopath, der mir die CD-ROM abgenommen hat, ist hier! Und er hat die CD-ROM bei sich!«

»Dann sucht Nelson an der falschen Stelle!«

Ich sah, dass er langsam begriff. Wir schlichen zur Tür. Solang diese Soldaten uns bewachten, war es unmöglich, zu Nelson zu gelangen. Hoffentlich hatte er Blackwood auch gehört. Plötzlich vernahm ich aufgebrachtes Stimmengewirr.

»Sie hat den Kontrollpunkt durchbrochen, Sir.«

»Es ist mir scheißegal, welchen Rang Sie haben«, hörte ich eine wütende Frauenstimme. »Ich will das verdammte Geld!«

»Melissa?«, flüsterte ich entgeistert. »Woher weiß sie, wo Blackwood ist?«

Harris sah mich erstaunt an.

»Ich denke, ich habe Ihnen deutlich gemacht, dass Sie unter den gegebenen Bedingungen keine Belohnung erhalten können«, hörte ich Blackwood. »Darüber hinaus hatte ich Sie nach unserem Vorgespräch darauf hingewiesen, nicht mehr hierher zu kommen.«

»Ich habe Ihnen gegeben, was Sie wollten. Das Geld steht mir zu!«

»Hören Sie auf, mir auf die Nerven zu gehen.«

»Sicher«, sagte Melissa aufgebracht, »geben Sie mir mein Geld und ich verschwinde von hier!«

»Nein!«

»Die Bank sitzt mir im Nacken, verdammt!«, flehte sie.

»Das sind Ihre Probleme«, sagte Blackwood gelangweilt. »Und nun machen Sie, dass Sie wegkommen. Sie sind widerrechtlich hier eingedrungen.«

»Nein«, keifte Melissa. »Ich bleibe so lange, bis ich meine Belohnung habe!«

Es blieb kurz still.

»Alle Sicherheitskräfte in die Zentrale«, ordnete Dipinto an. Die beiden Privates an unserer Tür entfernten sich augenblicklich. Still dankte ich Melissa.

»Los, Harris! Zu Nelson.«

Ich schlich hinaus bis zur Kreuzung und warf einen Blick in die Zentrale. Die Soldaten waren damit beschäftigt, Melissa hinauszutragen. Sie schrie und spuckte, ihre Beine baumelten in der Luft. Blackwood stand mit dem Rücken zu uns, er sah sich das Spektakel vom Empfangspult aus an.

Ich huschte durch die Tür gegenüber. In dem kleinen Raum stießen wir fast mit Nelson zusammen, der sich offenbar gerade auf den Weg zu uns gemacht hatte. Besorgt sah er uns an.

»Die CD-ROM ist nicht hier«, sagte ich hastig.

»Ich hab's gehört«, flüsterte Nelson.

Harris kam hereingeschlichen.

»Die werden bald merken, dass wir uns verdrückt haben.«

»Blackwood sollte auf keinen Fall wissen, dass ich hier bin«, sagte Nelson.

Ein Quietschen von draußen beunruhigte mich. Bruce Nelson kroch zum Fenster.

»So ein Mist«, fluchte er. »Das ist der Postdienst. Und sie haben Melissa vor die Tür gesetzt.«

»Blackwood wird die Sachen zum Postwagen bringen«, sagte ich niedergeschlagen.

»Und wir werden sie dort abholen«, erwiderte Nelson bestimmt.

»Und wie, bitteschön?«, fragte Harris. »Sollen wir uns dort hinbeamen?«

»Wir nehmen den Ausgang am Ende des Flurs«, sagte Nelson.

»Die sehen uns doch, wenn wir da langkriechen!«

»Mister Harris, der Postdienst wird in einer Minute in diesem Raum stehen. Bis dahin sollten wir von hier verschwunden sein.«

Nelson ging zur Tür und spähte hinaus. Dann gab er uns ein Zeichen, dass die Luft rein war. Ohne in die Zentrale zu blicken, schlichen wir auf den Korridor und hielten auf das andere Ende zu.

»Hier sind überall Kameras«, flüsterte ich.

»Die werden das Material erst in ein paar Minuten auswerten«, antwortete Nelson.

Ohne Aufmerksamkeit zu erregen, erreichten wir das Ende des Gangs. Dort bogen wir rechts ab und standen vor einer Tür. Ich hätte schwören können, dass sie elektronisch gesichert war, doch Nelson öffnete sie einfach und trat hinaus in die Nacht.

Vor uns lag der Parkplatz, er war menschenleer. Melissa war offenbar auch schon weg. Wir schlichen zu dem grauen Lieferwagen, der am Haupteingang stand. Nelson blieb stehen und sah uns an.

»Wenn der Postdienst rauskommt, halten Sie den Mann fest. Ich werde ihm den Umschlag mit der CD-ROM abnehmen, und dann sehen wir zu, dass wir Land gewinnen!«

»Sorry«, schnaubte ich, »aber das klingt nach einem echt dummen Vorschlag. Die werden uns erschießen, bevor wir die CD gefunden haben! Ich habe da eine andere Idee.«

Nelson blickte mich ungehalten an. Offenbar akzeptierte er nur seine eigene Vorgehensweise. Ich deutete auf den Lieferwagen: Die Türen des Laderaums standen offen.

»Sie meinen …«

Nelson verstand. Einer seiner Mundwinkel hob sich unwillkürlich. Ich nickte. Und erlaubte mir ein kurzes selbstzufriedenes Grinsen.

TRANSPORTER

Die Doppeltür des Lagerraums flog auf und jemand stapfte herein. Ich hoffte inständig, dass die Soldaten nichts in der Box verstauen wollten, in der ich hockte. Durch die schmalen Schlitze der Klappe sah ich die Beine einer uniformierten Person, sie stellte etwas über mir ins Regal. Dann sprang sie wieder heraus und brachte zwei weitere Kisten herein.

Mein Atem ging schnell und flach. Mehr Platz, um richtig Luft zu holen, hatte ich sowieso nicht. Nelson hatte geächzt, als er sich in eine der Boxen am Boden des Laderaums gezwängt hatte, er war offenbar nicht der Gelenkigste.

Ich spähte zur anderen Seite des Laderaums, doch ich konnte hinter den Klappen der anderen Boxen nichts erkennen, so sehr ich mich auch anstrengte.

Ich hörte, wie eine Tür der Fahrerkabine geöffnet wurde und jemand einstieg. Der Soldat verließ den Laderaum und schloss die Tür. Das kalte Neonlicht erlosch und ich hörte, dass auch er vorne einstieg.

»War ein langer Tag für Sie, Colonel?«, ertönte eine Stimme aus der Fahrerkabine.

»Ein beschissener Tag!«

Das war Blackwoods Stimme! Er war hier im Transporter, offenbar wollte er die Unterlagen persönlich nach Groom Lake bringen.

»Die Verrückte macht mich noch wahnsinnig«, hörte ich ihn sagen. »Ich sollte besser darauf achten, wen ich für solche Spitzeldienste anheure.«

Dann heulte der Motor auf und der Lieferwagen setzte sich schaukelnd in Bewegung. Es war ein Chevrolet G30. Nicht einer der schnellsten Transporter, weshalb ich annahm, dass es eine lange Fahrt durch die Wüste werden würde.

Der Wagen stoppte mit quietschender Bremse, wir mussten gerade die Schranke erreicht haben. Ich hörte, wie jemand eine gute Fahrt wünschte, dann war da nur noch das Geräusch des Motors. Wir fuhren mitten in das Herz der Nellis Range!

Mir wurde es langsam zu eng. Leise öffnete ich die Klappe und kroch aus der Box. Begierig schnappte ich nach Luft. Es war stockfinster, doch durch die kleine Glasscheibe, die sich in der Trennwand zwischen Laderaum und Fahrerkabine befand, drang etwas Licht. Ich erkannte die Umrisse der Regale und der Boxen am Boden. Zwei andere Klappen öffneten sich. Harris schob sich in den Gang, von Nelson kam nur ein Arm zum Vorschein.

»Ich stecke fest«, flüsterte er gepresst. »Können Sie mir vielleicht ...«

Wir konnten. Harris und ich zogen gleichzeitig an seinem Arm und schafften es so, den armen Nelson aus seiner misslichen Lage zu befreien. Er bedankte sich und so hockten wir auf dem Boden des Laderaums und blickten uns um.

»Gar nicht so leicht, in so ein Ding zu kriechen, wenn man so groß ist«, sagte er.

»Blackwood sitzt vorne«, wisperte ich. »Und er hat garantiert die CD-ROM bei sich.«

»Da kommen wir also unmöglich ran«, bemerkte Harris flüsternd.

Ich nahm seine Hand. Durch die Dunkelheit sah er mich an. Es tat gut, ihn zu spüren. Am liebsten hätte ich losgeheult. Ich konnte einfach nicht mehr, dieser Tag hatte mir alles abverlangt und nun war der Saft raus. Ich war nur noch eine leere Batterie. Harris legte seine andere Hand auf meine und streichelte sie.

»Wenn wir tatsächlich nach Groom Lake fahren«, sagte Nelson, »sind wir noch circa sechzig Meilen unterwegs.«

»Zeit genug, um uns was einfallen zu lassen.« Ich konnte ein Gähnen nicht unterdrücken.

Bruce Nelson hockte auf dem Boden und starrte in die Finsternis. Dann rieb er sich die Augen und fuhr mit seinen Fingern unter seinen Hemdkragen.

»Ehrlich gesagt, bin ich mit meinem Latein am Ende. Ich denke nur noch an rohe Gewalt. Wenn ich doch nur eine Waffe hätte …«

»Entschuldigen Sie, wenn es Sie persönlich trifft«, sagte ich, »aber dieser Ansatz ist genauso hirnrissig wie der eben, als Sie den Postboten vermöbeln wollten.«

»Ich kenne mich in Groom Lake überhaupt nicht aus«, entschuldigte sich Nelson. »In solchen Situation werde ich immer schnell körperlich. Ich hoffe, dass wenigstens eine meiner Kontaktpersonen vor Ort ist und helfen kann.«

»Kontaktpersonen?«, fragte Harris.

Der Lieferwagen schaukelte über die Straße. Den Weg von Gate 1 nach Groom Lake kannte ich ziemlich gut, wenn auch nur in der Theorie, von inoffiziellen Karten: Hinter Mercury führte eine Straße Richtung Norden durch das Testgelände, vorbei an den Kratern vergangener Waffentests. Irgendwann würden wir Richtung Osten abbiegen und nach einigen Meilen das geheimnisvolle Militärgelände am Rande des Salzsees erreichen, der den Namen Groom Lake trug.

»Ja«, bestätigte Nelson. »Um die CD-ROM rauszuschaffen, brauchte ich ein zuverlässiges Netzwerk an Mitstreitern in verschiedenen Positionen und Funktionen. So etwas kann ein Mann allein unmöglich schaffen.«

»Klingt, als hätten Sie das von langer Hand geplant«, bemerkte Harris.

Nelson nickte. Aus dem Fahrerraum ertönten wieder Stimmen. Offenbar unterhielt sich Blackwood mit dem Postboten.

»Ich schätze, die einzige Möglichkeit, die uns bleibt, ist es, Blackwood die CD-ROM in einem günstigen Moment wegzunehmen«, sagte ich schließlich.

»Das klingt so einfach, wenn du das sagst, Jeannie«, kommentierte Harris ironisch. »Wir kommen dann in Area 51 an und klauen einem Killer die CD-ROM mit den Ufo-Fotos.«

»Darauf wird es hinauslaufen«, nickte Nelson ohne jede Ironie.

»Bescheuerter Plan.«

»Dann schlag was Besseres vor, Harris!«, wisperte ich genervt.

Neben mir knackte etwas und ich fuhr unwillkürlich zusammen. Auch die anderen hatten es gehört. Mein Blick flog über die dunklen Boxen. Dann sah ich es. Bei der Box neben mir hatte sich die Klappe geöffnet.

»Schon gut«, beruhigte ich mich selbst. »Das war nur ...«

Eine Hand klatschte auf meinen Oberschenkel. Ich unterdrückte einen Schrei. Doch im selben Augenblick hörte ich: »Psst! Alles okay.«

Ich wich zurück und die Hand glitt von meinem Schenkel. Harris nahm mich in den Arm.

»Da ist jemand in der Kiste!«, wisperte Nelson.

Eine zweite Hand erschien, gefolgt von zerzausten Haaren.

»Und ich dachte, ich wäre die einzige, die auf diese blöde Idee gekommen ist.«

»Melissa McLane?«, zischte Harris.

Sie war es. Unelegant kämpfte sie sich aus der Box und setzte sich neben uns. Bevor sie mit uns sprechen konnte, richtete sie ihr Haar und zupfte an ihrem Kleid. Dann blickte sie uns an. Die Frau wurde mir immer unheimlicher. Noch immer saß mir der Schock des Nachmittags in den Knochen.

»Was ist?«, fragte sie herausfordernd. »Ich finde auch, dass das ein beknackter Plan ist.«

»Was zur Hölle machen Sie hier?«, presste ich hervor.

»Dieser Blackwood ist ein mieses Arschloch, das mich um eine Menge Geld bringen will. Dabei steht es mir zu, verdammt! Ich hab' ihm diese verfickte CD-ROM besorgt. Wenn er nicht liefert, was er mir zugesichert hat, hole ich mir das Ding zurück. Ihr wollt diese beschissene CD? Ich bin dabei. Bis die Vollidioten von der Army mit dem Geld rausrücken.«

Ich war baff. Diese Melissa hatte tatsächlich Eier.

»Sie sind entweder ganz schön mutig oder ganz schön durchgeknallt, Miss.« Nelson klang beinahe bewundernd.

»Weder das eine noch das andere, Anzugratte«, giftete Melissa. »Ich bin einfach nur so verzweifelt, wie es eine alleinerziehende Mutter sein kann.«

»Dann hoffe ich, ihr Kind ist gerade nicht allein zuhause«, bemerkte Nelson etwas überheblich.

»Glauben Sie, dass ich so dämlich bin?«, fauchte Melissa.

Danach herrschte erst einmal für eine Weile Stille und ich lauschte dem Geräusch des Motors. Ich wurde schläfrig. Ein Gefühl der Ohnmacht überkam mich; es würde ein Ding der Unmöglichkeit werden, an die CD-ROM zu gelangen.

»Das schaffen wir nie«, seufzte ich.

»Ihr habt immerhin mich«, sagte Nelson selbstherrlich.

»Wollen Sie wieder Ausweise fälschen?«, fragte Harris resigniert.

»Ich war zwölf Jahre lang bei der Armee«, erklärte Nelson würdevoll. »Spezialeinheit Geiselbefreiung. Die Chancen gehen zwar gegen null, aber ich habe immerhin gewisse Kenntnisse. Vielleicht helfen sie uns dabei, Blackwood die CD-ROM abzunehmen.«

»Na schön.« Harris stieß die Luft aus. »Was haben Sie auf dem Kasten?«

»Ich kenne mich aus im taktischen Anschleichen und Verfolgen. Ich erkenne neuralgische Punkte, an denen Überwachungssysteme installiert sind. Und ich kenne die Tricks, die nur jemand kennt, der jahrelang in geheimen Anlagen gearbeitet hat«, zählte Nelson auf. »Nichtsdestotrotz sind wir in der wahrscheinlich am besten gesicherten und geheimsten Anlage der Vereinigten Staaten, und ja, es ist ein Ding der Unmöglichkeit. Zumal wir unbewaffnet sind.«

»Sind wir nicht«, lächelte Melissa triumphierend.

GROOM LAKE

Es war gegen Mitternacht, als der Lieferwagen anhielt. Blackwood und der Fahrer stiegen aus. Wir hockten längst wieder in unseren Boxen und warteten gespannt auf das, was als Nächstes passieren würde. Melissas Colt hatte ich in meinem Rucksack verstaut. Sie hatte ihn die ganze Zeit über unter einem Strumpfband festgeklemmt und langsam hatte ihr Bein zu schmerzen begonnen. Die Tür des Laderaums ging auf. Unwillkürlich hielt ich die Luft an.

»Das hat Zeit, Rollins«, hörte ich eine Stimme sagen, »wenigstens eine Zigarette.«

Dann hörte ich Schritte, die sich entfernten. Es waren also mindestens zwei Männer. Sie befanden sich offenbar in unmittelbarer Nähe des Lieferwagens und machten eine kurze Pause, wobei sie sich unterhielten.

»Pst«, zischte ich. »Wir sollten hier raus! Blackwood ist schon weg.«

Ich öffnete die Klappe meiner Box und stieg leise heraus, auch die anderen Boxen klappten auf. Da standen wir also, bereit, das Unmögliche zu wagen.

Hinter der Tür des Laderaums lag einer der geheimnisvollsten Orte der Welt. Ich konnte nicht fassen, dass ich hier war.

Mein Herz explodierte fast vor Aufregung. Ich blickte zu den anderen. Sie nickten.

Nelson schob sich an mir vorbei. Wachsam streckte er den Kopf aus dem Wagen. Dann gab er uns ein Zeichen und hüpfte hinaus. Wir folgten ihm, und als ich meine Füße auf den weißen Betonboden setzte, kam ich aus dem Staunen nicht mehr heraus.

Der Lieferwagen stand in einer Halle. Wobei ich das Gefühl hatte, zweihundert Jahre in die Zukunft gereist zu sein. Futuristisches Weiß dominierte spiegelglatte Wände. Dazwischen waren diagonale Pfosten und Streben, an denen schmale rote Leuchten blitzten. Der Transporter parkte mit dem Heck zur Wand. Noch immer hörte ich die Stimmen der Soldaten, sie mussten vor dem Lieferwagen stehen.

»Er ist dort hineingegangen«, flüsterte Nelson und deutete in eine Richtung, »ich habe ihn gerade noch sehen können.«

Ich folgte seinem Blick und entdeckte einen Durchgang, vor dem leere Paketwagen standen.

Nelson sah uns fest an. »Hier ist alles voller Kameras. Es wird schwierig sein, nicht gesehen zu werden. Hoffen wir, dass sie jetzt in der Nacht ein paar Runden Poker spielen.«

Wie der Wind huschten wir vier zu dem Durchgang. Kurz blickte ich in die Halle. Außer den beiden Wachen schien zu dieser Uhrzeit niemand hier zu sein. An der hinteren Wand befand sich in Deckenhöhe eine Art Kontrollkabine. Hinter der riesigen Glasscheibe sah ich einige Pulte, auf denen etliche Computerbildschirme standen. Doch wie es aussah, war der Raum zurzeit nicht besetzt. Ein Tor, durch das wir hereingekommen sein konnten, entdeckte ich nicht.

Wir bogen um die Ecke und blieben im Schutz der Postwagen stehen. Vor uns lag ein hell erleuchteter Korridor. An dessen

Ende marschierte Blackwood. Nelson hielt einen Zeigefinger an seinen Mund. Ohne hinzusehen, zeigte er nach oben.

Ich blickte hinauf und entdeckte eine Kamera. Sie drehte sich langsam nach rechts. Als sie am Anschlag ankam, wanderte sie zurück. Blackwood bog am Ende des Korridors rechts ab.

»Unwahrscheinlich, dass sie Geräusche registriert«, wisperte Nelson. »Ich gebe ein Zeichen, wenn die Kamera nicht den Korridor filmt. Und dann laufen Sie!«

Er sah hinauf und hielt seine Hand in die Höhe. Mit einem Mal ließ er sie fallen und stürzte hinaus. Harris, Melissa und ich liefen hinterher. Ich hielt meinen Blick nur auf den Gang fixiert. Nelson stoppte plötzlich und verschwand nach rechts. Bevor ich sah, wo er hin war, packte mich ein Arm und zog mich vom Gang. Harris und Melissa folgten. Wir standen im Eintrittsbereich zweier Räume.

»Gut«, keuchte Nelson. »Beim nächsten Zeichen laufen Sie bis zum Ende des Gangs. Sie haben sieben Sekunden!«

Ich ahnte, was er vorhatte. Nelson hatte die Taktung der Kamera ermittelt und nutzte nun ihre Schwachstelle aus. Wieder ließ er die erhobene Hand sinken und lief los, Melissa folgte ihm auf dem Fuß.

Ich schob Harris an und stürmte ebenfalls los.

Sechs, fünf, vier, ...

Ich war auf der halben Strecke. Nelson verschwand hinter der Ecke, dicht gefolgt von Melissa, dahinter Harris. Er war viel schneller als ich.

Drei, zwei, eins, ...

Mit einem beherzten Sprung schoss ich um die Ecke. Wir hatten die Kamera an der Poststelle überwunden. Ich kauerte in der Mitte des Gangs und sah, wie die anderen sich gegen die Korridorwand pressten. Schwer atmend blickte ich auf. In einiger Entfernung vor uns war Blackwood.

Es sah aus, als starrte er die Wand an. Ich wagte nicht, zu atmen. Dann fiel mir auf, dass er offenbar auf einen Aufzug wartete. Wenn er jetzt seinen Kopf drehte, würden wir auffliegen.

Doch er blickte weiterhin starr geradeaus. Ein Glocke ertönte. Blackwood schaute kurz in die uns entgegengesetzte Richtung und stieg in den Aufzug. Ich stieß den angehaltenen Atem aus und erhob mich zitternd.

Kaum stand ich aufrecht, schlich Nelson bereits weiter. Ich schloss auf und blieb neben ihm vor der Aufzugtür stehen.

»Na toll«, ächzte Melissa. »Und wie sollen wir jetzt an dem Typen dranbleiben?«

Ohne ein Wort zu sagen, zeigte Bruce Nelson auf die unübersehbare Anzeige über der Tür. Sämtliche Stockwerke waren dort angeschrieben und ein entsprechendes Lämpchen leuchtete auf, wenn der Aufzug eines passierte.

»Er fährt runter«, grinste Harris. »Wusste ich doch, dass Area 51 subterran angelegt ist.«

»Dort ist das Treppenhaus«, sagte Nelson und deutete den Korridor entlang. »Laufen Sie schon einmal vor. Ich komme gleich nach.«

»Was haben Sie vor?«, fragte ich.

»Ich warte, bis der Aufzug seine Fahrt stoppt.«

Ich nickte verstehend und lief in die Richtung, die Nelson uns gezeigt hatte, bis ein Schild an der Wand den Zugang zum Treppenhaus ankündigte. Nelson überraschte mich immer mehr. Selbst in einer so angespannten Situation schien er seine Nerven zu behalten.

Wir traten durch die Pendeltür. Ich blickte über das Geländer in die Tiefe. Der mittig liegenden Lichthof führte mindestens 20 Stockwerke hinab und nur ein paar hinauf. Außer unseren hörte ich keine Geräusche. Wir stiegen hinab.

Auf halbem Weg hörte ich von oben Schritte, die sich rasch näherten. Und keine zehn Sekunden später war Nelson bei uns.

»Ebene K4«, keuchte er, »wir sollte uns beeilen. Das scheint weit unten zu sein.«

Runde um Runde stiegen wir hinunter. Es war schon ein komisches Gefühl: Ich befand mich mitten in der geheimsten Militärbasis der USA, doch ein Treppenhaus wie dieses hätte genauso gut in jedem beliebigen Großstadtgebäude stehen können.

Lange Zeit ging es abwärts, ohne dass wir an einem Ausgang vorbeikamen. Auch Kameras sah ich hier keine. Schließlich erschien eine Tür mit der Aufschrift K4.

Nelson erklärte uns, dass wir zurückbleiben sollten, und stieg die letzten Stufen zu der Tür hinunter. Er selbst spähte durch die gläserne Tür und wandte sich wieder zu uns.

»Ich sehe mich mal kurz um. Sie bewegen sich nicht von der Stelle, verstanden?«

Ich nickte. Und ich sah, dass auch Harris und Melissa verstanden hatten. Bruce Nelson verschwand durch die Tür. Unschlüssig auf dem Treppenabsatz verharrend, wechselten wir stumme Blicke. Aus der Tiefe der Anlage drang ein dumpfes Brummen.

Zögerlich stieg ich die letzten Stufen hinab und warf einen Blick durch die Glastür. Der Korridor dahinter sah ähnlich aus wie der, durch den wir einige Ebenen weiter oben gerannt waren. Das Brummen wurde lauter. Vorsichtig öffnete ich die Tür einen Spalt weit und streckte meinen Kopf hinaus.

Direkt vor der Tür war ein größerer Raum. Es war eine Art Verbindungsraum, in dem sich zwei parallele Korridore trafen. In dem Bereich zwischen den Gängen befand sich rechter Hand eine Sitzgruppe. Außerdem waren dort rechteckige Markierungen auf dem Boden angezeichnet. Auf der linken Seite, etwa mittig in der Wand, entdeckte ich etwas, das wie eine kreisrunde Tür oder ein Schott aussah. Eine ringförmige Bahn aus knallroten Leuchtstoffröhren blinkte an ihrem Saum. Mit einem Zischen glitten Segmente auseinander, verschwanden in dem massiven Rand des Schotts und öffneten es.

Erschrocken machte ich einen Satz zurück auf die Treppe. Harris und Melissa starrten mich neugierig an, doch ehe sie fragen konnten, was ich gesehen hatte, legte ich meinen Finger auf meine gespitzten Lippen.

Als ich durch die Glastür Geräusche vernahm, wagte ich mich erneut hinunter und lugte um die Ecke. Ich erspähte zwei Menschen, die mit etwas aus dem Schott herauskamen.

Ich sage »Menschen«, weil ich nicht erkannte, ob es Männer oder Frauen waren. Sie trugen weiße Schutzanzüge mit Atemschutzhelmen und erinnerten mich an die Typen, die vor dreizehn Jahren diese Tests an mir durchgeführt hatten. Das Ding, das sie vor sich herschoben, sah aus wie eine Mischung aus einer Tiefkühltruhe und einem Sarg, an deren Unterseite Rollen befestigt waren.

Ein Gefühl sagte mir, dass sich darin ein Lebewesen befinden musste, und dieses Gefühl ließ mich nicht los. Mehr noch, es zog mich regelrecht zu diesem Ding. Nelson war vorhin meiner Frage ausgewichen, ob man im Black-Knight-Satelliten außerirdische Lebewesen gefunden hatte. Und das deutete ich insgeheim als Bestätigung.

Die Personen stellten die Kiste auf einem der markierten Bereiche ab und machten kehrt. Schwerfällig stiegen sie durch die Tür, durch die sie gekommen waren. Mit einem Zischen schloss sich das Schott und ein Brummen erscholl, das sich schnell entfernte.

Der Behälter, oder was auch immer das war, stand nun unbeaufsichtigt auf dem Gang. An seiner Seite leuchtete eine hochtechnische Anzeige mit grünen und blauen Lämpchen. Ich musste wissen, was sich darin befand! Sachte öffnete ich die Tür.

»Jeannie, verdammt!«, flüsterte Harris. »Hör auf Nelson!«

»Ich will es sehen!«

»Was willst du sehen?«

Ohne ihm eine Antwort zu geben, trat ich durch die Tür und schlich über den gummierten Boden. Ich wusste, dass Harris mich gerade hasste. Das tat er immer, wenn ich etwas für ihn Irrationales tat. Dabei war *er* der irrationale Typ. Ich hoffte nur, dass er und Melissa die Nerven behielten und blieben, wo sie waren.

Der Behälter war riesig. Ich streckte meine Hände aus. Sie zitterten. Ehrfürchtig berührten meine Fingerspitzen die stählerne Verkleidung. An der Oberseite sah ich ein rundes Fenster, es war beschlagen. Fast konnte ich hineinblicken …

In diesem Augenblick hörte ich ein Summen, das rasch zu einem lauten Brummen anschwoll. Frustriert schlug ich auf den Kasten und drehte um. Ich hörte das Zischen der Schleuse, als ich wieder in das Treppenhaus zurückhuschte und aus dem Sichtfeld der Glastür verschwand. Nur mein Kopf blickte durch die Scheibe auf das Geschehen.

Ein zweiter Behälter kam aus der Tür, geschoben von den Personen in den Schutzanzügen. Einer von ihnen ging zum ersten Behälter und kontrollierte die Anzeige. Dann schoben die Personen beide Dinger weiter und verschwanden in dem parallel verlaufenden Korridor.

»Mist!«

»Die hätten dich um ein Haar gesehen, Jeannie«, zischte Harris.

»Haben sie aber nicht«, erwiderte ich patzig.

Melissa näherte sich behutsam der Tür, traute sich jedoch nicht, hinauszuschauen. Keine Minute später trat Nelson durch die Tür. Erleichtert darüber, dass niemand ihn gesehen hatte, hielt er mir ein Papier vor die Nase.

»Ein Etagenplan«, sagte er. »Der kann uns vielleicht noch helfen. Ich habe übrigens Blackwood gesehen. Er ist in einem Bereich, von dem ich glaube, dass dort das Archiv sein könnte.«

Er blickte auf den Plan. Offenbar konnte er diese wirre Zeichnung mit all den Hieroglyphen lesen, ich konnte es nicht.

»Wenn Blackwood dort langgegangen ist«, überlegte er, »kann er nur an derselben Stelle wieder rauskommen. Er ist anscheinend an seinem Ziel. Die Sektion dort ist mit dem Buchstaben G gekennzeichnet. Sehen Sie mal, da ist ein Kontrollraum. Offenbar wird die Überwachung dieser Sektion über diesen Raum geregelt.«

»Das heißt, wenn wir die Wachmänner ablenken, könnte einer von uns ungesehen dort rein und ihm die CD-ROM abluchsen«, fasste ich zusammen.

»Ha, das wäre zu einfach.« Nelson schüttelte den Kopf. »Vielleicht wartet dort eine ganze Horde von Soldaten auf uns. Aber ich fürchte, wir haben keine andere Wahl, als es so zu machen.«

»Jetzt bräuchten wir den Bewegungsmelder aus *Aliens*«, seufzte Harris.

Wir verließen das Treppenhaus, folgten dem vorderen Korridor und gelangten an dessen Ende auf einen weiteren. So weit ich blicken konnte, bestand die gesamte linke Seite des Gangs aus bodentiefen Fenstern. Dahinter lag etwas, das wie eine Fertigungsanlage aussah. Ich erkannte Maschinen, Hebekräne und Fertigungslinien. Was dort entstand, sah ich allerdings nicht, die Maschinen standen still im gedimmten Licht.

Am Ende des Gangs teilte sich der Weg. Laut Nelson war Blackwood rechts abgebogen. Dort standen wir nun vor einer blickdichten Schiebetür.

»Sektion G – Fremde Technologien«, las Melissa. »Wisst ihr, was damit gemeint ist?«

»Ufos«, sagten Harris, Nelson und ich wie aus einem Mund.

Melissa starrte uns an. Ich starrte zurück. Dann fiel es mir wieder ein: Sie hatte nie ein Raumschiff gesehen. Vermutlich hatte sie nicht einmal daran geglaubt, dass es sie geben könnte.

»Die Überwachungszentrale liegt hinter dieser Tür dort«, sagte Nelson. »Jeannie, Sie versuchen, Blackwood zu finden. Passen Sie aber auf sich auf! Ich versuche, die Wachen abzulenken. Unsere wütende Miss im blauen Kleid kommt besser mit mir.« Er warf ihr einen vielsagenden Blick zu.

»Ich heiße Melissa, verdammt.« Sie funkelte ihn an.

Dann machten sie sich auf den Weg. Harris und ich blieben zögerlich am Eingang von Sektion G stehen. Neben der Tür blinken die Statuslämpchen einer Benutzerschnittstelle, in deren Mitte sich eine große runde Taste mit der Aufschrift *Öffnen* befand. Mit einem Mal bekam ich Schiss, sie zu drücken. Ich hörte, wie Nelson und Melissa durch die andere Tür verschwanden.

»Verrückt, oder?«, sagte ich plötzlich befangen. »Hättest du dir vorgestern vorstellen können, dass wir heute in so einem Abenteuer stecken?«

Er schüttelte den Kopf. Ich nahm seine Hand in meine. So, wie wir hier standen, hätte man meinen können, wir balancierten auf der Kante eines Daches, drauf und dran, uns gemeinsam in die Tiefe zu stürzen.

»Schön, dass du bei mir bist«, sagte ich leise. Dann drückte ich die Taste.

Zischend schob sich die Tür auf. Harris und ich huschten geduckt hindurch. Noch bevor ich den gesamten Raum überblicken konnte, machte ich eine Nische aus, packte Harris' Arm und wir verschwanden vom Gang. Die Tür schloss sich wieder. Im Zwischenraum zweier Tische hockten wir uns auf den Boden und hielten uns aneinander fest. Wir waren drin!

»Wer ist da?«, hörte ich eine raue Stimme fragen.

Ich sah mich um. Das Licht in Sektion G war gedämpft. In allen Ecken hingen Kameras unter der Decke. Ansonsten bestimmten die kantigen Röhren einer riesigen Abluftanlage die Decke.

Vorsichtig reckte ich den Kopf über die Tischkante. Der Rucksack auf meinem Rücken machte mir zu schaffen. Ständig drückte er unangenehm, wenn ich mich beim Anschleichen an eine Wand presste, oder die Schnallen schabten nervenraubend über irgendwelche Oberflächen. So wie sie es in diesem Augenblick an dem Rollcontainer hinter mir taten.

Bei dem Raum musste es sich um eine Art Laboratorium handeln. Der ganze Bereich war vollgestopft mit Arbeitstischen, auf denen Computer, Laborgläser und hochtechnische Messgeräte standen. Einige von den Geräten ratterten und summten. Vermutlich wurden nachts irgendwelche langwierigen

Testreihen durchgeführt. Für Harris und mich war das ein glücklicher Zufall. Nichts wäre schlimmer gewesen als ein Raum, in dem es mucksmäuschenstill war.

Ich fand Blackwood. Unser Versteck war einige Fuß von ihm entfernt. Er verließ gerade einen Schreibtisch und schritt zu dem hell erleuchteten Kaffeeautomaten, der in einer Ecke stand. Der Colonel hielt ein Telefon in der Hand, offenbar wählte er eine Nummer. Dann nahm er das kabellose Mobilteil ans Ohr, während er Geld in den Automaten warf.

»Drei, neun, sieben, vier, vier, drei, zwei, sieben«, sagte er. »Blackwood.«

Der Automat mahlte und zischte. Der Blick des Colonels wanderte durch den Raum. Ich sah, dass er den Umschlag nicht bei sich trug. Ungeduldig linste ich zu dem Tisch, von dem er gekommen war, doch von unserer Position aus konnte ich nicht erkennen, ob die CD-ROM dort lag.

»Ich muss näher an den Tisch ran«, flüsterte ich, ohne meinen Blick von Blackwood abzuwenden.

Er nahm den Becher aus dem Automaten und blieb davor stehen.

»Ja, Sir«, sagte er leise. »Die Unterlagen sind wieder in unserem Besitz … Vielen Dank, Sir. … Sie haben recht. Es ist auch in meinem Interesse.«

Er trank einen Schluck.

»Es tut mir leid, wenn Sie an mir zweifeln mussten, General. Ich habe alles in meiner Macht Stehende getan … Nein, Sir. In Zukunft werde ich Sie nicht mehr in eine derartige Bedrängnis bringen … Ich habe verstanden, Sir.«

Blackwood stand starr im Schein des Automaten. Den Kaffee hielt er vollkommen ruhig in seiner Hand.

»Ja, Sir. Ich war mir stets im Klaren über die personellen Konsequenzen, wären die Unterlagen veröffentlicht worden … Ja, Sir. Mit Verlaub, ich sagte Ihnen bereits, ich habe alles in meiner Macht Stehende getan … Auf Wiederhören, General.«

Er legte auf und sackte in sich zusammen.

»Arschloch«, flüsterte er.

Ich sah, dass Blackwood eine neue Nummer wählte. Ich beschloss, es zu wagen, und kroch auf allen Vieren um den Tisch herum. Blackwood konnte mich von seiner Position aus nicht sehen. Ich ihn allerdings auch nicht. Dafür hörte ich ihn.

»Blackwood hier … Ja, wir haben das Zeug … Ja, ich habe gerade mit General Wakasa telefoniert. Er weiß Bescheid … Nein, ich denke nicht. Ich konnte ihm vermitteln, dass ich unentbehrlich für ihn bin.«

Es blieb still. Ich robbte in den parallelen Gang und sah den Tisch, an dem Blackwood gewesen war. Dort lag tatsächlich etwas, das wie der Umschlag aussah. Ich reckte meinen Kopf und sah, dass Blackwood weiterhin telefonierte.

»Cohen?«, lachte Blackwood auf einmal. »Dieser schwanzlose Feigling! Als Verteidigungsminister hätte er den Russen schon längst ein paar Interkontinentalraketen in den Arsch schieben müssen … Das können wir gerne morgen besprechen. Ich bringe den Kram eben ins Archiv und mache mich dann auch vom Acker. Ist ja spät genug … Alles klar. Schlaf weiter … Bis morgen.«

Ich erstarrte augenblicklich. Blackwood kam in meine Richtung. Schnell kroch ich zurück und versteckte mich hinter einem Arbeitstisch. Da hörte ich eine zweite Stimme.

»Colonel Blackwood. So spät noch hier? Wann wollen Sie morgen zum Dienst antreten?«

»Doktor Hao«, hörte ich Blackwood. »Sind Sie etwa schon wach?«

Behutsam streckte ich meinen Kopf hinaus. Blackwood war wieder beim Automaten, neben ihm stand ein schmächtiger Mann in einem weißen Kittel.

»Ich mag Ihren Humor, Sir«, sagte der Mann, den Blackwood Dr. Hao genannt hatte. »Ob Sie es glauben oder nicht, ich bin tatsächlich schon seit sechzehn Stunden auf den Beinen. Aktuell warte ich noch auf die Ergebnisse einer Testreihe, die über die Leitfähigkeit der Strukturen der inneren Wände des Schiffes Aufschluss gibt.«

Das ist meine Chance, dachte ich.

Diese Quasselstrippe würde Blackwood noch ein paar Augenblicke abgelenkt halten. Entschlossen kroch ich wieder auf den Gang und hielt auf Blackwoods Tisch zu. In dem Augenblick, als ich ihn erreichte, kam Blackwood erneut in meine Richtung. Gerade noch rechtzeitig verschwand ich unter seinem Tisch. Die Beine des Colonels erschienen neben mir.

»Ich sehe schon«, hörte ich Blackwood, »Laborratten schlafen wenig und reden viel.«

»Im Gegensatz zu Ihnen scheine ich aber damit zurechtzukommen und verfalle nicht in Sarkasmus. Sagen Sie, wissen Sie mittlerweile etwas über den Verbleib von Colonel Henigin?«

Blackwood kramte auf dem Tisch herum. Ich musste an die Unterlagen gelangen. Etwas sagte mir, dass es zu spät sein würde, wenn ich es jetzt nicht wagte.

»Nein«, sagte Blackwood. »Wir haben weiterhin keinen Kontakt zu Henigin. Unser letzter Stand ist, dass er etliche Verluste in seiner Einheit zu verzeichnen hatte.«

»Werden Sie ein Team hinschicken?«

Kurz blieb es still. Blackwood entfernte sich wieder vom Tisch. Ich hörte erneut den Kaffeeautomaten, offenbar bediente Dr. Hao ihn gerade. Ich kroch ein Stück unter dem Tisch hervor. Vorsichtig streckte ich den Arm aus und meine Finger erfühlten die Oberfläche des Tischs.

»Nein, ich denke nicht«, sagte Blackwood.

Da war der Umschlag. Rasch zog ich ihn zu mir.

»Das ist jedenfalls eine bahnbrechende Entdeckung«, hörte ich Dr. Hao. »Eine Startrampe im Krater eines Vulkans. Es ist fast ein bisschen schade, dass Kamtschatka so weit weg ist. Ich würde gern …«

Ich verharrte augenblicklich. Anders ging es auch nicht mehr. Es war aus. Eine kräftige Hand zerdrückte mein Handgelenk.

»Ach, du meine Güte!«, hörte ich Dr. Hao rufen.

Stifte, Blätter und anderes Zeug stürzten vom Tisch. Ich biss die Zähne zusammen, damit ich nicht vor Schmerzen losschrie. Mächtige Schritte donnerten um den Tisch. Dann wurde ich aus meinem Versteck gezerrt.

»Irgendwie habe ich es gewusst!«, zischte Blackwood. »Ich weiß nicht, wie Sie das hinbekommen haben. Aber ich weiß, dass Sie jetzt in großen Schwierigkeiten stecken!«

SEKTION G

Noch immer hielt ich den Umschlag umklammert. Blackwoods Fingerspitzen gruben sich in meinen Unterarm.

»Geben Sie dem Sicherheitsdienst Bescheid«, knurrte er.

Dr. Hao lief aufgeregt zu einem Telefon und wählte eine Nummer. Mit größtmöglicher Brutalität schleifte Blackwood mich vom Tisch fort. Es fiel mir schwer, mich in diesem Augenblick auf etwas anderes zu konzentrieren als den Schmerz. Dennoch suchte ich mit den Augen den Raum nach Harris ab. Wenn er mich retten wollte, wäre jetzt ein guter Augenblick.

Scheiße, nein!, dachte ich, Blackwood wird ihn umbringen!

Der Colonel zerrte mich den Gang zwischen den Labortischen entlang. Wir passierten eine gläserne Pendeltür. Dr. Hao lief auf uns zu. Kurz bevor er bei uns war, schlug ihm die Glastür entgegen. Panisch öffnete er sie.

»Niemand zu erreichen«, keuchte er.

Blackwood ließ sich nichts anmerken. Er hielt unbeirrt auf sein Ziel zu. Es kam schneller, als ich vermutet hatte. Ich wurde in einen Stuhl gedrückt und Blackwoods wütendes Gesicht erschien vor meiner Nase. Der Schweiß stand ihm auf der Stirn.

»Am liebsten würde ich Ihnen gleich hier eine Kugel in den Kopf jagen, Sie Miststück! Wenn Sie wüssten, was für einen Ärger Sie mir beschert haben!«

Hinter Blackwood hörte ich Schritte.

»Hao!«, rief er. »Nehmen Sie dieser Kanalratte den Umschlag ab.«

Misstrauisch trat der Wissenschaftler an mich heran. Blackwoods Hände pressten mich in den Stuhl. Der Inhalt meines Rucksacks stach in meinem Rücken. Ich saß in einer Art Besprechungsraum, so viel konnte ich erkennen. Hinter dem Colonel erahnte ich einen großen Tisch. Rechts von mir befand sich die Glasfront zum Laborbereich, davor stand ein vollgekritzeltes Whiteboard auf einem Ständer. Nervös zupfte mir der Wissenschaftler den Umschlag aus der Hand.

»Was ist da drin?«, fragte er skeptisch.

»Miss Gretzky hat streng vertrauliche Unterlagen in ihren Besitz genommen.«

Hinter den Brillengläsern blitzten zwei wütende Augen. Plötzlich donnerte etwas neben uns. Blackwood zuckte zusammen. Ich sah zu der Scheibe – es war Harris!

»Was zum Henker …?«, knurrte Blackwood.

Ich brauchte keine Sekunde, um zu begreifen, warum er vor der Scheibe tanzte. Die Ablenkung glückte. Intuitiv griff ich nach dem Ständer des Whiteboards. Mir war klar, dass es eine dumme Idee war, dennoch zog ich ihn mit aller Kraft zu mir.

Es klappte und das Whiteboard kippte nach vorn. Blackwood löste den Griff von mir, um die auf ihn fallende Tafel abzuwehren. Im selben Moment zog ich die Knie an und trat weit nach oben. Meine Schuhe trafen sein Gesicht. So heftig, dass der Stuhl, in dem ich saß, nach hinten kippte.

Ich hörte Blackwoods Brüllen, als ich mich überschlug und auf dem Bauch landete. Mit einem Satz war ich auf den Beinen. Der Colonel sprang auf mich zu, doch gleichzeitig warf sich jemand von der Seite auf ihn.

»Harris!« schrie ich.

Blackwood verlor das Gleichgewicht. Mit einem wütenden Schrei fiel er über den umgekippten Stuhl. Er hatte kaum den Boden berührt, als er sich auch schon wieder aufrichtete. Er war ein harter Knochen. Harris hing noch immer auf ihm. Blackwood holte mit seinem Ellenbogen aus und Harris schrie auf.

Ich musste etwas tun. Aus dem Augenwinkel sah ich eine Bewegung. Hao sah mich an, er stand in der Tür zum Labor. Zu spät bemerkte er, dass bereits jemand den Ausgang blockierte. Als er sich nach vorn wandte, wurde er augenblicklich von einer Faust niedergestreckt.

»Das reicht!« Es war Nelson.

Ich blickte zu Blackwood. Sofort ließ er von Harris ab und sah auf. Hinter Nelson stand Melissa. Hao kroch mit blutiger Nase über den Boden, er hielt den Umschlag in der Hand.

»Bruce!«, knurrte Blackwood schwer atmend.

»Ja, ich bin es, Stephen. Und du sitzt tief in der Scheiße.«

Blackwood schnaubte spöttisch und ließ Harris links liegen. Bedrohlich stapfte er auf Nelson zu. Harris robbte zu mir, mühsam half ich ihm auf die Beine. Melissa kam herüber und half mir.

»Verdammt lang her, was?«, sagte Nelson.

»Fühlt sich nur für dich so an, Bruce. Ist wohl langweilig, dein Job. Wärst du mal bei der Armee geblieben. Du steckst also hinter dem Diebstahl!«

»Und du hinter der Eskalation mit Russland«, gab Nelson zurück.

»Schwachsinn!«, spie Blackwood aus. »Du und deine erbärmliche Bande seid schuld daran, dass es überhaupt so weit gekommen ist! Eine Veröffentlichung dieser Fotos würde den Konflikt nur weiter anfeuern. Du verstehst überhaupt nicht, um was es geht!«

»Ich verstehe genug, Stephen.« Nelson zog sich sein Jackett aus. »Ihr wollt, dass Amerika sich die fremde Technologie allein unter den Nagel reißt und so seinen militärischen Vorsprung ausbaut.«

»Nein! Die Entdeckung des unbekannten Schiffs ist für die nationale und internationale Sicherheit von höchster Wichtigkeit. Diese auf Wasser basierende Energiequelle muss zuerst von den Vereinigten Staaten erforscht und genutzt werden. Und zwar, weil die Vereinigten Staaten das mächtigste Land der Erde sind. *Wir* tragen die Verantwortung für den Weltfrieden. Und ja, verdammt, die Entdeckung soll geheim bleiben!«

»Das ist doch alles hypothetisch«, warf ich ein.

Die beiden Männer starrten mich an.

»Amerika kann unmöglich allein all diese Forschungen durchführen«, fuhr ich ungerührt fort. »Vor allem, weil es in diesem Schiff außerirdische Stoffe und Substanzen geben dürfte, die auf der Erde komplett unbekannt sind.«

»Das ist nicht richtig.«

Blackwoods Mund formte ein spöttisches Grinsen und seine Stimme klang verächtlich.

Er brachte sich wieder in Stellung, bereit, uns anzugreifen.

»Bruce, du und ich wissen, dass all diese Materialien auch auf der Erde zu finden sind. Und zwar aus dem einfachen Grund, weil es keine Außerirdischen sind, die dieses Schiff erschaffen haben!«

»Was?«, rief ich überrascht.

»Oh, ihr wisst so wenig!«, fauchte Blackwood.

»Dennoch riskieren die USA einen Dritten Weltkrieg, wenn die Entdeckung weiter geheim gehalten wird«, sagte Nelson souverän. »Warum wollt ihr nicht an einer gemeinschaftlichen internationalen Lösung arbeiten?«

»Weil eine Veröffentlichung der Daten eine weitere Eskalation des Konflikts bewirken würde!«, polterte Blackwood.

»Jeannie!« Nelson warf mir einen flüchtigen Blick zu. »Schnappen Sie sich die CD-ROM!«

Im selben Augenblick sprang Blackwood auf ihn zu. Nelson packte den Colonel an den Schultern, dann stürzten beide Männer zu Boden. Blackwoods Fäuste fuhren auf Nelson nieder, dumpfe Schläge trafen sein Gesicht. Nelson versuchte, den Colonel von sich zu drücken, sein Ellenbogen schlug gegen Blackwoods Schläfe.

Ich wandte mich ab und suchte den Raum nach Dr. Hao ab. Er war nirgends zu sehen. Eines stand fest: Er war nicht ins Labor geflohen, denn dafür hätte er an den kämpfenden Männern vorbeigemusst. Vom Besprechungsraum führte ein dunkler Korridor fort. Ich musste ihn finden!

Plötzlich schrie Nelson auf. Beide Männer waren wieder auf die Beine gekommen, und jetzt würgte Blackwood Bruce Nelson, von hinten presste er seinen Unterarm gegen dessen Kehle.

Harris und Melissa sahen hilflos zu. Ich griff nach einem der schweren Stühle, hob ihn über meinen Kopf und schmetterte ihn gegen Blackwoods Rücken.

Der Colonel brach in die Knie und Nelson konnte sich aus dem Würgegriff befreien. Geschwind drehte er sich um. Mit unerwarteter Kraft packte er Blackwood und drückte ihn auf den Besprechungstisch. Während er ihn mit einer Hand fixierte, drosch er mit der anderen auf Blackwoods Gesicht ein.

»Du wirst uns nicht aufhalten!«, schrie Nelson.

Ich sah, wie Blackwoods Hand nach dem Telefon tastete. Bevor ich reagieren konnte, bekam er es zu fassen und schlug es mit voller Wucht gegen Nelsons Kopf. Die Plastikschale brach, an Nelsons Stirn klaffte eine blutige Wunde. Er fiel auf den Tisch und kam neben dem Colonel zu liegen.

Blackwood erhob sich. Ohne Skrupel donnerte er seinen Ellenbogen in Nelsons Rücken. Der regte sich nicht. Mit blutender Nase marschierte Blackwood zur Glastür. Keiner von uns wagte es, sich ihm in den Weg zu stellen. Neben der Tür schlug Blackwood auf einen großen roten Knopf. Ich brauchte nur eine Sekunde, bis ich erkannte, dass es der Alarmknopf war. An der Decke des dunklen Labors kreisten etliche rote Leuchten. Blackwood drehte sich zu uns um.

»Ich mache euch fertig!«, knurrte er.

Ich hörte Nelson ächzen und schaute zu ihm. Er hatte sich bereits von dem Tisch aufgerappelt und taumelte auf Blackwood zu.

»Nicht, wenn ich dich vorher fertigmache!«, lallte er, während er mühsam die blutverschmierten Ärmel seines Hemds hochkrempelte. Nelson sah nicht aus, als wollte er kampflos aufgeben. Ich wusste, dass wir in wenigen Sekunden von Soldaten umzingelt sein würden. Hao und die CD-ROM waren mir in diesem Moment egal. Viel wichtiger war, dass wir uns Blackwood vom Leib hielten.

Nelson stürmte mit erstaunlicher Gewandtheit zu Blackwood und presste ihn gegen die Glasscheibe neben der Tür. Der

Colonel versuchte, sich zu befreien, doch Nelson hatte ihn fest im Griff. Dann nahm er den Kopf in den Nacken und ließ ihn nach vorn sausen. Blackwood schrie auf.

Dann sah ich sie. Hinter Nelson und Blackwood stürmten Schatten ins verdunkelte Labor. Ich erkannte, dass sie Helme und Gewehre trugen. Ich brauchte nicht viel Fantasie, um zu begreifen, dass sie uns erschießen würden.

»Nelson!«, schrie ich, »sie kommen!«

Augenblicklich löste er eine Hand von dem Colonel und ließ sie auf die Benutzerschnittstelle direkt neben ihm hinuntersausen. Jetzt bekam Blackwood seine Hände frei und drückte, die Hand mit den gespreizten Fingern auf dem Gesicht seines Gegners, Nelsons Kopf in den Nacken. Die Soldaten befanden sich bereits auf dem Gang, nur noch wenige Schritte, und sie wären bei uns.

Nelsons Finger fuhren suchend auf der Bedienoberfläche herum, endlich fanden sie die Taste. Ich sah, dass der vorderste Soldat stoppte und seine Hand nach dem Türgriff ausstreckte. Die Männer hinter ihm nahmen ihre Waffen in Anschlag. Nelson drückte die Taste und augenblicklich hörte man ein Klacken. Der vorderste Soldat rüttelte vergeblich an der Tür – Bruce Nelson hatte sie verriegelt.

Da packte Blackwood ihn; nahkampferprobt, wie er war, donnerte er Nelsons Kopf gegen den Türrahmen. Nelson schrie auf und fiel zu Boden. Blackwood wandte sich zu uns um.

Meine Hände ballten sich zu Fäusten, mein Atem ging schwer. Ich blickte kurz zur Seite. Harris hielt das Whiteboard über seinem Kopf, bereit zuzuschlagen, Melissa umklammerte den Ständer.

»Na schön«, keuchte Blackwood. Seine Brille hing ihm schief im Gesicht und Blut lief aus seiner Nase. Seine Unterlippe war geschwollen und blutete ebenfalls. »Ihr wollt also Ärger. Den könnt ihr haben.«

Langsam streckte er seine Hand aus, sie schwebte über der Taste, die Nelson kurz zuvor gedrückt hatte. Die Soldaten hinter der Scheibe machten sich bereit. Blackwoods Zeigefinger senkte sich. All unsere Mühen waren umsonst gewesen. Ohne Nelsons Hilfe waren wir drei absolut chancenlos gegen eine ganze Einheit kampferprobter Soldaten. Ich schloss meine Augen, bereit, mich dem Unausweichlichen hinzugeben. Ich holte tief Luft, öffnete die Augen wieder und richtete meinen Blick auf den Colonel.

Unversehens verlor Blackwood das Gleichgewicht. Er versuchte noch, den Knopf zu drücken, doch der Ausfallschritt, den er machte, um nicht zu stürzen, verhinderte das in letzter Sekunde.

Verblüfft blickte ich zu Boden. Nelson umklammerte Blackwoods Beine. Melissa löste sich als Erste aus ihrer Erstarrung und stürmte los. So, wie sie mir eiskalt ein Loch in den Kopf geschossen hätte, drosch sie nun mit dem Ständer auf Blackwood ein. Auch Harris wagte sich jetzt nach vorn. Erst verfehlte er den Colonel, doch dann rammte er ihm die Kante der Tafel ins Gesicht. Die Brille des Colonels flog auf den Boden.

»Jeannie, holen Sie etwas, um ihn zu fesseln!«, befahl Nelson schwer atmend.

Ich blickte mich hektisch um. Dabei erblickte ich die Soldaten jenseits der Glasscheibe, die ihre Waffen auf uns richteten. Hinter ihnen kamen noch weitere im Laufschritt herangestürmt. Plötzlich eröffneten sie das Feuer. Ich zuckte zusammen – doch nichts geschah. Die Scheibe hielt. An den Stellen, an denen die Gewehrsalven einschlugen, bildeten sich lediglich milchige Flecken.

»Kugelsicheres Glas!«, triumphierte Harris.

Ich stürmte in den finsteren Korridor, in dem Hao verschwunden war, und erreichte ein weiteres Labor. Bis auf die blinkenden Alarmleuchten war es auch hier vollkommen duster. Von Dr. Hao war nach wie vor nichts zu sehen. Hektisch wischten meine Hände über die Laborflächen. Glas zerbrach, Metall scheppterte. Ich warf Reagenzgläser und Stative mit Glaskolben um. Schließlich fand ich ein Bündel Kabelbinder.

Ich lief zurück. Noch immer standen die Soldaten vor der Scheibe. Es war unheimlich. Die Gewissheit, dass sie vorerst nicht zu uns hinein konnten, tröstete mich zwar ein wenig, doch ich wusste, was uns blühte, sollten sie es schaffen. Und lange würden sie dafür nicht mehr brauchen. Die gesamte Anlage war voller Spezialkräfte, für die es ein Leichtes sein dürfte, einen verschlossenen Raum aufzubrechen.

Während Nelson Blackwood weiterhin am Boden fixierte, wies er uns an, dessen Beine und Arme mit dem Kabelbinder zu fesseln. Der Colonel wehrte sich heftig, wobei er uns unablässig als Hurensöhne und Schlampen beschimpfte. Harris zwang Blackwood, die Arme und Beine anzuwinkeln, sodass Melissa und ich sein linkes Handgelenk und sein rechtes Fußgelenk zusammenbinden konnten, dann wiederholten wir die Prozedur mit dem anderen Hand- und Fußgelenk. Nach einer Minute lag der gefährliche Colonel Blackwood wehrlos am Boden.

Nelson ließ es sich nicht nehmen, ihm noch einmal in den Magen zu treten. Da sah ich, dass die Soldaten von der Tür zurücktraten und zwei Männern Platz machten, die ein kleines Kästchen auf Höhe des Schließriegels an die Tür klebten.

»Die werden die Tür aufsprengen.« Nelson klang vollkommen ruhig. »Wir sollten von hier verschwinden.«

Er stand auf und wischte sich das Blut aus dem Gesicht.

Harris sah sich hektisch um. »Wohin denn?«, fragte er panisch. »Wenn die nur auf diesem Weg zu uns gelangen können, sitzen wir doch hier fest. Oder nicht?«

»Ganz ruhig«, beschwichtigte Nelson ihn. »Ich bin schon aus ganz anderen Läden rausgekommen. Da werden wir es auch aus Groom Lake hinaus schaffen.«

»Einen Scheiß werden Sie«, fluchte Blackwood. »Meine Männer werden in ein paar Sekunden diese beschissene Tür geöffnet haben und dann machen sie aus Ihnen Hackfleisch!«

Nelson trat noch einmal lässig nach und marschierte in den Korridor. Wir folgten ihm, und schließlich stand ich wieder in dem Labor.

Der Leiter der Flugsicherung sah sich um. Er war wie ausgewechselt. Hatte ich ihn im Burgerladen noch für einen stocksteifen Aktenvernichter gehalten, entpuppte er sich nun als Einmannarmee, die durch nichts und niemanden aufzuhalten war.

»Dieser Fachidiot mit der CD-ROM hat sich doch auch hierhin verkrümelt«, murmelte er. »Wo steckt der Kerl?«

Nelson blickte unter die Tische und in jede Ecke. Schließlich blieb er vor einem großen Abluftgitter stehen und spähte durch die Lamellen. Er drehte seinen Kopf nach links, seine Augen schienen etwas zu fixieren. Dann rannte er unvermittelt auf eine Gruppe von Spinden zu. Er riss jede Tür auf, als gälte es, eine Geisel zu befreien. Im vorletzten Spind machte er eine Entdeckung.

»Sieh mal einer an!« Nelson klang vergnügt. »Sie brauchen sich nicht zu verstecken. Wir sind keine Aliens. Im Gegenteil, wir sind schlimmer. Und jetzt raus da!«

Er zog Hao aus dem Spind. Der wehrlose Wissenschaftler stolperte in unsere Mitte. Sofort riss ich ihm den Umschlag aus der Hand. Ich öffnete ihn. Die CD-ROM lag immer noch sicher darin.

»Was sollen wir mit ihm machen?«, fragte ich.

Nelson fand eine überdimensionale Schere auf dem gegenüberliegenden Labortisch und hielt sie Hao unter das Kinn.

»Ich denke, er ist unsere Versicherung, dass wir hier heil rauskommen«, sagte er.

»Eine Geisel?«, fragte Melissa perplex. »Sie sind echt hart, Mann!«

»Es wird nicht mehr lange dauern, bis die Einheit hier ist«, sagte Nelson. »Besser, wir nehmen alles, was wir kriegen können, und machen uns aus dem Staub.«

»Aber wie?«, fragte ich.

Nelson schubste Hao in Harris' Arme und gab ihm die Schere, dann hetzte er wieder zu dem Belüftungsgitter. Mit prüfendem Blick sah er sich den Rahmen an.

»Ich wusste es!«, jammerte Harris. »Sie haben gar keinen Plan. Wir werden alle draufgehen!«

»Ganz ruhig, Jungchen«, sprach Nelson geistesabwesend. Routiniert drehte er die Flügelmuttern des Rahmens auf. Nach wenigen Sekunden hatte Nelson das mannshohe Gitter in der Hand und stellte es zur Seite. Dann deutete er mit seinem Kinn zu dem offenen Lüftungsschacht. Ein Lächeln huschte über Melissas Gesicht. Ohne zu zögern, stieg sie hinein.

»Oh nein!«, wehrte Hao ab. »Da werde ich nicht reinklettern.«

Mit der Scherenspitze piekte Harris ihm leicht in den Rücken. »Rein da«, knurrte er mit gespielter Grimmigkeit, »sonst haben deine Nieren ein Loch.«

Hao kroch in den Schacht und Harris folgte ihm. Als ich den Umschlag in meinem Rucksack verstaute, ertastete ich Melissas Colt. Obwohl ich froh war, dass wir ihn bisher nicht gebrauchen mussten, gab er mir ein beruhigendes Gefühl. Widerwillig stieg auch ich in den Schacht. Nelson kam als Letzter nach, das Gitter setzte er wieder provisorisch vor die Öffnung. »Hoffentlich brauchen sie ein paar Minuten, um darauf zu kommen, wo wir hin sind.«

Der quadratische Schacht verjüngte sich schnell und wir mussten auf allen Vieren weiterkriechen. Direkt vor mir war Harris. Es war dunkel, doch ich sah genug.

»Hier vorne teilt sich der Schacht«, hörte ich Melissa sagen. »Eine der Röhren geht nach oben ab, die anderen beiden bleiben in der Waagerechten.«

»Nach oben«, bestimmte Nelson hinter mir.

Der Schacht stieg in einem moderaten Winkel an. In gleichbleibenden Abständen führte er um eine rechtwinklige Linkskurve. Immer wieder kamen wir an Gabelungen vorbei, von denen weitere Schächte abführten. Wir hatten schon etliche Kurven hinter uns, als ich aus der Tiefe des Gebäudes einen dumpfen Schlag vernahm.

»Sie haben die Tür aufgesprengt«, flüsterte ich.

»Wir sollten uns beeilen«, sagte Nelson. »Die haben keine Skrupel, den Belüftungsschacht auszuräuchern.«

»Auch, wenn sie damit die ganze Anlage verräuchern?«, fragte Harris besorgt.

»Sie sind der Staatsfeind«, sagte Hao hämisch. »Die werden Sie um jeden Preis beseitigen.«

Bald verlief der Schacht wieder waagerecht. Ich hatte das Gefühl, dass es heller wurde.

»Wir sind oben«, hörte ich Melissa sagen. »Hier ist ein Gitter.«

Nelson zwängte sich an mir und den anderen vorbei nach vorn. Dann hörte ich Tritte und Fluchen. Und erneut Tritte. Endlich zerbarst etwas und Harris setzte sich vor mir wieder in Bewegung. Ich folgte. Frische Luft wehte mir entgegen. Nacheinander erreichten wir den Ausstieg und kletterten aus dem Lüftungsschacht.

Ich sah mich um. Wir standen auf dem verwinkelten Dach des Gebäudes. Um uns herum waren etliche Aufbauten, die die Sicht versperrten. Vor uns, vielleicht zweihundert Yard entfernt, ragte ein gewaltiger Parabolspiegel in den Sternenhimmel empor.

»Ist das ein Radioteleskop?«, hauchte ich.

»Wonach sieht es denn sonst für Sie aus?«, fragte Hao spitz. »Für Satellitenfernsehen haben wir andere ...«

»Na schön, Klugscheißer«, unterbrach ihn Nelson. »Wo geht es hier am schnellsten zu einem Parkplatz?«

»Glauben Sie allen Ernstes, dass Sie hier unbeschadet rauskommen?« Es war nicht zu übersehen, dass Hao diese Frage amüsierte.

»Lassen Sie das mal meine Sorge sein.«

Hao schüttelte fassungslos den Kopf und deutete dann mit der Hand zu dem von mächtigen Scheinwerfern angestrahlten Radioteleskop, zu dem ein schmaler Steg zwischen zwei Aufbauten entlangführte. Zu den Seiten fiel der Weg in Richtung der Aufbauten steil ab. Ein düsterer Zwischenraum klaffte vor den Wänden.

»Gehen Sie nur«, sagte Hao arrogant. »Sie scheinen ja einen Plan zu haben. Und wenn ich ehrlich bin: Sie brauchen gar keine Geisel. Sie werden wohl kaum in die Situation kommen, verhandeln zu müssen. Genauso gut können Sie mich einfach hier zurücklassen.«

Unerwartet packte Nelson den Wissenschaftler und zog ihn zu der linken Schräge. Dicht an der Kante blieb er stehen und hielt den wehrlosen Forscher über das Gefälle.

»Sie werden mit uns kommen«, sagte Nelson humorlos, »sonst können Sie sich den Abgrund von unten angucken. Verstanden?«

Hao nickte wortlos. Nelson zog ihn von der Schräge zurück und ließ ihn los. Am ganzen Leib zitternd, schnappte der schmächtige Wissenschaftler nach Luft.

Nelson versicherte sich, dass alle fit waren, und lief los. Wir folgten ihm und liefen in dem engen Zwischenraum der Aufbauten. Etwas merkwürdig fand ich, dass Hao in geduckter Haltung lief.

»Ich habe das Gefühl, dass Sie mehr wissen, als Sie uns sagen wollen«, sagte ich schnaufend zu Nelson.

»Was meinen Sie?«, fragte dieser sichtlich angestrengt.

»Woher kommen diese Wesen?«, bohrte ich nach.

»Sie meinen die Creeps?«

»Sie nennen sie Creeps?«, fragte ich irritiert.

Im diesem Augenblick donnerten eine Reihe Schüsse direkt neben mir in die Wand. Bevor ich etwas erkennen konnte, riss Nelson mich zu Boden und warf sich auf mich. Die Schüsse stoppten.

»Los, alle Mann auf den Boden. Sofort«, schrie er.

Ich linste zwischen Nelsons Beinen hindurch. Harris und Hao lagen hinter uns, und hinter ihnen erahnte ich Melissa.

»Was zum Henker war das?«, fragte Harris angsterfüllt.

»Selbstschussanlage«, antwortete Hao mit zitternder Stimme.

»Auf dem Dach?«

»Falls jemand mit dem Fallschirm abspringt«, erklärte Nelson ungeduldig. Dann wandte er sich wieder an uns alle. »Keiner bewegt sich, verstanden?«

»Wir können doch nicht die ganze Nacht hier hocken«, zischte Harris.

»Das werden Sie nicht«, bemerkte Hao überheblich. »Sobald eine der Einheiten auslöst, wird ein Videosignal an die Einsatzzentrale geleitet. Sie können sich darauf verlassen, dass gleich jemand kommen wird.«

Noch immer hockte ich unter Nelson. Ich blickte zum Parabolspiegel, doch dort konnte ich nichts erkennen, was wie eine Selbstschussanlage aussah.

»Das reicht!«, stöhnte Harris. »Können wir nicht einfach an der Schräge entlang klettern?«

Ich sah, dass er aufstand.

»Lassen Sie den Quatsch, Mann!«, rief Melissa.

»An seiner Stelle würde ich das nicht tun.« Hao klang ernst.

Die Anlage schoss erneut. Direkt neben mir sprengten die Projektile den Beton auf und mir entfuhr ein entsetzter Schrei. Nelson rollte sich von mir ab. Ängstlich wich ich zurück. Das Geräusch der Schüsse war grauenhaft. Ich riss den Kopf herum und entdeckte Nelson, oder wenigstens die Sohlen seiner Schuhe. Er hing kopfüber an der Schräge. Ich erbleichte und blickte mich panisch um.

»Wo ist Harris?«, schrie ich angsterfüllt.

»Er rutscht ab!«, keuchte er. »Helft mir!«

Die Anlage schoss unentwegt, es war unbeschreibliches Glück, dass wir aufgrund der geringen Reichweite nicht erwischt wurden und die Kugeln stattdessen den Boden durchsiebten. Ich robbte zu Nelson und erhaschte dabei einen Blick auf Melissas entsetztes Gesicht. Gerade, als ich Nelson erreichte, rutschten seine Schuhspitzen über die Kante.

»Los, Melissa, helfen Sie mir!«, schrie ich.

In letzter Sekunde bekam ich Nelsons Füße zu fassen. Mit all meiner Kraft versuchte ich, das Unausweichliche aufzuhalten. Ich schrie aus purer Verzweiflung, spürte, wie Hände mich umklammerten und hilflos an mir zerrten. Doch das Gewicht zweier Männer zog auch mich unaufhaltsam über die Kante des Daches. Ich würde Nelson nicht loslassen, was auch immer passieren mochte. Sein Körper wurde unendlich schwer und seine Schuhe drohten, meinen schweißnassen Händen zu entgleiten. Ich biss die Zähne zusammen und spürte, wie sich meine Sehnen am Hals anspannten. Gleichzeitig fühlte ich mehrere Hände, die verzweifelt an mir zerrten.

Mit einem Mal gab es einen Ruck und ich wurde über die Kante gerissen. Ich fiel.

DIE CREEPS

Beinahe besinnungslos traf mein Körper auf Wasser auf. Ich sah nichts. In der dunklen Brühe rammte ich eine andere Person. Ich bekam einen Tritt ins Gesicht. Unvorstellbarer Schmerz durchzuckte mich. Dumpfe Schreie quollen durch das Chaos wild sprudelnder Luftblasen. Mit letzter Kraft schlug ich um mich, versuchte, mich irgendwo abzudrücken. Ich musste hier raus. Einfach nur raus!

Mit einem Schlag waren alle Geräusche wieder da. Wildes Gurgeln und Platschen dröhnte in meinen Ohren. Ich riss die Augen auf und schnappte nach Luft. Schließlich bekam ich etwas zu packen, einen rauen, steinernen Rand. Mit meinen Fingerspitzen krallte ich mich daran fest. Ich würde ihn nicht loslassen. Mit letzter Kraft zog ich mich hoch.

Ohne etwas sehen zu können, streckte ich meinen Arm aus, ich bekam ein Stück Stoff zu fassen und zog es zu mir. Nackte Arme schlangen sich um mich. Es war Melissa.

»Alles gut«, hustete ich. »Hier geht's raus.«

Wir krochen aus dem Wasser.

»Sind alle okay?«, hörte ich Nelsons Stimme.

Ich strich mir die Haare aus dem Gesicht und rieb das Wasser aus meinen Augen. Nelson und Harris standen auf der anderen

Seite des kreisrunden Beckens. Ich umrundete es und stürzte zu Harris, schloss ihn in meine Arme.

»Ich dachte, ich hätte dich verloren!«, schluchzte ich.

»War auch knapp«, hustete er. »Diese scheiß Selbstschussanlage hätte mich fast erledigt.«

»Hat sie aber nicht!« Nelson lachte trocken auf. »Es ist zu verrückt, aber irgendwie umschiffen wir diese Hindernisse mit Bravour.«

»Diese Verrückte hat mich einfach in den Abgrund gestoßen!«, jammerte Hao, der gerade aus dem Wasser stieg.

»Ich heiße Melissa, verdammt!« Sie streifte sich das Wasser vom Körper. »Und wo wir schon dabei sind, ich hätte nichts dagegen, wenn wir uns duzen könnten.«

»Bruce, freut mich«, sagte Nelson so förmlich wie angestrengt.

»Sebastian«, genierte sich Harris, »aber niemand nennt mich Sebastian.«

Melissa blickte zu mir. Ich sah ihr nur kurz in die Augen und erwiderte nichts. Sie hatte mich immerhin erschießen wollen. Mein Blick fiel auf Hao.

»Für Sie bin ich Doktor Hao«, erklärte er blasiert.

»Ich hätte übrigens auch nichts dagegen«, stichelte Melissa, »wenn uns deine angeblichen Kontaktpersonen mal helfen würden.«

Doch anstatt darauf einzugehen, schnaubte Nelson nur. Ich schaute mich um. Ein schummriges Licht erhellte den Raum. Wir waren in einer Art Höhle, doch ich fühlte mich wie in einem tropischen Gewächshaus.

Dass ich nicht die Einzige war, auf die dieser Raum besorgniserregend wirkte, sah ich an Dr. Hao. Er stand abseits der Gruppe und starrte in die Finsternis.

»Nichts für ungut, Leute, aber wir sollten schnellstens zum nächsten Kontrollpunkt.«

Nervös entschwand er immer weiter im Dunkel.

»Bleiben Sie hier!«, rief ich ihm hinterher.

»Nein! Auf keinen Fall! Zu gefährlich!«, rief er über seine Schulter zurück.

»Sie kennen sich hier offenbar aus, Dr. Hao«, versuchte ich es noch einmal und fügte leiser hinzu: »Ohne Sie kommen wir hier nicht raus.«

Überraschenderweise funktionierte dieses dünne Argument. Offenbar hatte er nicht das geringste Interesse, allein unterwegs zu sein. Hao wartete, bis wir alle bei ihm waren. Dann führte er uns in die Dunkelheit.

Es war ein in Fels gehauener Tunnel. Der Durchmesser der ungleichmäßig geformten Röhre betrug, soweit ich das abschätzen konnte, an die zwanzig Fuß. Schon nach kurzer Zeit erreichten wir eine Gabelung. Wir bogen ab, dann teilte sich der Weg erneut. Es war das reinste Labyrinth.

Hao schien jedoch zu wissen, wo es langging. Unsere Schuhe matschten auf dem Fußboden. An einigen Stellen erhellten schwache Lichter das Tunnelsystem, dort erkannte ich Reifenspuren auf dem Boden und sogar welche an den Wänden. Plötzlich blieb Harris stehen.

»Bah! Was ist das denn?«, sagte er angewidert.

Ich trat zu ihm und starrte auf das unförmige Etwas, das vor ihm auf dem Boden lag. Mir drehte sich der Magen um. Ich erkannte Fleischreste, die auf seltsame Art in die Länge gezogen schienen. Jemand stellte sich neben mich, es war Hao.

»Nematoden«, sagte er tonlos. »Oder besser gesagt, das, was davon übrig ist.«

Irritiert sah ich ihn an. Doch Hao wandte sich ab und marschierte weiter. Meine Gedanken rasten. Dieses Becken hatte eine schreckliche Erinnerung geweckt. Ich schloss zu Dr. Hao auf.

»Sie sind hier, oder?«, fragte ich leise.

In der Dunkelheit konnte ich gerade so ausmachen, dass er nickte.

»In dieser Anlage simulieren wir ihren natürlichen Lebensraum. Seit über dreißig Jahren studieren wir so ihr Verhalten. Der ganze Komplex verteilt sich über eine Fläche von zwei Quadratmeilen. Wir gehen runter bis auf zweihundert Fuß. Die maximale Belegung waren bisher dreihundertvierzig Tiere.«

Für mich wurde gerade eine Tür zu einem fremden Universum aufgestoßen. Und dieser Wissenschaftler sprach so, als wäre es das Normalste der Welt.

»Und sie kommen nicht aus dem Weltall«, vermutete ich zögerlich.

»Nein, nein«, wehrte Dr. Hao ab, »keine Aliens. Eine intelligente Spezies von Säugetieren, die über ein hohes Maß an technischem Wissen verfügt. Das Bemerkenswerteste ist, dass sie subterran leben, also unter der Erde. Und das seit vielen zehntausend Jahren.«

In Haos Stimme schwang eine unvermutete Leidenschaft mit. Er war offensichtlich mit Leib und Seele bei seinem Forschungsobjekt.

Plötzlich hörte ich dieses Rattern. Nelson hatte es schon eher gehört, denn er fuchtelte, wie ich jetzt bemerkte, wild mit seinen Armen.

»Ich nehme an, wir sollen uns verstecken«, seufzte Hao.

Wir sprangen hinter einen der zahlreichen großen Steine, die überall am Rand des Tunnels lagen. Hao und Melissa hockten neben mir, Harris und Nelson hatten hinter einem anderen Stein auf der gegenüberliegenden Seite Deckung gesucht. In der Finsternis des Tunnels tauchten Lichter auf, die sich rasch näherten, und ich identifizierte das Rattern als Motorengeräusche. Hao versuchte hinauszulaufen, mit einiger Anstrengung hielt ich ihn zurück und drückte ihn an den Fels.

»Keine Dummheiten!«, zischte ich. »Ich würde Ihnen nichts antun, aber Nelson – der würde Sie fertigmachen! Verstanden?«

Dr. Hao nickte zögernd.

Es waren zwei seltsam anmutende Fahrzeuge, die an uns vorbeiratterten. Eine kugelförmige Fahrgastzelle steckte in einem Gestell, das über und über mit Rädern versehen war. Sie waren überall, sogar auf dem Dach. In der Fahrerkabine des vorderen Fahrzeugs hockte jemand in einem weißen Kittel, dahinter erkannte ich eine weitere Gestalt.

Blackwood!

Hao schien mein Staunen bemerkt zu haben.

»Einzelradaufhängung mit frei drehbarer Fahrerkabine«, erklärte er. »Das Fahrzeug – wir nennen es Pod – kann mit dieser Radaufhängung sogar eine senkrechte Steigung nehmen, vorausgesetzt, die Breite des Tunnels lässt das zu.«

Die schmalen Rückleuchten der Fahrzeuge verschwanden im Schwarz des Tunnels. Ich sah, dass Nelson aus seinem Versteck kam, hinter ihm stand Harris. Es war eine wahnsinnig unpassenden Situation – aber ich fand, er sah so süß aus! Sein lockiges Haar war nass und verwuschelt. Wegen der Luftfeuchtigkeit hier drin schien es nicht zu trocknen. Auf seiner breiten Nase lag die schwere Brille, die er erstaunlicherweise trotz aller Strapazen nicht verloren hatte.

»Wenn wir eines von denen kapern könnten«, sagte Nelson mehr zu sich selbst, »wären wir in Nullkommanichts hier raus. Und das, ohne jemandem die Schädeldecke wegpusten zu müssen.«

»Du hast öfter so kranke Fantasien, oder, Bruce?«, fragte Melissa vergnügt.

Wir wanderten weiter durch das Höhlensystem. Schließlich erreichten wir eine große Halle, blieben jedoch am Zugang stehen.

»Hier ist es«, flüsterte Dr. Hao. »Kontrollpunkt Nummer fünf.«

Er deutete auf ein breites Tor mitten im Fels und eine darüber liegende hell erleuchtete Glasfront, hinter der sich der Kontrollraum befand. Ich kniff die Augen zusammen und machte im Inneren schemenhaft einige Menschen aus, die sich an einem Tisch sitzend zu unterhalten schienen. Dabei konnte ich aber nicht erkennen, ob es sich um Militärs oder Wissenschaftler handelte. An den Felswänden entdeckte ich unzählige Öffnungen, die der glichen, in der wir gerade standen. Es musste sich um weitere Tunnel handeln, die allesamt in diese riesige kuppelförmige Halle mündeten, die ebenfalls von einem kreisrunden Becken in der Mitte dominiert wurde.

»Wenn Sie hier raus wollen – und ich schwöre, das werden Sie wollen«, sagte Dr. Hao eindringlich, »würde ich den direkten Weg zur Fahrzeughalle nehmen. Ich glaube ja nicht daran, dass Sie ungesehen dort hineinkommen, aber ich lasse mich gern vom Gegenteil überzeugen.«

»Sind denn hier keine Kameras?«, fragte Harris verwundert.

»Für wen halten Sie uns?« Hao lachte spöttisch. »Wenn Sie schnell genug sind, fallen Sie vielleicht nicht sofort auf.«

Das Tor, hinter dem Hao zufolge die Fahrzeughalle liegen sollte, war an die vierzig Yard entfernt. Ich sah in Nelsons entschlossenes Gesicht. Melissa nickte, und auch Harris schien gewillt, den Versuch zu wagen. Entschlossen machten wir uns auf den Weg. Nelson und Harris marschierten, so leise sie konnten, vorweg. Ich stolperte ihnen auf dem unebenen Boden hinterher und versuchte dabei, die Halle näher in Augenschein zu nehmen.

Die Halle war in den rauen Fels gehauen, überall fanden sich Ecken, Vorsprünge und Absätze, zu denen kein Licht drang. Ich fühlte mich alles andere als wohl, erst recht, als ich glaubte, auf einem der Absätze eine Bewegung auszumachen.

Ich warf einen Blick zu der erleuchteten Kontrollzentrale. Die Personen hinter der Scheibe schienen sich immer noch miteinander zu unterhalten. Wir erreichten das Becken. Nelson und Harris blieben an dessen Rand stehen und starrten hinein.

Neugierig riskierte auch ich einen Blick – und fuhr entsetzt zurück. Das, was sich darin bewegte, war kein Wasser.

»Die Creeps ernähren sich ausschließlich von hochgezüchteten Nematoden«, hörte ich Dr. Hao sagen, »Fadenwürmer. Diese hier werden bis zu sechsundzwanzig Fuß lang.«

»Sechsundzwanzig Fuß?«, fragte ich. Ungeachtet meines Entsetzens war ich fasziniert. »Aber wie können die Creeps diese Würmer züchten? Unter der Erde gibt es doch keine Nahrung.«

»Oh, die Evolution ist erfinderisch«, schwärmte Dr. Hao. »Die Nematoden ernähren sich von Biofilm. Das ist eine Bakterienmasse, die von den Creeps produziert und ausgeschieden wird. In der Wärme ihres unterirdischen Habitats wird dieser Biofilm kultiviert und vermehrt. Es ist ein fragiler, aber dennoch funktionierender Kreislauf.«

Die Würmer wanden sich durch blassrosa Schleim, es mussten mehrere Tausend sein. In dem Becken, das einen Durchmesser von vielen Fuß aufwies, konnte ich keinen Grund erkennen, nur diese riesige, sich umschlingende Masse.

Melissa schlich an uns vorbei. »Kommt schon«, sagte sie angewidert. »Oder überlegt ihr, ob ihr 'ne Runde schwimmen geht?«

Nelson und Harris setzten sich Bewegung. Ich blickte zu Hao – und erschrak. Er hatte zu einem erneuten Monolog angesetzt und bemerkte dabei nicht, dass etwas hinter ihm stand.

»Wir halten die Temperatur bei konstant einhundertzweiundzwanzig Grad Fahrenheit«, dozierte er, »damit sie ihren Feuchtigkeitshaushalt regulieren können und die Bakterien sich in dem Maße vermehren, wie sie es auch unter normalen Umständen täten.«

Ich wollte losschreien, ihn warnen, doch ich war wie gelähmt vor Angst. Kalkweiße Glieder wölbten sich um Dr. Haos Bauch. Noch berührten sie ihn nicht. Über seinem Kopf erschien ein aus der Form geratener Kegel.

»Wir müssen ihnen die exakten Lebensverhältnisse schaffen, die sie auch in ihrem natürlichen Habitat auffinden. Ansonsten bringen all die Forschungen nichts …«

Der Kegel streckte sich in die Höhe. Der in der Mitte klaffende Spalt fuhr auseinander. Wider Willen war ich gebannt von diesem schaurigen Anblick. Schwere Speichelfäden troffen von dem immer breiter werdenden Schlund herab und gelbliche Reißzähne erschienen.

Dann packten die Glieder abrupt zu. Dr. Hao kreischte panisch auf. Er zappelte und wand sich – doch es war zu spät.

»Jeannie! Was ist das?«, hörte ich eine erschrockene Stimme hinter mir, doch ich schenkte ihr keine Beachtung. Zu gebannt war ich von diesem Schauspiel des Schreckens, das sich vor meinen Augen abspielte.

Der Kegel neigte sich jetzt nach unten, und ich erkannte, dass es ein Kopf war. Ein grauenerregender Kopf. Ich sah keine Augen, nur vier feingliedrige Greifwerkzeuge an dem länglichen Maul. Gierig tasteten sie über Haos angstverzerrtes Gesicht.

Dann glitten sie zur Seite. Das Maul stülpte sich über Haos Kopf, bis dieser gänzlich darin verschwand. Seine gellenden Schreie wurden zu einem gedämpften Brummen. Die Kiefer fuhren zusammen. Es knackte. Der Schrei erstarb und ein Schwall roter Flüssigkeit strömte aus dem Maul. Das Wesen hob seinen grauenhaften Schädel und löste den Griff.

Vor mir stand der kopflose Körper von Dr. Hao. Der Laborkittel war blutgetränkt. Der Leib des Wissenschaftlers fiel auf die Knie und kippte nach vorn. Blut und Sehnen klatschten auf den Boden.

»Ach, du Scheiße!«, fluchte Harris.

Entsetzt blickte ich auf das Wesen. Der Creep stand auf seinen Hinterbeinen. An seiner weißen Haut rann Haos Blut herunter. Mit einem Mal landete der unförmige, aber kräftige Körper im Vierfüßlerstand. Ich hörte, wie das Wesen Luft durch seine Nasenöffnung einsog – sofern dieses knochige Loch an seiner Schädelfront die Nase war. Mein Blick wanderte an dem Kopf herab. Und da entdeckte ich es. Unterhalb des Kopfes hing eine Kette. Eine Kette wie die, die ich um meinen Hals trug.

Unerwartet riss der Creep sein Maul auf. Ein furchtbarer Schrei gellte mir entgegen. Das war der Moment, in dem mir klar wurde, dass wir schleunigst verschwinden sollten. Ich trat einen Schritt zurück und warf einen Blick auf Haos Überreste.

Das Wesen tat einen Schritt auf mich zu. Seine Vorderbeine krallten sich in die Leiche. Ein weiterer Schrei erscholl. Er kam von den Felswänden. Angsterfüllt suchte ich die Absätze ab. Immer mehr Schreie drangen aus allen Ecken der Halle zu uns herab.

»Los, weg hier!«, rief Nelson.

Ich drehte mich um und taumelte über den glitschigen Boden. Das Tor war noch ein ganzes Stück entfernt. Nelson war fast da. Harris und Melissa liefen vor mir. Ich hörte, wie Steinbrocken von den Rändern herabstürzten.

»Da oben bewegt sich 'ne ganze Menge!«, rief Harris und hielt sich die Hände schützend über den Kopf.

In diesem Augenblick sah ich Melissa stolpern. Sie verlor das Gleichgewicht und stürzte nach vorn. Ich streckte noch meine Arme aus, doch ich erreichte sie nicht. Mit voller Wucht knallte sie auf die Steinkante des Beckens. Vor Schmerzen schreiend kippte sie zur Seite und fiel hinein.

»Melissa!«, schrie ich und lief an den Beckenrand. Ich streckte mich, so weit ich konnte, doch ich kam nicht an sie heran. Mit ausgestreckten Armen und verlorenem Blick versank Melissa in der fleischigen Masse. Ihre rotblonden Haare waren das Letzte, was ich von ihr sah. Ich hörte keinen Schrei und sah keine anderen Bewegungen als das gleichförmige Winden dieser abscheulichen Würmer. Einen kurzen Augenblick dachte ich an ihr kleines Kind.

Mein Blick fiel auf den Creep. Sein furchtbares Maul grub sich in die Reste von Dr. Hao. Von allen Seiten sah ich weitere Wesen die Wände herunterklettern. Mir war klar, wohin sie wollten. Ich lief los.

Nelson hämmerte bereits gegen das Tor. Auch Harris und ich erreichten jetzt die Aushöhlung, in der sich das Tor befand.

»Unwahrscheinlich, dass die da oben noch nichts mitbekommen haben«, sagte Nelson aufgebracht.

»Glaube ich auch«, keuchte ich.

Wir alle klopften gegen den Stahl. Ich warf einen Blick in die Halle: Zahllose Creeps stapften siegessicher auf uns zu, sie waren nur noch einen Steinwurf entfernt. Nelson gab nicht auf, unablässig schlugen seine Fäuste gegen das Tor. Doch nichts geschah. Je näher die Creeps kamen, desto mehr schwand meine Hoffnung, dass es jemand für uns öffnete.

Sie erreichten soeben die Aushöhlung, als ich ein Geräusch vernahm. Und nicht nur ich, auch die Creeps hielten plötzlich inne und hoben, offenbar lauschend, die kegelförmigen Köpfe. Das Dröhnen wurde schnell lauter. Hinter den bleichen Wesen erblickte ich zwei Fahrzeuge. Es waren die Dinger, die Hao Pods genannt hatte.

Ihre vollverglasten Kapseln schwebten über den krummen Rücken der Creeps. Es mussten dieselben beiden Pods sein, die vorhin an uns vorbeigefahren waren, denn ich erkannte Blackwood in einer der hell erleuchteten Kapseln. Meine Hände umschlangen die Riemen meines Rucksacks. Kaum kamen die Fahrzeuge neben dem Fadenwurmbecken zum Stehen, wandten sich die fremdartigen Tiere von uns ab.

Ein Signalhorn heulte auf.

Die Creeps wichen von uns zurück und sammelten sich um die Fahrzeuge. Ein paar von ihnen reckten ihre länglichen Oberkörper in das Becken. Mit ihren grauenhaften Mäulern schnappten sie nach den Würmern. Vorsichtig trauten wir uns hinaus in die Halle. Ich drehte mich um und sah nach oben. An der großen Glasscheibe standen eine Menge Wissenschaftler und Soldaten, wie ich an den Laborkitteln und Uniformen erkannte.

»Wir sind wohl gerade Probanden eines spontanen Experiments geworden«, stammelte Harris.

Ich schüttelte mich vor Entsetzen. Melissa und Dr. Hao waren tot, und irgendwie wusste ich, dass Blackwood nicht vorhatte, uns zu retten. Erneut ertönte das Signalhorn. Und erst jetzt bemerkte ich einen seltsamen Apparat, der zwischen dem Becken und uns an einem großen Felsen stand. Einer der Creeps war zielsicher dorthin gekrochen. Jetzt hob er seinen Arm und führte ihn zu einer der großen Tasten, die sich daran befanden.

»Was ist das?«, flüsterte ich.

»Ich schätze, darüber kommunizieren sie mit uns Menschen«, erwiderte Nelson ebenso leise.

Mein Blick fiel auf den Pod, in dem Blackwood saß. Der beleibte Mann neben ihm, der ein Wissenschaftler sein musste, hatte eine Tastatur auf dem Schoß.

»Ihr Todesurteil wird gerade unterzeichnet!«, hallte Blackwoods Stimme durch den Lautsprecher des Pods. »Professor Hidalgo teilt unseren unterirdischen Freunden in diesem Augenblick mit, dass sie ungebetene Gäste sind. Wie Sie bereits wissen, sind die Creeps nicht besonders wählerisch, was ihren Speiseplan angeht.«

»Aber wir haben die Fotos!«, rief Nelson über die Creeps hinweg.

Die Scheinwerfer des Pods blendeten mich, dennoch konnte ich erkennen, dass Blackwood von seinem Sitz aufgestanden war. Noch immer war ich zum Zerbersten angespannt.

»Ich weiß«, sagte Blackwood kalt. »Die Unterlagen sind allerdings bereits dort, wo ich sie haben will: in einem Hochsicherheitsbereich. Damit bleiben nur noch Sie übrig, die beseitigt werden müssen.«

Der Mann in dem weißen Kittel neben Blackwood hob seinen Daumen. Das Blut wich aus meinen Gliedern. Ich sah, wie der am Automaten stehende Creep grunzte. Die anderen stimmten mit ein und drehten sich zu uns. Es mussten an die hundert sein, wie ich jetzt sah. Knurrend und sabbernd kamen sie wieder näher.

Blackwood stand mit verschränkten Armen in seiner sicheren Kapsel und verfolgte das perfide Schauspiel. Nelson, Harris und ich wichen zurück. Die vordersten Tiere öffneten ihre grässlichen Mäuler.

»Das sieht gar nicht gut aus«, knurrte Nelson. »Ich werde so vielen Biestern wie möglich die Fresse polieren.«

»Alles klar, Bruce.« Harris' Stimme zitterte. »Ich verstecke mich hinter dir, bis die Luft rein ist.«

Ich schüttelte mich bei dem Geräusch, das das Aufschlagen ihrer abscheulichen Tatzen verursachte, bei dem Anblick ihrer abstoßenden Mäuler, aus denen der Speichel quoll, bei dem Klirren der Ketten um ihre Hälse.

Die Kette!, schoss es mir durch den Kopf.

Meine zittrige Hand fuhr in meinen Ausschnitt. Ich ertastete den Anhänger und zog ihn hervor. Das Band glitt über meinen Kopf und ich hielt meinen Talisman vor mich. Was dann geschah, war einfach unglaublich.

Einer der vorderen Creeps blieb stehen und hob seine Schnauze. Er schien zu schnuppern. Dann brüllte er unversehens. Es war ein zutiefst beunruhigender Laut, der mich zusammenfahren ließ. Doch dann sah ich, dass auch die anderen Creeps ihren Angriff stoppten.

Wahrscheinlich waren es bloß ein paar Sekunden, doch mir kam es wie eine Ewigkeit vor. In der Halle herrschte, bis auf das hundertfache Schnaufen der unheimlichen Wesen, eine geisterhafte Stille.

Schließlich knurrte das Tier, das die Kette gewittert hatte. Einige Reihen hinter ihm knurrte ein anderes. Und dahinter noch weitere. Ich warf einen raschen Blick zu der Pod-Kapsel und sah, dass Blackwood ungehalten wurde. Er griff zu dem Sprechgerät.

»Was zum Teufel machen Sie da?«

Die Creeps vor uns teilten sich. Von hinten näherte sich ein einzelnes Tier. Behäbig schritt es zwischen den anderen hindurch und kam mir bis auf eine Armlänge nahe. Mir stockte der Atem. Am liebsten wäre ich davongelaufen. Doch etwas sagte mir, dass ich in diesem Augenblick nichts zu befürchten hatte. Und ich sah es sofort:

Der Creep, der jetzt vor mir stand, trug als einziger keine Kette. Erinnerungen an jene Nacht im November 1986 durchzuckten mich wie quälende Blitze. Das war das Tier, das Russ getötet hatte. Ich kann nicht sagen, dass ich erstarrt war. Dafür zitterte ich zu sehr. Doch mein Überlebenswillen war stärker. Die Kette baumelte an meinem ausgestreckten Arm.

Der Creep stellte sich auf seine Hinterbeine. Gebannt sah ich zu ihm auf. Im Stand war er an die zehn Fuß hoch. Seine bleichen Hände mit drei langen Fingern und einem nach hinten versetzten Daumen glitten zu mir.

Mit größerem Geschick, als ich diesen Wesen zugetraut hätte, nahm er mir die Kette aus der Hand. Einen Moment lang verharrte der Creep mit seinem Anhänger in den Klauen still vor mir. Sein kegelartiger Kopf senkte sich bis knapp über den Boden. Dann kehrte er zu den anderen zurück. Ein furchtbares Brüllen hallte durch die Höhle.

Verblüfft beobachtete ich, wie auch die anderen Creeps sich umdrehten und zurück zur Hallenwand stampften.

»Fuck, Jeannie!«, hörte ich Harris. »Du hast uns gerettet!«

Durchdrehende Reifen zerrissen meine kurzzeitig aufflammende Freude. Mit brüllendem Motor raste Blackwoods Pod auf uns zu.

»Zumindest vor den Creeps!«, rief ich. »Lauft!«

Ich drehte mich um. Meine Schuhe hämmerten auf den Boden. Mit neuer Kraft jagte ich auf die Aushöhlung vor dem Tor zu. Blackwoods Pod war nur noch einen Steinwurf entfernt. Nelson sprang in den schützenden Winkel. Der Motor kreischte und die Scheinwerfer erfassten mich. Erschrocken sah ich, dass Harris langsamer war als ich.

Ich streckte meine Arme aus, packte ihn. Mit aller Kraft drückte ich mich vom Boden ab und wir stürzten gemeinsam in die Nische. Hinter uns krachte es. Ich schlug mit dem Gesicht schmerzhaft auf den Boden. Jetzt blitzten die Scheinwerfer in die Nische. Hinter uns bretterten die seitlichen Räder des Pods vorbei, Funken sprühten. Ich keuchte vor Erleichterung. Blackwood hatte uns verfehlt.

Flink sprang ich auf die Beine und hielt Ausschau nach dem Pod. Er bremste und kam schlitternd neben dem Fadenwurmbecken zum Stehen. Es waren an die fünfzehn Yard. Ich sah, dass das zweite Fahrzeug noch immer an seiner ursprünglichen Position stand. Blackwood nahm ein Gewehr und trat an den Ausstieg.

»Scheiße, der kommt raus!«, fluchte Nelson.

Wutentbrannt kletterte der Colonel aus dem Pod. Da entdeckte ich etwas. Zuerst dachte ich, ich wäre verrückt geworden. Doch da war tatsächlich eine Hand auf dem

Beckenrand hinter Blackwood. Ein zweite patschte daneben auf den glitschigen Beton. Verschmierte Haare tauchten auf.

»Melissa«, hauchte ich.

Colonel Blackwood hob das Gewehr. Offenbar hörte er nicht, dass Melissa nur ein paar Yard hinter ihm aus dem Becken kroch. Blackwood entsicherte seine Waffe und zielte in unsere Richtung. Melissa taumelte auf ihn zu. Sie sah entsetzlich aus.

»Achtung, Colonel!«, schrie der beleibte Forscher aus dem Pod.

Blackwood nahm unverzüglich das Gewehr runter. Ohne sich umzublicken, holte er mit seinem Ellenbogen aus. Er traf Melissa im Gesicht. Mit einem Schrei glitt sie aus.

Blackwood wollte gerade wieder sein Gewehr hochnehmen, doch Nelson war zu ihm gelaufen, und mit einem beherzten Sprung riss er Blackwood zu Boden. Er klemmte den Kopf des Colonels zwischen seine Knie. Wie wahnsinnig schlug er in das Gesicht seines Gegners.

»Jeannie, sie kommen wieder!«, sagte Harris hinter mir.

Er hatte recht. Die Creeps witterten offenbar, dass es einen Konflikt unter uns Menschen gab. Im anderen Pod sah ich neben einem Forscher noch zwei Soldaten. Sie diskutierten lebhaft.

»Wir haben nur eine Möglichkeit, wenn wir hier heil raus wollen«, sagte ich.

»Also setzen wir doch Nelsons Plan in die Tat um!«, rief Harris entschlossen. Er hatte verstanden.

Er lief raus in die Halle, ich rannte hinterher. Harris erreichte die Kämpfenden. Er trat auf Blackwoods Bauch und nahm ihm das Gewehr ab, während ich Melissa auf die Beine half. Sie blutete am Jochbein.

»Du lebst!«

»Das war das Ekeligste, was mir je in meinem Leben passiert ist!«, würgte sie.

Ich schleppte sie zu dem Pod, den die Creeps mittlerweile eingekreist hatten. Ich sah, dass der füllige Wissenschaftler nach der Tür greifen wollte. Ich ließ Melissa los und sprang auf die kleine Leiter, die zu der Kapsel hinaufführte. Professor Hidalgo bekam die Tür zu packen und zog sie zu sich heran, doch es gelang mir, mich in den Spalt zu zwängen. Der Wissenschaftler hatte eindeutig mehr Masse als ich und quetschte mich ein.

Da zog jemand von hinten. Es war Melissa. Die Tür flog auf und wir stürzten in die kleine Fahrerkabine. Der sichtlich schockierte Wissenschaftler versuchte, der Lage Herr zu werden.

»Raus mit dir, Fettsack!«, fauchte Melissa ihn an. Und ohne zu zögern schlug sie ihm auf die Nase.

Es knackte. Der Wissenschaftler warf den Kopf in den Nacken und jammerte.

»Verdammter Mist! Sie haben mir die Nase gebrochen! Mist!«

»Raus hier«, kreischte Melissa, »oder ich schneide dir die Zunge ab!«

Ich wusste, dass sie es, ohne mit der Wimper zu zucken, tun würde. Und diesen Eindruck hatte sie offenbar auch auf den Wissenschaftler gemacht. Widerwillig zwängte er sich an uns vorbei. Wir schoben ihn an und drückten ihn durch den Ausstieg. Blut tropfte von seiner Nase und er winselte um Hilfe. Dann war Harris an der Leiter. Er zog den Wissenschaftler auf den Boden und sprang zu uns hinein.

»Weiß jemand, wie man dieses Ding fährt?«

»Sollte nicht komplizierter sein als ein Automatikwagen«, antwortete Melissa.

»Ich habe keinen Führerschein.« Harris stellte das Gewehr neben den Fahrersitz.

Ich sah durch die Scheibe. Nelson hatte von Blackwood abgelassen, der zusammengekrümmt auf dem Boden lag. Die Creeps näherten sich unaufhaltsam. Ich drehte mich um und sah, dass sie auf der anderen Seite bereits direkt vor dem Pod standen. Ihre farblosen Hände kratzten über die Räder.

Bruce Nelson kletterte in den Pod, während Professor Hidalgo verloren davorstand und zu dem zweiten Fahrzeug winkte. Da passierte es. Zwei der Creeps sprangen auf Blackwood.

Der andere Pod setzte sich umgehend in Bewegung. Panik ergriff Hidalgo. Unbeholfen kletterte er die Leiter hinauf.

»Mach die Tür zu, Jeannie!«, rief Harris.

Ich packte den Kunststoffgriff und zog die gläserne Klappe zu mir. Hastig suchte ich nach einem Verschluss. Endlich fand ich einen Drehriegel und verriegelte die Tür. Professor Hidalgo hämmerte gegen den Ausstieg. Unter ihm krochen die Creeps immer näher heran. Hinter ihnen sah ich den zweiten Pod, er fuhr zwischen den Wesen hindurch, die widerwillig Platz machten, um nicht überfahren zu werden.

Auf einmal umschlangen weiße Arme den Professor. Seine angsterfüllten Augen starrten mich an. Der Motor unseres Pods heulte auf.

»Ich hab's!«, freute sich Harris. »Gleich geht's los!«

Hidalgos Hände versuchten vergeblich, sich an der Leiter festzuhalten. Der Creep zog den kräftigen Wissenschaftler von der Stufe. Sein Oberkörper kippte nach hinten und glitt in das grässliche Maul. Er schrie.

Der zweite Pod näherte sich Blackwood – oder dem, was von ihm übrig sein musste, denn ich sah ihn nicht mehr. Die Creeps waren überall. Hidalgos Schreie verstummten mit einem Mal. Ich schaute zu ihm – und erblickte ein Blutbad.

Die Arme des Creeps hielten die Beine des Wissenschaftlers fest. Eine Fontäne dunklen Lebenssafts gurgelte aus seinem grauenerregenden Schlund. Zwischen Blut und Eingeweiden blitzten die scharfen Zähne hervor. Das Biest biss erneut ein Stück von ihm ab. Blutspritzer sprenkelten die Scheibe der Fahrzeugtür. Angewidert drehte ich mich weg.

»Lasst uns fahren!«, keuchte ich.

Da hörte ich ein Quietschen und spähte wieder hinaus. Durch die blutverschmierte Scheibe sah ich das zweite Fahrzeug. Es hielt an, zwei Soldaten öffneten in Windeseile die Tür. Sie traten hinaus und feuerten in die Luft. Aufgeregt wichen die Creeps zurück.

Endlich sah ich Blackwood. Er lag reglos auf dem Boden, seine Angreifer hatten von ihm abgelassen. Einer der Soldaten hob ihn hoch, während der andere die Lage sicherte. Und das war auch nötig, denn die Creeps umzingelten die Gruppe schnell wieder. Die Soldaten wagten die Flucht nach vorn. In ihrer Mitte trugen sie Blackwood, dabei feuerten sie auf alles, was kein Mensch war.

»Also schön, Leute!« Nelson räusperte sich. »Wenn ich die Karte richtig lese, müsste ein paar hundert Yard in diese Richtung Kontrollposten Nummer drei liegen.«

»Dann los«, drängte Melissa. »Oder wollt ihr warten, bis es Frühstück gibt?«

Die Soldaten hatten, wie ich sah, Blackwood derweil in den Pod gehievt. Er war am Leben. Mit einer Hand hielt er seinen Kopf, mit der anderen deutete er in unsere Richtung. Einige Creeps kletterten auf die Kapsel des anderen Pods.

Es blitzte. Die Creeps ließen augenblicklich von der Kapsel ab und fielen zu Boden.

»Die Dinger sind mit Strom gesichert«, stellte ich fest.

»Kann schon sein«, meinte Nelson. »Ich hätte auch keine Lust, dass mir diese Viecher auf die Pelle rücken.«

Blackwoods Pod fuhr los und die Creeps wichen aus. Ich ahnte, was Blackwood vorhatte.

»Haltet euch fest!«

Zwar war die Kapsel, in der wir hockten, dank der Reifenaufhängung geschützt, dennoch traf uns der Aufprall hart. Ich sah nach vorn. Zu meinem Entsetzen stellte ich fest, dass Harris am Lenkrad saß.

»Seid ihr bescheuert?«, schrie ich. »Warum lasst ihr ausgerechnet ihn fahren?«

Panisch scheuchte ich Harris vom Sitz und nahm seinen Platz ein. Blackwoods Pod schob uns über den Boden – direkt auf das Fadenwurmbecken zu. Meine Füße suchten ein Gaspedal, doch ich fand nichts.

»Zuerst drückst du diesen Knopf da und dann den.« Harris deutete gelassen auf das Display vor mir. »Und dann musst du diesen Hebel nach vorn schieben.«

Ich hasste es, wenn er klugschiss. Doch ich biss meine Zähne zusammen und tat, was er sagte. Als ich den Hebel sacht nach vorn schob, bewegte sich das Fahrzeug. Wir waren nur noch ein paar Yard vom Becken entfernt. Unter uns lauerten die Creeps. Vermutlich warteten sie nur auf einen günstigen Augenblick, um uns den Garaus zu machen.

Entschlossen drückte ich den Hebel bis zum Anschlag. Ich hörte, wie die Räder des Pods durchdrehten. Blackwoods Fahrzeug schob uns weiterhin an. Schließlich gelang es mir, den Pod aus der Gewalt des anderen Fahrzeugs zu befreien. Die Creeps unter uns wichen zur Seite. Ich lenkte den Pod zum Rand der Halle. Wir tauchten in einen der düsteren Tunnel ein und ließen die Nematodenhalle, die uns um ein Haar zum Verhängnis geworden wäre, endlich hinter uns.

»Das war wieder mal verdammt knapp.« Harris stieß den Atem aus. »Sind das etwa deine Aliens, Jeannie?«

Ich nickte. Die Scheinwerfer an der Oberseite der Kapsel erhellten den Tunnel vor der großen Scheibe. Wir hatten an die zwanzig Meilen pro Stunde drauf. Ich warf einen kurzen Blick nach hinten. Harris und Melissa hatten sich auf die engen Plastiksitze gequetscht, Nelson ließ sich auf den Platz neben mir fallen.

»Was war das für eine Kette?«, fragte er.

»Die gehörte diesem Tier«, entgegnete ich knapp. »Hab' ich ihm 1986 in Oregon abgeluchst.«

Ich sah zu ihm rüber, sein geschundenes Gesicht war mir zugewandt. Auf einmal blendeten mich Lichter. Ich sah aus dem Fenster und nahm im Spiegel Scheinwerfer hinter uns wahr, die sich rasch näherten.

»Wie schnell fahren diese Dinger?«, fragte ich.

Nelson drehte sich nach hinten.

»Wir fahren scheinbar zu langsam«, stellte er fest.

»Na, vielen Dank!«, fuhr ich ihn an.

Meine Augen rasten abwechselnd von der Fahrbahn zum Bedienpult. Ich konnte beim besten Willen nicht erkennen, wie ich noch mehr aus dem Fahrzeug rausholen konnte.

Ich sah wieder nach draußen. Die Piste war uneben, und an manchen Stellen kam uns die Tunnelwand so nah, dass die seitlich liegenden Reifen sie berührten. Der Pod schaukelte gefährlich. Immer wieder wich ich massiven Felsblöcken aus. Vereinzelt huschten weiße Schemen durch den Kegel meiner Lichter. Ich konnte unmöglich schneller fahren. Da knallte es.

»Sie haben uns!«, schrie Melissa.

»Ich weiß!«, entgegnete ich. »Ich will auf keinen Fall einen Unfall bauen!«

Blackwoods Pod rammte uns erneut und ich verlor die Kontrolle über unser Fahrzeug. Wir krachten gegen den Fels. Metall barst.

»Wir haben die Radaufhängung links verloren!«, rief Nelson.

Ich lenkte gegen, auf keinen Fall durften wir zum Stehen kommen. Mein Blick fiel auf eine Reihe gruppierter Tasten, die mit den Ziffern 1, 2 und 3 beschriftet waren. Die Taste mit der 1 leuchtete. In meiner Verzweiflung drückte ich die 2. Der Pod beschleunigte. Intuitiv riss ich das Steuer herum. Wir kamen frei.

»Ich glaub', ich hab' die Gangschaltung gefunden«, rief ich.

Die Scheinwerfer unserer Verfolger schwenkten ab. Wir waren wieder auf der Strecke, und nach kurzer Zeit weitete sich Tunnel. Ich staunte nicht schlecht, als wir eine weitere riesige Halle erreichten. Sie sah ähnlich aus wie die, aus der wir kamen. Auch hier liefen etliche Creeps umher. Ich lenkte den Pod an einem mächtigen Fadenwurmbecken vorbei.

»Das muss es sein.« Nelson blickte auf die Karte. »Kontrollpunkt drei. Ah, dort vorn ist das Tor!«

Ich sah es auch. Es lag direkt unter einem weit in die Halle ragenden Kontrollposten. Eine hell erleuchtete Kanzel hing im Zentrum der Halle direkt über dem Becken.

»Was machen wir jetzt?«, fragte Harris. »Bruce, du hast doch immer einen Plan.«

»Scheiß auf seinen Plan«, knurrte Melissa. »Bring uns hier raus, Jeannie!«

Sie hatte recht. Ich drückte die Taste für den dritten Gang. Der Pod beschleunigte weiter. Die Creeps, so ungelenk sie aussahen, waren unglaublich agil und wichen uns aus. Ich drehte mich um. Blackwoods Pod war noch immer dicht hinter uns.

»Alle Mann festhalten!«, rief Nelson.

Wir fuhren unter den schwebende Kontrollpunkt. Vor uns lag das Tor. Am liebsten hätte ich mir die Hände vor das Gesicht gehalten, doch stattdessen steuerte ich stur geradeaus. Ich wollte hier raus! Kurz bevor wir das Tor erreichten, hielt ich die Luft an. Meine Finger krallten sich um das Lenkrad. Ich spannte die Schultern an. Das Tor war zum Greifen nah. Ich wagte es kaum zu blinzeln. Die Räder berührten den Stahl. Ich schloss meine Augen. Dann krachte es.

AUSBRUCH

Ich war todmüde, dennoch zwang ich mich, die Augen zu öffnen. Die blinkenden Lichter der Bedienoberfläche an der Fahrzeugdecke strahlten mir entgegen. Ein Dröhnen, durchsetzt mit dumpfen Donnerschlägen, drückte auf meine Ohren. Im Augenwinkel sah ich Blitze hinter den gesprungenen Scheiben. Ich hob meinen Kopf. Er schmerzte.

»Bleib liegen, Jeannie.«

Harris' Gesicht erschien über mir und meine Erinnerung kehrte langsam zurück. Panik ergriff mich, ich konnte meinen Kopf nicht richtig bewegen. Meine Augen rasten zu allen Seiten. Ich lag zwischen den schwarzen Plastiksitzen auf dem Boden des Pods. Nelson und Melissa sah ich nicht, doch ich hörte ihre aufgeregten Stimmen. Ich spürte Harris' Hände an meinem Bauch.

»Sie hat die Augen geöffnet«, sagte er. »Es ist, glaube ich, nicht so übel.«

»Wir müssen hier schleunigst raus«, hörte ich Nelson.

»Jeannie, ich dachte, du wärst tot«, flüsterte Harris.

»Das Gefühl hatte ich auch.« Meine Stimme klang brüchig. Ein unbeschreiblicher Schmerz zog sich von meinem Kopf bis in die Schultern.

»Alles ist gut, Jeannie. Hör zu, wir sind durch das Tor. Wir kommen hier raus! Und wenn wir den ganzen Mist hinter uns haben, lass uns was Vernünftiges mit unserem Leben anfangen.«

»Harris, geht's dir gut?«, murmelte ich.

»Ich weiß, ich weiß! Aber ich hatte gerade eine Eingebung. Pass auf! Wir, du und ich – lass uns Kinder machen, meinetwegen fünf Stück! Ist mir egal. Das kriegen wir hin. Und es ist mir auch egal, ob ich Air-Force-Piloten ihr Bier bringen muss. Alles ist mir egal, solange ich mit dir zusammenbleiben kann.«

Seine Hand streichelte mein Gesicht. Seine Augen waren feucht.

»Jeannie, ich liebe dich.« Harris schluckte. »Ich liebe dich so sehr, wie ich kein anderes Mädchen je geliebt habe. Ich will dich nicht verlieren.«

Jetzt begann ich, mir Sorgen um mich zu machen. Ich hob meinen Arm und legte meine Hand auf seine. Da war etwas Nasses. Als ich meine Hand vor das Gesicht nahm, erschrak ich. Sie war rot! Schüsse rissen mich aus meiner Lethargie, sie klangen nahe.

»Verdammt!«, rief Nelson. »Blackwood! Er kommt!«

Melissas Gesicht erschien über mir. Sie hielt sich ihr Handgelenk. Angewidert sah sie mich an.

»Wir müssen hier weg«, stammelte sie. »Ich bin mir nicht so sicher, ob wir mit ihr hier rauskommen.«

»Was ist mit mir?«, fragte ich.

Harris sah mich mitleidig an. Seine Hand verharrte auf meinem Bauch. Melissa presste ihre Lippen zusammen.

»Was ist?« Unruhe wühlte mich auf. »Hab' ich ein Loch im Bauch, oder was?«

Sie schüttelten ihre Köpfe. Ich merkte, dass sich Wut in mir breitmachte. Das war ein gutes Zeichen. Das bedeutete, dass mein Körper genügend Kraftreserven besaß. Meine Hände packten die Sitze. Zittrig setzte ich mich auf. Erneut donnerte ein Schuss. Ein heftiger Schlag traf die Scheibe über mir.

Ich sah an mir herunter. Mein weißes Shirt und meine kurzen Jeans hatten sich in ein ausschweifendes Halloweenkostüm verwandelt. Doch ich sah kein Loch. Meine Arme und Beine waren ebenfalls noch an meinem Körper. Ich fasste an meinen Kopf. Ein stumpfer Schmerz pochte auf. Ich fühlte, dass jede Menge Blut in meinen Haaren klebte. Und das Ziehen auf meiner Gesichtshaut mussten die Rinnsale dessen sein, was aus meiner Kopfwunde floss.

Ich brachte mich in einen wackeligen Stand und sah durch die gesprungene Scheibe. Wir waren in der Fahrzeughalle. Unser Pod war nur noch Schrott, sämtliche Aufhängungen waren gebrochen.

Am hinteren Ende der länglichen Halle erkannte ich einen Trupp Soldaten. Sie schossen auf eine Gruppe von Creeps. Die Wesen drängten die Soldaten zurück, sprangen auf einige von ihnen und gruben die Mäuler in ihr Fleisch.

»Sie brechen aus!«, flüsterte ich.

Ein Schuss hämmerte gegen das Glas hinter mir. Ich drehte mich um und schaute hinaus. Blackwood näherte sich, gefolgt von seinen beiden Rettern, doch nur einer von ihnen trug ein Gewehr.

Der Colonel sah schaurig aus. Zumindest, soweit ich das durch die blutverschmierte Scheibe erkennen konnte. Sein Gesicht war mindestens genauso blutüberströmt wie meines. Die Kleidung hing teils in Fetzen von seinem Körper und er zog sein linkes Bein nach. Mit einem schweren Sturmgewehr zielte er auf uns. Und er hatte den Pod fast erreicht.

»Wir können unmöglich raus, solange Blackwood uns belagert«, sagte Nelson.

Der Leiter der Flugsicherung schien soweit unverletzt zu sein. Ich allerdings war ziemlich schwach auf den Beinen. Bruce Nelson hob das Gewehr auf, das Harris Blackwood abgenommen hatte.

»Ich weiß, unsere Chancen stehen schlecht«, sagte er. »Aber in so einem Fall muss ein Mann tun, was ein Mann tun muss!«

Er wollte gerade die Tür öffnen, als mir eine Idee kam. Ich packte Nelson an der Schulter. Meinen Blick deutete er offenbar richtig, denn er nahm die Hand von der Tür. Ich sah hinaus. Blackwood war keine fünf Yard mehr von unserem Pod entfernt.

Ich sah zur Decke. Unter all den blinkenden Lämpchen und Tasten musste die mit der Funktion sein, die ich suchte. Ein Haufen kryptischer Symbole stach mir in die Augen.

»Gott!«, fluchte ich. »Wieso zur Hölle können Ingenieure Bedienoberflächen nicht so gestalten, dass jeder sie lesen kann!«

»Du bist nicht ihre Zielgruppe«, hörte ich Harris.

Metallenes Schlagen drang zu mir.

»Beeil dich«, rief Nelson. »Er ist schon auf der Leiter!«

Ich fuhr mit meinen Fingern an einer Reihe Schalter entlang, die mit durchsichtigen Plastikkappen abgedeckt waren. Ich hörte einen letzten Schlag, dann folgte ein Knacken an der Tür. Endlich entdeckte ich den Schalter, den ich suchte. Ich hörte, wie Nelson das Gewehr entsicherte.

Ich schlug die Plastikkappe auf. Blackwood schoss.

»Das war das Schloss!«, schrie Nelson. »Ich mach' den Mistkerl platt!«

Mein Daumen legte sich auf den Schalter mit dem Blitzsymbol. Entschlossen drückte ich ihn. Ein Lichtblitz und ein Knall folgten. Nelson schrie wieder.

Ich stolperte zu ihm. Die Tür war aufgebrochen und schlug gegen die Fahrzeugwand. Ich sah hinaus. Dort lag Blackwood. Der Stromschlag hatte ihn ein ganzes Stück fortgeschleudert. Er lag auf dem Bauch und bewegte sich nicht. Dampf stieg über ihm auf. Seine Männer liefen zu ihm.

»Jetzt oder nie!«, flüsterte Nelson.

Ich griff nach meinem Rucksack und setzte ihn mir auf. Nelson stieg die Leiter hinab. Harris half mir raus. Die Halle war größer und höher, als ich vermutet hatte. Hinter Blackwood stand der zweite Pod, er sah noch intakt aus. Jenseits davon lag das zerstörte Tor. Eine Spur von Trümmern zog sich bis zu unserem Fahrzeug.

Der bewaffnete Soldat sah auf. Er war offenbar unsicher, ob er das Feuer auf uns eröffnen sollte. Im Pod hinter ihm hockte der Wissenschaftler und gestikulierte wild. Ich sah, wie hinter dem Gerät weitere Creeps in die Halle strömten.

»Na schön«, rief ich. »Wo geht's raus?«

»Nach oben«, antwortete Nelson.

Langsamer, als mir lieb war, durchquerten wir die Halle. Die Creeps waren noch weit genug entfernt, doch ich merkte, dass ich nicht gut zu Fuß war. Nelson sicherte ab, so gut es ging. Melissa lief vorn und hielt Ausschau nach Wegen, die uns hier rausbringen konnten.

»Da ist ein Treppenhaus!« Sie deutete zu einer Glastür.

Als wir in den dunklen Eingang traten, hörte ich Schüsse, sie mussten vom Pod kommen. Ich beschloss, mich nicht umzudrehen. Was Blackwood und seinen Männern gerade widerfuhr, konnte jeden Augenblick ebenso gut uns passieren.

Wir liefen durch die Glastür. Von roten Warnlampen durchzogene Finsternis empfing uns.

»Ebene K7«, schnaufte Nelson. »Ist wohl 'n ganz schönes Stück bis nach oben.«

Mühsam kämpften wir uns Ebene für Ebene die Treppen hinauf. Auf K1 endete das Treppenhaus. Wachsam traten wir hinaus auf den Korridor. Doch ich erkannte schnell, dass es müßig war, leise zu sein.

Neonlicht erhellte pulsierend den Gang. Umgekippte Stühle und flatterndes Papier zuckten durch die Lichtblitze. In der Ferne heulten unablässig Sirenen, Schüsse fielen. Die Deckenplatten waren teilweise auf den Boden gefallen. Nicht weit vor uns lagen mehrere Körper in dunklen Lachen.

»Oh, mein Gott!«, stöhnte Melissa.

»Kommt!«, befahl Nelson, »ich hab' nicht mehr viele Schuss in der Waffe. Wir sollten sie also sparsam einsetzen.«

Wir näherten uns den Menschen, die mitten auf dem Gang lagen. Sie waren unübersehbar tot. Voller Abscheu betrachtete ich sie, als wir uns an der Wand an den Körpern vorbeizwängten.

Es waren Militärangehörige, und es sah nicht so aus, als hätten die Creeps sie aus Hunger getötet. Das aufblitzende Licht offenbarte uns nur bruchstückhaft die Brutalität, mit der sie die Soldaten umgebracht haben mussten, und das, obwohl jene bewaffnet gewesen waren.

»Meint ihr, diese Creeps wollen abhauen?«, fragte Harris.

»Ja, das glaube ich«, sagte ich. »Vermutlich waren sie viele Jahre in Gefangenschaft. Sie müssen bereits einen Plan entwickelt haben, falls ein Fall wie dieser eintritt.«

»Das heißt, diese Viecher sind intelligente Lebewesen?«, fragte Melissa.

»Sie bereisen den Weltraum«, sagte ich.

Melissa verstummte. Ich sah ihr vor Ekel verzogenes Gesicht im Halbdunkel.

»Und dann?«, fragte Harris plötzlich. »Ich meine, sie sind doch dann mitten in der Wüste. Wo wollen sie hin?«

Wir schlichen weiter. Bogen um Ecken und überquerten Kreuzungen. Doch seltsamerweise fanden wir weder einen Ausgang noch ein weiteres Treppenhaus, das uns aus dieser Hölle herausbringen konnte. Ich hörte Schreie und riss meinen Kopf herum.

An der Wegkreuzung, die hinter uns lag, erschienen ein paar Leute, sie liefen geradewegs auf uns zu. Einige trugen Arbeitskittel, andere Armeekleidung. Ich presste mich an die Wand, da sie mich um ein Haar umgerannt hätten.

»Laufen Sie!«, schrie eine Frau, deren Kittel mit Blut verschmiert war, uns zu.

Die Männer und Frauen waren kaum vorüber, da hörte ich das bestialische Brüllen. Mehrere Creeps polterten um die Ecke. Sie entdeckten uns und rissen ihre Mäuler auf.

»Meint ihr, die erinnern sich an uns?«, fragte Harris mit vor Entsetzen geweiteten Augen.

»Ich würde nicht darauf wetten!« Ich griff nach seiner Hand.

Wir hetzten den Fliehenden hinterher. Nelson überholte uns und auch Melissa war schneller als wir. Das Donnern mächtiger Pranken ließ meine Angst anschwellen. Der Korridor führte um eine Ecke.

Um ein Haar wäre ich über eine abgestürzte Deckenplatte gestolpert, doch geistesgegenwärtig sprang ich über sie hinweg. Hinter uns barst etwas. Ich wagte es nicht, mich umzusehen. Vor uns strahlte gleißendes Licht.

Und dann erblickte ich die Soldaten. Die Waffen in unsere Richtung gestreckt, winkten sie die Fliehenden durch. Nelson und Melissa huschten an ihnen vorbei.

»Los! Alle Mann hinter uns!«, rief einer.

Mit letzter Kraft erreichten Harris und ich die schützende Barriere. Zwei Soldaten packten mich, zogen mich ins Licht und ließen mich wieder los. Sofort eröffneten sie das Feuer auf den sich nähernden Tod im Korridor.

Die Schüsse hämmerten in meinen Ohren. Ich kroch in den Raum hinein. Harris half mir auf die Beine.

»Wir haben es geschafft, Jeannie!«

Ich sah mich um. Es waren an die zwei Dutzend bewaffneter Männer, die den Korridor von der Halle trennten, in der wir gelandet waren. Scharen von Wissenschaftlern, geleitet von Soldaten, liefen am hinteren Ende vorüber.

»Die evakuieren Groom Lake!«, sagte Nelson.

»Was haben wir getan?«, schnaufte Harris.

»Das Richtige«, antwortete Nelson.

Weitere bewaffnete Kräfte kamen hinzu und verstärkten die Barriere. Die Creeps schienen äußerst zäh zu sein.

»Jeannie!«, hörte ich eine vertraute Stimme.

Ich wandte mich um. Ein junger Soldat kam aus einer heranstürmenden Einheit auf mich zugerannt. In dieser Kluft hätte ich das Babyface beinahe nicht erkannt.

»Rico!«

»Was tust du hier?«, fragte mein Stammgast aus dem Diner. »Was ist mit dir geschehen?«

»Erkläre ich dir später.«

Rico legte seine kräftige Hand auf meine Schulter und blickte mir tief in die Augen.

»Du musst in ein Krankenhaus.«

Dann lief er zur Kampflinie, entsicherte sein Gewehr und schoss ins Dunkel.

»Wer war das denn?«, wollte Harris wissen.

»Wenn du einen Grund haben möchtest, eifersüchtig zu sein – *here you go*!«, seufzte ich und warf einen Blick zu Rico.

Zugegeben, er sah schon ziemlich heiß aus, wie er da mit zusammengebissenen Zähnen seine Munition verballerte. Doch was war er gegen jemanden wie Harris?

Dann geschah es: Rico wurde von einem angreifenden Creep umgerissen. Knurrend landete das Tier auf ihm und verharrte.

»Sie haben die Front durchbrochen!«, schrie ein Soldat.

Ich sah, wie ein paar andere verzweifelt versuchten, den Creep von Rico herunterzuzerren. Die Soldaten zogen sich zurück, als die ersten Creeps ihre blutigen Mäuler in den Raum schoben.

»Wir riegeln alles ab!«, rief einer der Soldaten in sein Funkgerät. »Keine Evakuierung mehr über das Med-Lab!«

In der Nähe fiel ein Schuss. Bevor ich seinen Ursprung ermitteln konnte, zerfetzte etwas das Fleisch unter meinen Rippen.

»Nein!«, gellte Harris.

Ich drehte mich um und erstarrte. Es war Blackwood! Mit erhobenem Gewehr hinkte er aus einem Korridor. Die Wissenschaftler, die um ihn herum aus demselben Korridor strömten, blieben erschrocken stehen. Ein brennender Schmerz breitete sich an meiner linken Seite aus. Hinter uns brüllten die Creeps.

Noch bevor sich Nelson schützend vor mich stellen konnte, sah ich das Ding, das Blackwood auf mich warf. Der kleine dunkle Zylinder blieb vor mir liegen.

»Scheiße!«

Instinktiv trat ich die Granate mit meinem Fuß weg, sie rollte zurück in Blackwoods Richtung. Ich sah nur noch, wie er sein Gewehr fallen ließ und über die Granate sprang. Er packte mich, riss mich zu Boden. Ein Gebräu aus Schreien, Schüssen und Gebrüll stürmte auf mich ein. Das schmerzverzerrte Gesicht des Colonels erschien über mir. Dann gab es einen lauten Knall.

Die Druckwelle erfasste uns sofort. Ich schloss meine Augen. Der Boden unter mir erzitterte. Blackwood und ich wurden fortgetragen. Ich spürte eine brennende Hitze in meinem Gesicht, ein harter Schlag traf meine Beine. Ein Donnern und Bersten zerfetzte mein Gehör. Blackwood rollte sich von mir runter, ich blieb reglos liegen.

Dann riss ich die Augen auf. Dunkler Rauch quoll über mir an der weißen Decke entlang. Das nahe Zischen einer sich schließenden Tür drang zu mir. Der Rauch verflüchtigte sich schnell. Ein Sirene heulte. Vorsichtig hob ich meinen Kopf und sah vor mir eine elektrische Schiebetür. Sie war verschlossen.

Sektion C – Medizinisches Labor, las ich auf dem Schild darüber.

Blackwood stand daneben. So, wie er aussah, hätte er längst tot sein müssen. Er humpelte zu mir, griff nach meiner Schulter. Ich warf mich auf den Bauch und versuchte fortzukriechen. Erst jetzt bemerkte ich, dass mein Rucksack neben mir auf dem Boden lag. Bei der Explosion war einer der Träger gerissen und beim Herumrollen war auch der zweite Träger von meiner Schulter gerutscht.

Seine Finger gruben sich in meine Schulter, seine Hand zerrte an mir. Ich versuchte, mich aus seinem stählernen Griff zu befreien. Blackwood glitt auf dem Boden aus. Ich drehte mich um. Quälend langsam erhob sich der Colonel, Blut tropfte von seiner

Nasenspitze. Seine Hand hielt mich weiterhin umklammert. Ich schlug darauf, versuchte, seine Finger einen nach dem anderen aufzubiegen. Endlich bekam ich ihn los. Meine Füße rutschten über den glatten Boden. Die Schusswunde brannte, doch sie war wohl nicht lebensgefährlich, sonst hätte ich mich wohl kaum noch bewegen können.

Ich spürte meinen bebenden Herzschlag im ganzen Körper. Unwillig, aufzugeben, schnappte ich meinen Rucksack. Ich richtete mich auf, auch wenn mir alles wehtat.

Ich musste hier raus!

Mein Blick glitt über den Colonel hinweg, der sich hinter mir aufbaute. Das Zutrittskontrollsystem neben dem Ausgang blinkte rot. Vermutlich benötigte man eine Karte, um die Tür zu öffnen. Blackwoods teuflisches Lächeln rückte in meinen Blick. Zwischen den krustigen Lippen sah ich seine blutroten Zähne. Ein Schneidezahn fehlte. Er kam auf mich zu.

Ich lief. Oder vielmehr: ich kroch. Zu mehr war ich einfach nicht mehr in der Lage. Der Korridor führte in einen runden Raum. Beißend weißes Licht, das sich an ebenso weißen Flächen und Instrumenten brach, schmerzte in meinen Augen. Auf den mit Glaswänden abgetrennten Arbeitsflächen standen eigenartige Forschungsapparate.

Dieser Raum war von dem Chaos hinter der Tür verschont geblieben. Er wirkte wie aus einer fernen Zukunft. Bis vor wenigen Minuten hatten hier offenbar noch Forscher gearbeitet. Vielleicht gab es eine andere Möglichkeit, nach draußen zu gelangen.

Ein heftiger Schlag streckte mich nieder. Ich knallte mit dem Gesicht auf den Boden, wurde aber sofort herumgerissen. Blackwoods vor Wut rasendes Gesicht starrte mich an. Er setzte sich auf mich, seine Knie klemmten meinen Hals ein. Mir blieb die Luft weg. Ich sah, dass mein Rucksack links von mir lag. Verzweifelt streckte ich meinen Arm aus und bekam ihn zu packen.

Blackwood sah mir in die Augen. Er würde mich umbringen. Meine linke Hand zwängte sich in den Rucksack. Zitternd tastete sie sich durch das Innere. Vorbei an dem Umschlag, der Plastiktüte mit dem Gras, dem Feuerzeug, meinem Portemonnaie. Schließlich bekam ich sie zu packen. Blackwoods Blick loderte. Er drückte die Knie weiter zusammen und ich rang nach Luft. So unauffällig wie möglich fuhr mein Arm herum. Der Colonel öffnete seinen verkrusteten Mund.

»Ich weiß nicht, wer Sie sind. Aber Sie haben es geschafft! Sie haben die wichtigste Anlage der Welt zur Erforschung fremden Lebens zerstört. Sie sind nicht nur ein Feind der Demokratie, Sie sind ein Feind unserer ganzen freiheitlichen Welt! Und wenn ich Sie schon nicht davon abhalten kann, meine Laufbahn zu zerstören, werde ich Sie zumindest aus dem Verkehr ziehen! Für die Vereinigten Staaten!«

Ich zog den Arm herum. Entsicherte. Und schoss. Dreimal. Die Kugeln durchbohrten zuerst die Wand meines Rucksacks, dann Blackwoods Kleidung, dann seine rechte Schulter. Er schrie auf und ließ von mir ab. Blutiger Nebel sprühte mich ein. Ich rollte mich zur Seite und stand mit wackligen Knien auf. Ich zielte auf den Colonel und drückte ab, doch es kam keine Kugel mehr raus.

Mit dem Rucksack in der Hand taumelte ich an Blackwood vorbei zur Tür. Vergeblich versuchte ich, sie aufzuschieben. Doch das Terminal blinkte rot. Bestürzt blickte ich durch die winzige Scheibe. Ich sah Harris und die anderen. Auf einmal hörte ich, wie Blackwood sich näherte.

Verzweifelt schlug ich gegen die Tür. Meine Hände hinterließen blutige Abdrücke auf dem weiß lackierten Stahl. Es war mein Blut. Ich schrie aus voller Kehle, doch weder Harris noch die anderen hörten mich. Ich drehte mich um.

Blackwood hinkte zu einer der Arbeitsflächen. Mit beiden Händen riss er einen Infusionsständer herunter und nahm ihn über den Kopf. Dann wankte er auf mich zu.

»Nein!«, schrie ich.

Erneut hämmerte ich gegen die Tür. Draußen sah ich vorbeilaufende Armeeangehörige, von den anderen jedoch fehlte nun jede Spur. Ich hörte Blackwoods schleifendes Bein. Noch wenige Sekunden, und er würde mir den Garaus machen. Ich trommelte und schrie. Je näher er kam, desto mehr verzogen sich seine Mundwinkel nach oben. Er hatte mich.

Plötzlich glitt die Tür zur Seite und ich fiel in Harris' Arme. Er riss mich fort. Schüsse donnerten in der Nähe, doch ich sah keine Creeps. Melissa und Nelson kamen hinzugerannt.

»Alles in Ordnung?«, fragte Melissa.

Ich blickte zu Nelson. Sein Gesicht verfinsterte sich. Er hob seine Waffe und schob uns zur Seite. Entsetzt drehte ich mich um. Blackwood hielt unablässig auf die Tür zu.

»Bleib, wo du bist«, knurrte Bruce Nelson.

»Schieß, du Feigling!«, brüllte Blackwood.

Jetzt sah ich, dass der Colonel eine Blutspur hinter sich herzog. Dennoch kam er beharrlich näher, den Infusionsständer in seinen Händen. Ich wusste, er würde nicht aufgeben, ehe er meinen Schädel zertrümmert hätte. Ich blickte zu Nelson. Er hatte offensichtlich Hemmungen zu schießen.

»Na los! Schieß!«, schrie Blackwood und breitete weit seine Arme aus. »Hier bin ich! Ich habe keine Waffe. Drück ab!«

Nelson schob das Gewehr an seiner Schulter zurecht. Es war nicht zu übersehen, dass er nervös war. Blackwood hatte den Durchgang fast erreicht.

In diesem Augenblick riss ich mich von Harris los. Ich hinkte Blackwood entgegen. Er ahnte wohl, was ich vorhatte, und humpelte schneller. Doch ich war zuerst am Zutrittsterminal. Sein Blick traf meinen. Es waren noch immer die Augen eines eiskalten Killers.

Zu keiner Zeit hatte ich in ihnen ein von menschlichen Gefühlen beseeltes Wesen ausgemacht. Entschlossen drückte ich die »Schließen«-Taste. Blackwood schrie auf. Die Tür glitt zu.

»Zur Seite!«, rief Nelson.

Irritiert taumelte ich zurück. Keine Sekunde später zerfetzten Patronen das Terminal.

»Die bleibt eine Weile zu«, sagte Nelson zufrieden.

Ich hörte ein Donnern an der Tür. In dem kleinen Fenster erschien Blackwoods entstelltes Gesicht. Er tobte und hämmerte, doch es war zwecklos. Ich schleppte mich zu Harris und fiel ihm ein weiteres Mal um den Hals.

»Wie habt ihr die Tür aufbekommen?«, wollte ich wissen.

»Dein Schmusesoldat hat uns seine Karte gegeben«, erklärte Harris.

Unruhig blickte ich zu der Stelle, an der Rico von den Creeps angefallen worden war. Er war weg.

»Sie haben ihn abtransportiert«, beruhigte mich Harris. »Er scheint nicht allzu viel abbekommen zu haben. Und sie konnten die Creeps zurückdrängen.«

Nelson blickte zu den fliehenden Leuten.

»Ich weiß nicht, wie es euch geht.« Melissa hob ein schweres Sturmgewehr vom Boden auf, griff nach einem der Magazine, die daneben um eine Tasche verstreut lagen, und steckte es in das Gewehr. »Aber meine Tochter wird in ein paar Stunden wach. Und meine Mutter wäre sehr dankbar, wenn ich zuhause wäre, bevor der Wecker klingelt.«

Nelson senkte kurz zustimmend den Kopf.

»Dann nichts wie weg hier.«

Blackwood überließen wir seinem Schicksal. Ich versuchte, nicht an ihn zu denken. Wir liefen mit dem Strom der Fliehenden durch das Korridorlabyrinth. Nach ein paar Minuten erreichten wir eine beeindruckende Halle. Wir waren am Ziel.

Schüsse waren nur noch in der Ferne zu hören. Die Mitarbeiter von Groom Lake gruppierten sich unter der unglaublich hohen Decke. Eine geschwungene Fensterfront zog sich über die gesamte Ausgangsseite. In Gruppen eingeteilte Forscher und Armeeangehörige verließen die Halle durch die offenstehenden Türen. Dahinter erkannte ich Pfeiler, an deren Spitzen blendende Scheinwerfer montiert waren, und eine enorme asphaltierte Fläche mit Armeefahrzeugen, Bussen und …

»Flugzeuge!«, rief ich aus. »Wir sind am Flugfeld!«

JANET AIRLINES

Mir wurde schwarz vor Augen. Die Schussverletzung machte mir zu schaffen. Und auch alles andere, was Blackwood mir angetan hatte.

»Scheiße, Jeannie!«, hörte ich noch, bevor ich zusammensackte.

Ich riss meine Augen auf. Harris hatte mich aufgefangen und blickte mich besorgt an. Nelsons Stimme drang durch das Stimmgewirr der Halle zu mir, dann erschien auch er vor meinem Gesicht.

»Sie ist ganz blass.« Er klang besorgt.

»Sie ist immer so blass«, erklärte Harris.

»Könnt ihr bitte nicht in der dritten Person über mich sprechen, während ich anwesend bin?«, lallte ich.

»Hier, halte das an deine Wunde. Das sollte die Blutung verlangsamen. Ich habe nachgesehen. Ist nur ein Kratzer.«

Er gab mir einen Stofffetzen mit einem Camouflagemuster. Ich suchte mit meinen Füßen Halt. Dann zog ich mein Shirt hoch.

»Das nennst du einen Kratzer?«, rief ich entsetzt. »Mit der Wunde kann ich in jedem Zombiestreifen mitspielen!«

»Du wirst es überleben«, sagte Nelson ruhig. »Und wenn ich bitten dürfte.« Er zeigte auf den Ausgang hinter den Leuten.

»Wir sollten uns langsam verziehen. Wir haben schließlich streng geheime Unterlagen entwendet.«

Harris stützte mich. Es war nicht schwer, uns zwischen dem aufgescheuchten Forschungspersonal hindurchzumogeln. Die Männer und Frauen waren gerade mit wichtigeren Dingen beschäftigt, als vier ramponiert aussehenden Zivilisten Aufmerksamkeit zu schenken.

Nelson achtete darauf, dass wir ausreichend Abstand zu den Soldaten hielten. Bei ihnen konnte man schließlich nie wissen. Wir traten durch eine der offenstehenden Glastüren. Die laue Luft der Wüste empfing uns. Aber auch die Geräusche von Sirenen und der Geruch von Feuer.

So schnell es mir möglich war, hetzten wir zwischen den Leuten hinaus auf das Flugfeld. Ich drehte mich kurz um. Der Gebäudekomplex von Groom Lake war enorm, spektakulärer als ich es mir je erträumt hatte.

»Abgefahren!«, staunte auch Harris. »Wieso sind diese ganzen hyperfuturistischen Gebäude nicht auf den Satellitenbildern zu sehen?«

Ohne stehenzubleiben, drehte sich Nelson zu uns um.

»Ernsthaft?«, fragte er. »Ich dachte, ihr wisst, dass jedes in der Öffentlichkeit kursierende Foto gefälscht ist?«

Ich wollte Nelson gerade fragen, womit er von hier abhauen wollte, da hörte ich Schreie. Ich drehte mich zu ihnen um und sah, dass die Leute zu einer Stelle auf dem Flugfeld zeigten. Aus einem flachen Betonzylinder kroch etwas. Schnell erkannte ich die Heerscharen weißer Wesen als Creeps.

»Sie sind draußen!«, rief ich.

Im gleichen Augenblick hörte ich die Kommandos der Kampfeinheiten. Sie näherten sich mit Bedacht. Die Creeps liefen auf allen Vieren auf das Flugfeld.

Ich fragte mich, was sie vorhatten. Da hörte ich ein Grollen und spürte einen heftigen Windstoß.

Im nächsten Moment donnerte ein unförmiges Ding vom Himmel. Es stoppte seinen wahnwitzigen Sinkflug knapp über der Startbahn. Dunkle, wie Stacheln aussehende Flügel verbargen sich hinter roten, blauen und grünen Lichtern. Schlagartig war ich wieder im Jahr 1986!

Darunter sammelten sich die Creeps. Ein gleißend heller Lichtstrahl schoss auf die Erde. Zielstrebig strömten die Tiere ihm entgegen. Und kaum hatten sie das Licht erreicht, hoben ihre wuchtigen Körper wie von Geisterhand vom Boden ab.

Ich merkte, dass mir der Mund offenstand. Nie im Leben hatte ich damit gerechnet, dass ich dieses Schauspiel ein zweites Mal sehen würde. Ich blickte zur Seite. Alle Menschen, Forscher wie Soldaten, starrten mit ebenso erstaunt geöffneten Mündern auf das Unfassbare. Ihre überwältigten Gesichter leuchteten in dem surrealen Licht. Die nahenden Truppen hielten inne. Sie ahnten wohl, dass ihre Chancen schlecht standen.

Die Creeps strebten dem dunklen Schiff entgegen. An der Unterseite erkannte ich eine offenstehende Luke. Durch diese schwebten die Wesen aus dem Erdinneren in das Raumschiff. Mit einem Mal schloss sich die Klappe. Es waren bei Weitem noch nicht alle Tiere im Schiff.

Da schoss das Ding mit einer unvorstellbaren Geschwindigkeit senkrecht in die Nacht. Eine Welle warmer Luft blies mich fast von den Füßen. Ich sah, wie einige Leute das Gleichgewicht verloren und stürzten. Nur einen Atemzug später donnerten zwei weitere Schiffe aus dem Himmel herab.

»Sie holen sie ab!«, sagte ich atemlos.

»Das ist unsere Chance«, flüsterte Nelson.

Er zeigte auf mehrere Laster, die am Rand des Flugfelds parkten. Widerwillig riss ich mich von dem Spektakel los. Harris und Melissa waren ebenfalls nur schwer aus ihrer Faszination zu reißen. Wir huschten zwischen den gebannten Leuten hindurch und schon bald waren wir abseits der Menschenmenge.

Es musste schnell gehen. Einige Soldaten standen an den Fahrzeugen und beobachteten das Schauspiel gebannt. Es war nur eine Frage der Zeit, bis sie sich wieder ihrer eigentlichen Aufgabe widmeten. Dann würden sie uns entdecken. Nelson führte uns zu einem der Armeetrucks. Flüchtig blickte er auf die mit einer Plane abgedeckten Ladefläche. Unsicher sah er uns an.

»Hey!«, schrie jemand hinter uns. »Stehenbleiben!«

Ein paar Uniformierte liefen in unsere Richtung.

»Captain, das sind die Invasoren aus Sektion G!«

Augenblicklich sprang ich hinter den Truck, doch der setzte sich unvermittelt in Bewegung.

»Fuck, da sitzt jemand drin!«, fluchte Nelson.

Er kam zu mir und drückte mir die Waffe in die Hand.

»Muss kurz was erledigen!«, sagte er.

Dann öffnete er die Beifahrertür des Trucks. Mit einem Satz war Nelson im Führerhaus. Wir anderen liefen im Schutz des LKWs. Die Soldaten kamen näher. Von innen hörte ich das Fluchen des Fahrers, dann Schläge und Schreie. Nur Sekunden später fiel ein Soldat aus der Fahrerkabine und landete neben uns auf dem Asphalt.

Ohne zu zögern, kletterte ich hinein. Ich setzte mich neben Nelson, der sich ein Auge zuhielt.

»Alles okay?«, fragte ich.

»Das ist ein mieser Tag für meinen Körper.«

Melissa und Harris eilten hinzu und zwängten sich neben mich. Schüsse fielen. Die Seitenscheibe der Fahrerseite zersprang und hinter Nelsons Kopf donnerte etwas in die Wand. Er lenkte den Truck von den Angreifern weg und trat auf das Gaspedal. Der Laster kam nur schwer auf Touren und wir fuhren raus auf das Flugfeld.

»Die geben auf«, keuchte Nelson. »Tja, Jungs. Da habt ihr aber Pech, dass ihr bei der Infanterie seid!«

Reifen quietschten. Ich sah nach hinten, doch der Laderaum versperrte mir die Sicht.

»Sie kommen mit Jeeps!«, rief Melissa, die am Fenster saß.

Die Soldaten ließen keinen Zweifel daran, dass sie uns folgten, denn sie eröffneten umgehend das Feuer. Scheppernd trafen die Kugeln den Truck. Nelson lenkte wild hin und her, offenbar versuchte er, zu verhindern, dass sie uns von der Seite angriffen. Doch es war vergeblich. Eines der Fahrzeuge erschien an der Fahrerseite.

»Fahr zur Hölle!«, fluchte Nelson.

Er lenkte hart nach links. Der Truck schaukelte wild. Dann rammten wir den Geländewagen und die Lichter drehten ab. Durch die zerschossene Scheibe hörte ich, dass sich das Fahrzeug überschlug. Erneut fielen Schüsse.

Vor uns standen drei große Passagiermaschinen. Sie waren hell erleuchtet.

»Sieht aus, als wollten die ihre Intelligenzbolzen ausfliegen«, brummte Nelson. »Das werden wir denen gründlich vermiesen.«

»Du willst doch nicht so ein Ding kapern, oder?«, fragte Harris.

»Warum nicht? Das ist der schnellste Weg hier raus. Wir sollten vorher aber noch diese Mistfliegen loswerden.«

Er bremste abrupt ab. Der Geländewagen raste an uns vorbei und setzte sich vor uns. Dann gab Nelson plötzlich Gas und fuhr ihm in die Stoßstange. Der Wagen versuchte gegenzulenken. Vergeblich. Nelson beschleunigte weiter.

»Du weißt schon, dass du gerade auf die Boardingtreppe zufährst, oder?«, fragte Melissa beunruhigt.

Ich sah hinaus und mir stockte der Atem. Eines der Flugzeuge war direkt vor uns. Nur noch ein paar Sekunden, und wir würden mit der Treppe kollidieren. Doch Nelson hielt unbeirrt weiter darauf zu.

Dann knallte es. Der Geländewagen stieß frontal mit der Treppe zusammen. Diese verkeilte sich durch den Aufprall am Rumpf des Flugzeugs, der untere Teil schob sich darunter. Die Treppe kippte um und krachte auf das Dach des Geländewagens. Schlingernd fuhr er unter dem Flugzeug hindurch. Nelson stoppte den Truck. Unbeeindruckt sah er sich um und öffnete die Dachluke. Er schnappte seine Waffe und stieg hinaus.

»Zeit zum Boarding«, sagte er knapp.

»Dieser Typ ist unglaublich.« Harris klang beeindruckt.

»Absolut«, stimmte Melissa ihm zu. »Von dem kann sich mein Ex-Mann 'ne Scheibe abschneiden.«

Sie ließ das Sturmgewehr im Laster zurück und folgte Nelson auf das Dach. Harris und ich stiegen hinterher. Ich wusste nicht, wie er es geschafft hatte, doch Bruce Nelson hatte den Truck so geparkt, dass wir von dem Dach aus bequem ins Flugzeug einsteigen konnten.

Nelson kletterte mit der Waffe in der Hand zuerst in die Maschine. Unter Schmerzen richtete ich mich auf und sah zur Tür. Eine Explosion erschütterte den Platz. Hinten bei den Gebäuden sah ich eine riesige Feuersäule aufsteigen.

»Oh, Shit!«, murmelte Harris.

Ich zog mich in die Maschine. Nahende Motorengeräusche ließen mich meine Schmerzen kurz vergessen. Dann donnerten Kugeln in die Außenwand. Schnell zog ich die Füße hinein. Harris folgte mir und half dann Melissa in ihrem dünnen Kleidchen ins Flugzeug. Die Crew stürmte uns entgegen.

Nelson schubste sie vor sich her und fuchtelte nervös mit dem Gewehr herum. Um ihr Leben flehend, sprangen der Pilot, der Co-Pilot und der Flugbegleiter auf das Dach des Trucks und von dort auf den Asphalt.

»Und jetzt verpisst euch, sonst baller' ich euch das Hirn aus euren Melonen!«, knurrte Nelson in einem Tonfall, der jedem Westernhelden Konkurrenz gemacht hätte.

Kopflos liefen sie den brennenden Gebäuden entgegen. Dann schloss Nelson die Tür und zwängte sich an uns vorbei. Das Cockpit war enger, als ich es mir vorgestellt hatte. Nelson setzte sich auf den Pilotensitz. Melissa machte es sich neben ihm bequem.

»Herzlich willkommen bei Janet Airlines, heute in einer Boeing 737-600«, sagte Nelson launig.

»Janet Airlines?«, wiederholte Melissa.

»Das steht für *Joint Air Network of Employee Transportation*«, erklärte Nelson. »Das ist der Shuttle-Service für die Groom-Lake-Mitarbeiter. Die fliegen ein paar Mal täglich ab Vegas.«

»Wow, Du kennst dich aber gut aus«, staunte Melissa.

Er lachte verlegen und betätigte ein paar Tasten und Hebel. Langsam setzte sich das Flugzeug in Bewegung. Die Druckwelle einer nahen Detonation schüttelte uns.

»Hoffentlich lassen sie die Maschine ganz, sonst zerfetzt es uns, sobald wir auf tausend Fuß gestiegen sind«, sagte Nelson.

Er beschleunigte. Harris half mir auf den Boden. Dort hielt ich mich am Copilotensitz fest. Ich hörte, wie die Schüsse verklangen, und spürte, dass das Flugzeug abhob. Die Tragflächen wippten gefährlich hin und her. Ich hielt mich fest und sah zu Nelson. Nervös tippte er mit seinem Zeigefinger an allen Instrumenten gleichzeitig.

»Luftdruck okay. Temperaturanzeige so lala. Höhenmesser? Wo ist das verdammte Ding?«

»Ich dachte, du bist schon mal so eine Maschine geflogen?«, fragte Harris.

»Äh, nein«, gab Nelson zögerlich zu. »Ich habe exakt zweimal ein Flugzeug geflogen. Das war aber in beiden Fällen eine Cessna.«

»Was?«, schrie Harris. »Dieser Verrückte will uns alle umbringen, verdammt! Ich will, dass wir wieder landen! Sofort!«

»Ganz ruhig, Mann«, rief Nelson. »Wir sind mitten über dem Sperrgebiet. Nicht mal ich würde auf eine so dumme Idee kommen, hier zu landen.«

Die Erschöpfung war kurz davor, mich niederzustrecken. Ich wollte einfach nur ins Bett. Dennoch stand ich mühsam auf. Ich lehnte mich an die Sitze und biss die Zähne zusammen.

»Was ist dein Plan?«, presste ich hervor.

Nelson hob eine Hand. Ich hielt mich weiterhin fest und wartete ab. Er schaffte es, die Maschine in eine einigermaßen ruhige Lage zu bringen. Dann sah er auf die Instrumente über sich, betätigte einige Tasten und legte seine Hand wieder zurück ans Steuer. Er sah hochkonzentriert aus.

»Nach Vegas können wir auf keinen Fall«, sagte er ruhig. »Die werden uns dort in Empfang nehmen. Das heißt, wenn wir überhaupt bis dahin kommen. Von der Creech-Basis in Indian

Springs und von der Tonopah-Basis werden sie Abfangjäger schicken. Seien Sie sicher, die ballern uns vom Himmel, bevor wir in Vegas sind.«

»So eine Scheiße!«, jammerte Harris.

Er rüttelte an der Cockpittür und sprang von einem Bein auf das andere.

»Ich muss mal eben für kleine Invasoren«, sagte er und verschwand aus dem Cockpit.

»Du kennst jemanden, der die Fotos bekommen soll, stimmt's?«, fragte ich.

Nelson nickte.

»Ein guter Freund von mir ist Redakteur bei der *Los Angeles Times*. Der interessiert sich brennend für die Dinger. Ursprünglich sollte Liz die CD-ROM zu ihm bringen, doch das ist jetzt unsere Aufgabe. Wir sitzen immerhin in einer gekaperten Boeing und fliegen noch. Könnte also schlimmer sein.«

»Mein Wagen steht an der 95«, sagte ich zögerlich.

»Du meinst …«

»Den können sie nicht verfolgen, wenn sie nicht wissen, dass wir drinsitzen.«

»Schön«, meldete sich Melissa. »Aber wie sollen wir aus dem Flugzeug in deinen Wagen kommen?«

Nelson und ich schauten beide durch das Fenster in die pechschwarze Nacht.

»Ihr denkt nicht wirklich darüber nach, mit dem Flugzeug auf dem Highway zu landen, oder?« Melissa lachte ungläubig auf.

Nelson schüttelte den Kopf.

»Dafür ist der Vogel zu groß. Aber wir könnten ihn auf den Sand setzen. Das Armagosa Valley ist an dieser Stelle verhältnismäßig eben.«

Melissa schwieg. Offenbar verarbeitete sie das Gesagte. Oder sie befand sich im Schockzustand. Nelson überprüfte irgendwelche Daten und änderte den Kurs. Die Nase des Flugzeugs neigte sich nach unten und ich spürte Druck auf meinen Ohren. Harris taumelte herein.

»Bist du besoffen, Bruce?«, beschwerte er sich. »Um ein Haar hätte ich auf die Brille gepinkelt!«

»Du solltest dich am besten setzen. Wir landen jetzt.«

»Landen?«, fragte Harris entgeistert. »Wo denn?«

Niemand antwortete. Die Turbinen heulten. Nelson umklammerte das Steuer. Draußen vor der Scheibe war nichts als blanke Finsternis.

»Woher weißt du, wann wir unten sind?«, fragte ich.

»Gar nicht«, gestand er. »Ich hab' den Höhenmesser nicht gefunden.«

In diesem Augenblick setzte die Maschine auf. Dumpfes Schaben und Knacken verriet, dass die Unterseite zerfetzt wurde. Die Nase knallte auf den Sand. Ich hielt mich fest und sah hinaus. Es war nichts zu sehen!

»Wir sind noch viel zu schnell!«, schrie Harris.

»Zu schnell wozu?«, fragte Nelson. »Zum Aussteigen?«

»Achtung!«, schrie Melissa.

In diesem Augenblick krachte es. Schläge wie von Steinbrocken hämmerten gegen die stählerne Hülle. Wir mussten durch etwas hindurchgerutscht sein. Die Scheibe des Cockpits war gesprungen. Die Geschwindigkeit nahm schnell ab. Die Turbinengeräusche erstarben allmählich und wurden vom Schaben des Rumpfes auf dem Sand überdeckt. Das Schaukeln verlangsamte sich, und endlich blieb das Flugzeug liegen.

Nelson floh vom Pilotensitz und stürmte an uns vorbei. Wir kamen gar nicht so schnell hinterher, wie er die Kabinentür öffnete und in die Dunkelheit sprang. Er schrie auf, als er auf dem Boden aufkam.

»Passt auf. Ist doch tiefer, als man denkt!«

Ich ließ mich rückwärts hinab. Nelson packte mich und setzte mich behutsam ab. Ich sah mich um.

Wir hatten es tatsächlich geschafft. Wir waren mit den Fotos vom Black-Knight-Satelliten aus Area 51 entkommen und hatten dieses Riesenflugzeug in der Wüste gelandet. Die schroffen Steine pikten in meine Schuhsohlen, als ich um das Flugzeug hinkte. Harris landete im Sand und stützte mich. Als Letzte kam Melissa aus der zerstörten Boeing.

»Es ist ein Wunder, dass das Ding kein Feuer gefangen hat«, sagte sie. »Ich meine, bei so einer Aktion!«

»Der Tank war leer«, sagte Nelson.

Ich blickte ihn schockiert an. Doch es war zu dunkel, als dass er mich hätte sehen können.

»Ich wollte es euch eigentlich nicht erzählen«, fuhr er fort. »Die Maschine war noch nicht betankt worden. Hundert Meilen hätten wir aber bestimmt noch geschafft.«

Er kicherte. Dann lief er los. Seine Energie schien nicht versiegen zu wollen. Er brannte für seine Mission, das war klar. Wir folgten ihm. Ich sah, dass wir bei der Landung durch ein altes Bauernhaus gerutscht waren. Das ohnehin schon baufällige Gebäude war nun vollkommen dem Erdboden gleichgemacht.

Nach ungefähr zweihundert Yard erreichten wir die 95. Es war mitten in der Nacht und die Straße war wie ausgestorben. Eine halbe Meile weiter standen die Container, zwischen denen der AMC parkte. Mein Herz machte einen Sprung, als ich meine geliebte Schrottschüssel sah. Harris fand den Autoschlüssel in seiner Hosentasche. Nicht auszudenken, dass er nach all den Erlebnissen noch immer dort war. Er schloss den Wagen auf.

»Na schön«, seufzte ich. »Dann machen wir einen Ausflug nach L. A.!«

LOS ANGELES

Harris, der neben mir saß, hatte annähernd den gesamten Inhalt des Verbandskoffers auf meinen Körper geklebt. Ich fühlte mich wie eine Mumie, wie ich hier im Fond meines weißen AMC Matadors saß. Melissa fuhr schon seit zwei Stunden meinen verbeulten Wagen. Harris klatschte mir ein weiteres Pflaster ins Gesicht, das ihm zuvor zwischen die Sitze gefallen war, als Nelson sich vom Beifahrersitz zu uns umdrehte.

»Noch dreißig Meilen. Wer von euch stinkt eigentlich so nach Schweiß?«

Ich traute mich nicht, mich zu outen. Im Kassettendeck lief gerade *Stripsearch* von Faith No More. Das sphärische Keyboard und die hypnotische Gitarre passten hervorragend zu meinem Gefühl, vollkommen übernächtigt zu sein.

»War nur ein Scherz.« Nelson grinste.

Ich sah aus dem Fenster. Wir fuhren auf dem Highway 30 und hatten bereits zweihundertfünfzig Meilen hinter uns, in denen sich Melissa und Nelson am Steuer abgewechselt hatten. Gerade fuhren wir die Hänge des Los Angeles National Forest hinab und passierten das Ortseingangsschild. Vor uns lag L. A. Ich war schon ein paar Mal dort gewesen, doch an diesem Morgen wirkte die hyperaktive Metropole ungewöhnlich friedlich auf mich. Mit einem Mal fiel mir etwas ein, das schon länger in mir rumort hatte.

»Hey, Nelson. Auf der CD-ROM sind gar keine Fotos von den Creeps. Dir geht es nicht darum, sie der Öffentlichkeit zu zeigen, oder?«

»Schlaues Mädchen«, sagte er.

»Du sagtest, du willst den Konflikt mit Russland lösen. Glaubst du, das funktioniert?«

Nelson nickte. Er schien guter Dinge zu sein. Der Haltegriff über der Tür knarzte in seiner blutverschmierten Hand. Er schaute aus dem Fenster und begann zu erzählen.

»Genau darum geht's mir. Um Frieden. Nicht darum, die Regierung zu verraten oder die Bürger der Vereinigten Staaten gegen sie aufzuhetzen. Für mich als Mitglied der *Society of Peace and Common Dreams* ist Weltfrieden nicht nur eine hohle Phrase.«

»Ist das nicht diese Antikriegsvereinigung?«, fragte Melissa. »Sag nicht, dass du Pazifist bist!«

Ohne darauf einzugehen, sprach Nelson weiter. »Als wir auf diese verrückte Geschichte mit dem Black-Knight-Satelliten stießen, fanden wir recht schnell heraus, welchen Stellenwert er in diesem Konflikt einnimmt. Wir wussten, dass wir genau dort ansetzen mussten.«

Er schien für einen Moment seinen Gedanken nachzuhängen, ehe er weitersprach. »Gemeinsam mit einem Haufen hoher Tiere aus Politik und Militär haben wir gegen den Willen der republikanischen Strategen, gegen die N. R. A. und gegen das Energieministerium den Widerstand geplant. Nicht einmal Präsident Clinton und Verteidigungsminister Cohen waren involviert.«

»Das ist 'ne ziemlich freakige Geschichte«, kommentierte Melissa und warf ihm einen Blick zu. »Aber weshalb glaubst du, dass du mit so einer CD-ROM Frieden zwischen den beiden Supermächten stiften kannst?«

»Wenn die Fotos veröffentlicht werden, kann ich dir versichern, dass sie wie eine Bombe einschlagen. Die Vereinigten Staaten werden dann gezwungen sein, den Fund nach Weltraumrecht international verfügbar zu machen und dem Allgemeinwohl der Weltgemeinschaft zur Verfügung zu stellen. Im Weltraumvertrag von 1967 steht, dass kein Staat Souveränitätsansprüche geltend machen oder andere Staaten von der Erforschung und Nutzung ausschließen darf.«

»Du hast ganz schön was auf dem Kasten.« Ich war beeindruckt.

»Da kann man sich reinarbeiten«, sagte Nelson bescheiden.

»Es ist also nur gut und logisch, dass die Creeps geheim bleiben«, überlegte ich laut. »So können sich die Staaten auf die gemeinschaftliche Erforschung der fremden Energiequelle konzentrieren.«

»Ich sehe schon, wir schwimmen auf einer Welle«, lachte Nelson.

Ich spürte Harris' Hand auf meinem Oberschenkel und schaute in sein abgekämpftes Gesicht. Der Angsthase hatte ganz schön was durchmachen müssen.

»Hast du das vorhin ernst gemeint?«, fragte ich ihn leise. »Das mit den fünf Kindern?«

Er sah mich durch seine dicke Brille gespielt verständnislos an, so wie immer, wenn wir über wichtige Dinge sprachen. Trotz meiner exorbitanten Müdigkeit keimte Wut in mir auf. Dann erinnerte ich mich an das, was Morten zu mir gesagt hatte.

Du kannst nicht jeden zu einem besseren Menschen machen, Jeannie.

Er hatte recht. Harris war, wie er war. Und ich konnte ihn so nehmen, wie er war, oder all meine Energie damit vergeuden, ihn verbiegen zu wollen. Das erkannte ich jetzt in aller Deutlichkeit.

»Ich liebe dich«, sagte ich deshalb. »Und hey, fünf Kinder wären tatsächlich ein paar zu viel. Zwei oder drei würden mir auch genügen.«

»Ich … ich liebe dich auch«, stammelte Harris. »Und ich schätze, wenn du Kinder möchtest, komme ich aus der Sache nicht mehr raus.«

»Da kannst du dich drauf verlassen«, lachte ich. »Und weißt du was? Mittlerweile kann ich mir auch vorstellen, *Morten's Diner* weiterzuführen. Ist nur so 'ne Idee.«

»Und was wird dann aus *Aerial Investigation*?«

»Ich habe erreicht, was ich erreichen wollte.«

»Noch nicht ganz«, widersprach Nelson vom Beifahrersitz. Er hatte uns offenbar zugehört. Und natürlich hatte er recht.

Mittlerweile hatten wir die Innenstadt erreicht und Melissa ließ sich von Nelson durch den Hochhausdschungel leiten. Die Sonne war bereits aufgegangen, als wir vor dem Pressehaus vorfuhren. Nelson stieg aus, klappte den Sitz nach vorn und half mir heraus. Auf dem Parkplatz lauschte ich dem Rauschen des Windes in den Palmen. In der Ferne hörte ich den zunehmenden Verkehr. Nelson kramte sein Handy aus der Hosentasche und starrte auf das kleine Display. Vom Haupteingang kam jemand zu uns herüber. Es war ein Mann, im besten Sinne.

Er trug ein helles, perfekt sitzendes Hemd und eine teure Brille. Ich hätte schwören können, dass er längst unter der Haube war und ein perfektes Leben in Huntington Beach führte.

»Bruce!«, sagte er. »Himmel, was haben sie mit dir angestellt.«

Nelson ließ das Telefon sinken und rieb sich die Kruste unter seiner Nase weg.

»Dasselbe, was man mit mir auch in einem russischen Gulag gemacht hätte«, sagte er. »Miss, äh ... Gretzky hat die CD-ROM.« Er deutete auf mich.

Der Redakteur wandte sich zu mir. Still überreichte ich ihm den Umschlag. Er nickte verbindlich, dann schlug er Nelson auf die Schulter.

»Wie geplant, Kumpel«, sagte er. »Heute Abend wissen es alle wichtigen Fernsehsender und Radiostationen. Und Sie«, sein Blick schloss mich, Melissa und Harris ein, »nehmen Sie es mir bitte nicht krumm, dass ich mich Ihnen nicht vorstelle, aber ich danke Ihnen schon jetzt für Ihr außerordentliches Engagement!«

Dann drehte er sich um und ging so schnell, wie er gekommen war. Wir sahen ihm nach, bis er im Pressehaus verschwunden war.

»Wäre nicht die Schwierigkeit, seinen Namen herauszufinden.« Melissas Augen funkelten.

»Ich kann dir die Nummer besorgen«, sagte Nelson.

Sie kicherte. Erleichtert schlang ich meine Arme um Harris. Überglücklich, dass wir es geschafft hatten, drückte ich ihm einen Kuss auf den Mund.

»Nichts für ungut, Leute«, sagte Nelson. »Aber ich werde mich langsam vom Acker machen. Für mich gibt's noch 'ne Menge Arbeit zu erledigen. Wie es aussieht, werde ich wohl bald nicht mehr bei der Flugsicherung arbeiten, doch das war es mir wert. Ich habe alles für den Frieden gegeben.«

»Was hast du vor?«, wollte ich wissen.

»Ich werde jetzt erst mal nach Liz suchen. Ich hab' gerade von einer Bekannten eine SMS bekommen. Sie schreibt, dass man Liz freigelassen hat. Die Arme ist bestimmt vollkommen durch und kifft sich den Kopf nebelig.«

»Bestell ihr schöne Grüße von uns«, bat ich.

»Das werde ich«, versprach Nelson.

Dann schüttelte er uns die Hände und ging mir nichts, dir nichts den Bürgersteig hinunter.

Heute Abend würden alle Sender die sensationelle Story des Black-Knight-Satelliten verkünden. Wir würden nicht berühmt werden, wahrscheinlich konnten wir diese abgedrehte Story nicht mal irgendjemandem außer uns selbst erzählen. Doch ich hatte die Gewissheit, dass es außer uns Menschen noch anderes intelligentes Leben im Weltall gab. Ja, sogar auf der Erde. Ich küsste Harris noch mal.

»Wir haben es geschafft!«, sagte ich.

»Abgefahren, oder?«

»Und obwohl es keine Aliens sind, ist es doch Wahnsinn, dass wir nicht allein im Universum sind, oder?«

»Keine Aliens?« Harris sah mich irritiert an. »Hast du die Zähne von den Viechern gesehen?«

»Hört auf, mich daran zu erinnern«, rief Melissa. »Wenn es euch nichts ausmacht, würde ich jetzt gern zurück nach Vegas. Meine Mutter spielt schon lange genug Babysitter.«

»Alles klar«, nickte Harris. »Aber ich glaube ja nicht, dass diese Creeps fähig dazu sind, Raumschiffe zu bauen«, fügte er nachdenklich hinzu.

»Warum nicht?«, fragte ich. »Wir glauben ja auch, dass nackte graue Männchen dazu in der Lage sind.«

Ich blickte hinauf. Das blasse Rosa des beginnenden Tages

wandelte sich zu einem pastellenen Hellblau. Es würde garantiert ein heißer Tag hier in Kalifornien werden. Ich nahm Harris' Hand. Und beschloss, sie nie wieder loszulassen.

EPILOG

Colonel Stephen Blackwood wurde nach monatelanger Genesung seines Dienstes enthoben. Bruce erzählte mir, dass Blackwood wegen Gefährdung und Zerstörung von Eigentum höchsten nationalen Interesses unehrenhaft aus der Army entlassen worden war. Wo genau er jetzt lebt und was genau er macht, wusste Bruce allerdings nicht.

Melissa McLane zog im Frühling 2000 von Las Vegas nach Boulder City, wo sie einen Neuanfang wagte. Sie fand einen Job bei einem örtlichen IT-Unternehmen, für das sie die Buchhaltung übernahm.

Nach unserem Abenteuer hatte es zwischen ihr und Bruce ordentlich gefunkt, und es dauerte nicht lange, bis sie ein Paar wurden. Im Sommer 2000 heirateten die beiden und 2002 kam ihre gemeinsame Tochter zur Welt.

Bruce Nelson behielt entgegen seiner Annahme seinen Job als Leiter der Flugsicherung des McCarren International Airport in Las Vegas. Immer wenn wir uns sehen, ist er überglücklich, dass die Informationen über den Black-Knight-Satelliten veröffentlicht wurden. Dabei wird er nicht müde zu betonen, dass er für den Weltfrieden gesorgt hat, auch wenn er es niemals an die große Glocke hängen können wird. Aktuell arbeitet er an einem Roman, der diese Erlebnisse in literarischer Form verarbeitet.

Adolfo ging tatsächlich nach Vegas und war mit einer eigenwilligen Revue-Show, bei der er mit Pyrotechnik und Flammenwerfern kulinarische Köstlichkeiten zubereitete, recht erfolgreich. Dazu trällerte er die größten Hits von Tom Jones.

Liz Robinson hatte sich nach ihrer Freilassung nach San Diego abgesetzt und dort tagelang bei einem Bekannten auf dem Sofa gekifft. Sie ging wieder zurück nach Beatty und führte ihre kleine Detektei weiter, als einzige Agentur für Ufo-Sichtungen im Armagosa Valley. Auf das Geld für die Fotos von Jane Fonda wartet Harris noch heute.

Morten entdeckte den DJ in sich. Zweimal im Monat veranstaltete er im Diner überraschend gut besuchte Musiknächte, in denen er äußerst stilsicher Platten aus den 50ern und 60ern auflegte und Surfkapellen aus Kalifornien auftreten ließ. Über seinen Cousin Ray verlor er weithin kaum ein Wort. Irgendwann erfuhr ich, dass Ray wegen diverser Urheberrechtsverletzungen und Internetpiraterie eingebuchtet worden war.

Harris machte im Winter 1999 seinen Führerschein und wurde im Sommer 2000 vom *Rolling Stone* als fester Redakteur eingestellt. Sein erstes Interview führte er mit The Lemonheads. Außerdem schaffte es Harris, seinen Haschischkonsum auf ein erträgliches Maß herunterzuschrauben.

Nach reiflicher Überlegung übernahm ich Ende 1999 *Morten's Diner*, das wir in *Alien Diner* umbenannten. Die ersten Monate waren äußerst hart, aber Harris und ich kamen dank der Untervermietung unserer Detektei über die Runden. Noch immer hatte ich an den Erlebnissen vom September zu knabbern. Doch Harris und die anderen waren wundervoll und unterstützten mich, wo sie nur konnten.

Als Harris und ich beschlossen, unsere alten Klientenakten nebst gefälschten Ufo-Fotos im Diner auszustellen, entwickelte sich unser Laden mit der Zeit zu einem wahren Magneten für Ufo-Verrückte.

2001 wurde unser Glück perfekt: Unsere Zwillinge Samantha und Morley kamen auf die Welt. Ich kann es noch immer kaum glauben, dass unser Leben eine solche Wendung genommen hat. Doch wenn mich dieses Abenteuer, das mich bis ins Herz von Area 51 geführt und mir geradezu Übermenschliches abverlangt hatte, eines gelehrt hat, dann, dass es wert ist, für seine Überzeugungen einzustehen. Niemals aufzugeben, egal, wie schlecht die Dinge stehen. Und vor allem: sich selbst zu vertrauen.

E N D E

VERZEICHNIS LIEDER

1. »Jessica Suicide«, Armchair Martian, »Armchair Martian«, 1997, Lyrics: Jon Snoddgrass, Copyright & Phonographic Copyright: Cargo Music, Inc.

2. »Mrs. Robinson«, Simon And Garfunkel, »Bookends«, 1968, Lyrics: Paul Simon, Published by CBS Inc, Copyright 1966, 1967, 1968 by Paul Simon.

3. »The aeroplane flies high (turns left, looks right)«, Smashing Pumpkins, »The Aeroplane Flies High«, 1996, Lyrics: Billy Corgan, Copyright: Virgin Records America, Inc.

4. »The trick is to keep breathing«, Garbage, Album: »Version 2.0«, 1998, Lyrics: Shirley Manson, Published By Deadarm Music / Almo Music Corp (Ascap) And Vibecrusher Music / Irving music INC (BMI) administered by Rondor Music 1998

5. »The Apollo Program was a hoax«, Refused, »The Shape Of Punk To Come (A Chimerical Bobination in 12 Outbursts)«, 1998, Lyrics: Dennis Lyxzén, Copyright & Phonographic Copypright: Burning Heart

6. »See you in hell«, Monster Magnet, Album: »Powertrip«, 1998, Lyrics: Dave Wyndorf, Bull God Music Inc./Songs Of PolyGram International, Inc. (BMI)

DANKE

Vielen Dank, dass du DER DUNKLE SATELLIT gelesen hast. Wenn dir die Geschichte gefallen hat, hinterlasse eine kurze Bewertung bei Amazon, oder erzähle deinen Freunden davon.

Robert Rittermann

Abonniere meinen Newsletter, um über neue Veröffentlichungen Bescheid zu wissen, und erhalte eine kostenlose Kurzgeschichte:

www.flying-cheese.com/newsletter

flying-cheese.com